日の出

佐川光晴

集英社文庫

目次

＊本書はフィクションです。実在する個人・団体等とは一切関係がありません。
＊本書には、朝鮮出身者をさして使われた「鮮人」や、さらには韓国併合後の日本政府に不満を持つ朝鮮出身者をさした「不逞鮮人」という、差別的な語句やそれに伴う表現があります。これらの蔑称には、当時の日本人の偏見や不安、差別意識が色濃く反映されていますが、作品の歴史的背景を示す意味と、差別のない社会を実現したいという著者の強い意志をふまえ、そのまま使用しています。

日の出

1 旅立ち

「徴兵逃れ」

馬橋清作《うまはしせいさく》の頭のなかは、その四文字で占められていた。今夜九時すぎに、ここ大橋で浅間幸三郎《あさまこうざぶろう》さんと待ち合わせて、闇夜にまぎれて逃げるのだ。

徴兵逃れは重罪だから、ひとたび逃げたら、一生逃げつづけるしかない。生まれ育った小松《こまつ》の町には、二度と戻ってこられない。

「本当に、馬橋の家を捨てていいのだろうか？　しかし、いま逃げなければ、いずれ兵隊にとられて、戦地に送られる。父のように死ぬのは、絶対にいやだ」

川面《かわも》で音が立ち、清作はわれにかえった。橋のしたでは、白鷺《しらさぎ》がくわえた魚を呑《の》みこもうと、長い首をふっている。

中学校での課業と道場での稽古を終えたあと、清作は今生《こんじょう》の見納めにと、丸内町《まるのうちまち》から天神町《てんじんまち》を通り、梯川《かけはしがわ》にかかる大橋まで、小松の町を歩いた。橋のなかほどで足をとめ、欄干にもたれて川を眺めていると、自分がしでかそうとしていることの重大さが、あらためて身にのしかかってきたのだった。

春の日が傾き、梯川はあかね色に染まっている。五、六年前までは、俵や桶《おけ》を積んだ帆かけ舟が小松と安宅《あたか》港とのあいだをさかんに往《い》き来《き》していた。その後は、しだいに鉄道に押されて、いまや積み荷を載せた川舟を見かけることは滅多になかった。石垣で造られた立派な船着き場も、苔《こけ》におおわれている。着物の裾をからげて、威勢よく水棹《みさお》を差していた船頭たちはどこに行ったのだろう。台湾か朝鮮にでも渡ったのだろうか。それとも、父と同じように、ロシヤとの戦争で亡くなったのだろうか。

「おれが逃げたと知ったら、兄は烈火のごとく怒り、どんな手段をつかってでも見つけ出そうとするにちがいない」

そう考えたとたん、清作の脳裏に六歳うえの兄・栄作《えいさく》の罵声が響いた。

「この出来そこないの弱虫め。貴様はそれでも、東亜の盟主たる一等国の国民か」

兄は士族だということを鼻にかけて、むやみに気位が高い。清作は小学生になっても寝小便が治らず、近所のひとたちに笑われていたから、よけいに許しがたかったのだろう。

五年前、兄が師範学校の入学試験に合格して金沢《かなざわ》の下宿にうつったとき、清作は胸をなでおろした。しかし、兄は小松に帰ってくるたびに、憂さを晴らすように清作にあたった。

白鷺が飛びたち、清作も欄干を離れた。あまりゆっくりしていては、したくをする時間がなくなってしまう。ただし、服は詰め襟のままでいい。上から下まで黒ずくめの制服は闇夜にまぎれるにはもってこいだ。もっとも、夜が明けてからは人目につくので、着物と帯とワラジを忘れないようにと、幸三郎さんに言われていた。

茶屋町《ちゃやまち》にむけて大橋を渡っていくと、かけてきた五歳くらいの男の子が前のめりに転んだ。膝を擦りむいたらしく、大げさに泣いている。清作はかけよって、鼻緒が切れた下駄《げた》をひろった。羽織を着た母親が泣きじゃくるこどもをなぐさめている。

「これならすぐに直る。きみが泣きやむのと、ぼくが下駄を直すのと、どっちが早いか、競争だ」

清作は腰からさげた手ぬぐいを裂いた。それをよってひもにして、慣れた手つきで鼻緒を直していく。

「さあ、どうだ」

「あら、早いこと」

母親が感心して、男の子もおどろいている。

「すごい。おにいちゃん、ありがとう」

「こういうことなら、朝飯前なんだ。あした、はき物屋さんで、ちゃんと直してもらってな」

清作はめずらしく得意になり、男の子に下駄をはかせた。

「その制服は、小松中学の生徒さんでいらっしゃいますよね。たいへん失礼ですが、お名前をお教えねがえませんか」

母親に聞かれて、清作はうろたえた。数日中には、家出をしたことが知れわたるはずだから、ここで名乗るわけにはいかない。

顔をうつむかせると、清作は無言でかけだした。

「待ってください。あの、ありがとうございました」

母親の声にもふりむかず、清作は小走りで橋を渡った。

「おれがこの大橋で転んで鼻緒を切ったのも、ちょうどあの子くらいのときだったよな」

頭のなかでつぶやくと、胸がわなないた。

清作の下駄を直してくれたのは父だった。擦りむいた膝の痛みと、頭をなでてくれた母の手のぬくもりまでもがよみがえり、清作は歯を食いしばった。

暮れかけた道を急ぐうちに、浅間屋が見えてきた。旧幕府時代は加賀《かが》百万石の本陣をつとめていた由緒ある商家で、幸三郎さんは浅間屋の次男坊だ。練炭や石けんといった日用品から、鋤《すき》や鍬《くわ》といった農具、それに田畑の肥料まで手広く扱っていて、小松では唯一洋服を売っている。すでに雨戸が閉《た》っていたが、ひと抱えもある提灯《ちょうちん》を門口にかけているので、通りまで明るかった。浅間屋の前をすぎて、もう一つ先の角を右に曲がれば、家がある横町だ。

あと少しだと思って気をゆるめたとき、すぐ後ろで犬が吠《ほ》えた。

「うわあ」

悲鳴をあげて走る清作を野良犬が追ってくる。転びそうになりながら角を曲がり、引き戸を開けて家のなかに逃げこんだ。

しかし、かれの帰宅をむかえる母の声はなかった。兄のどなり声もなく、ましてや父がいるはずもない。お手伝いのばあやも、とうに帰ったのだろう。

わかっていたこととはいえ、いつにも増してさみしさがつのり、清作はうす暗い玄関にしゃがんで涙をこぼした。あと三、四時間でこの家ともお別れだと思うと、家族との思い出がつぎからつぎとよみがえる。いくらこらえようとしても、流れ出る涙はとめられなかった。

日本が清《しん》国との戦争で大勝利をおさめたのは、清作が生まれた翌年だった。ものごころがついたときには「臥薪嘗胆《がしんしょうたん》」が合い言葉になっていて、尋常小学校にあがるとカイゼル髭《ひげ》をピンとはねあげた校長が、毎週の訓辞で、朝鮮の独立を守るためにはどうしてもロシヤと一戦交えなくてはならないのだと熱弁をふるった。撃剣や柔術が得意な生徒が教師たちから褒めそやされたが、清作は角力《すもう》をとるのさえいやだった。

「いいのよ。ひとはそれぞれなんだから」

母はやさしく見守ってくれた。

「だいじょうぶだ。おまえは人一倍根気があるじゃないか」

陸軍将校の父も清作をはげましてくれた。

ところが、兄は清作を冷ややかな目で見るばかりで、一緒にあそんでくれたこともなければ、勉強を教えてくれたこともなかった。

清作は夏を羽咋《はくい》ですごすことが多かった。母の弟が小松の茶屋町までむかえに来て、清作だけをつれていく。家を離れるのは悲しかったが、小松駅から金沢駅へ、そして羽咋駅へと、陸蒸気《おか》に乗って旅行をするのは楽しかった。

羽咋の家は豊かな農家で、清作はいとこたちとともに田畑の仕事を手伝ったり、稲わらを打って縄を綯《な》ったりした。天気のいい日には、浜で潮干狩りをしてアサリやハマグリをとり、雨がふればあやとりやおはじきやかるたをした。清作が小松に帰るとき、叔《お》父《じ》はいつも干し魚や味噌《みそ》を背嚢《はいのう》いっぱいに持たせてくれた。

ある晩、叔父が問わず語りに、母は里帰りして清作を産み、生後八ヶ月まで羽咋で育たのだと教えてくれた。理由は、兄がやきもちを妬《や》いたからだ。父とともに弟の誕生を祝いに来た兄は、母に抱かれた生まれたばかりの清作を見るなり地団駄を踏んで悔しがった。大声でわめきちらし、赤ん坊に殴りかかろうとさえした。弟を大切にしなければ、おかあさんは家に戻ってこないぞと父が諭しても、兄はなかなか納得しなかったという。

成績優秀な兄は小松の中学校は三年まででやめて、金沢の師範学校に進んだ。前後してロシヤとの戦役に出征した父は奉天《ほうてん》大会戦で銃創を負い、帰国後に他界した。落胆した母は肺病をわずらい、羽咋の実家で療養していた。叔父は清作も引き取ろうとしたが、家長となった兄の反対にあってかなわなかった。そのため、清作は十二歳にして、小松は茶屋町の家にひとりで暮らすはめになったのである。

ちょうど一年前の春、清作が中学校に入学すると、詰め襟の制服を着た四人の上級生たちに武道場の裏につれていかれた。

「馬橋栄作の弟か?」

こわごわ頷《うなず》くと、頬を拳骨《げんこつ》で殴られた。

「おい、おまえらもやれ」

さらに三発殴られたうえに、最初に殴ってきた上級生に腹を蹴りあげられた。地面に倒れて苦しんでいるところを靴でさんざん踏まれた。

「恨むなら、兄貴を恨むんだな。えらそうに、ひとを見くだしやがって」

とばっちりを食ったと、金沢の下宿まで苦情を言いに行ったところで、兄に追いかえされるに決まっている。お手伝いのばあやに泣きつくわけにもいかず、清作は悔し涙で枕を濡《ぬ》らした。

翌朝、顔を腫らした清作が中学校に行こうと家を出ると、その上級生たちが立っていた。

「すまなかった。大勢で無抵抗の下級生を殴るとは卑怯《ひきょう》千万と、浅間にとっちめられてね。気がすむまで殴るなり、木刀で打ち据えるなりしてくれ」

最初に殴ってきた上級生にあやまられて、清作は事情がわかった。浅間幸三郎といえば、いずれは大臣か大将になる傑物として、小松だけでなく、金沢にまでその名が聞こえているという。武道の達人で、弱冠十五歳にして柔術と剣道の師範代をつとめている。生家は、あの浅間屋だ。

家が近いため、清作は幸三郎さんの姿を毎日のように見かけていた。こどものころから逞《たくま》しかったが、いまでは身の丈五尺八寸（約百七十五センチ）の偉丈夫で、太い眉に逆立った髪の毛、眼《まなこ》を爛々《らんらん》と光らせて歩く姿は、かの武蔵坊弁慶《むさしぼうべんけい》を彷彿《ほうふつ》とさせた。頭脳明晰《めいせき》で見識も広く、中学校では首席で通している。義侠心《ぎきょうしん》から肩入れしてくれたのだと思い、清作は胸のうちで幸三郎さんに感謝した。

上級生たちはよほど手厳しくやりこめられたと見えて、意気消沈していた。もちろん、清作に仕返しをするつもりはなかった。兄への恨みも含めて水に流してほしいと言って、四人とともに大橋を渡り、丸内町にある中学校にむかった。

校門では、つつっぽ袖に袴《はかま》、それに高下駄《たかげた》をはいた幸三郎さんが腕組みをして待っていた。その迫力にたじろぎながら、清作はそばまで歩みよって頭をさげた。お礼を言いたくても、緊張のあまり口はきけなかった。

「いくら相手が卑怯でも、自分の身は、自分で守らないとな。その気があるなら、稽古をしに来るといい」

そう言われてはことわれず、課業を終えたあと、清作は幸三郎さんにつれられて中学校のそばにある道場に行った。すでに乱取りが始まっていて、二十人ほどの門下生たちが意気盛んに声をあげている。

「うおりゃあー」

「さあ、こい！」

「まだまだ」

耳を聾《ろう》する大声に、清作は縮みあがった。

「師範代に、礼！」

門下生のひとりが気づいて声をあげると、全員がその場で気をつけをして頭をさげた。

「今日から入る馬橋だ」

紹介されて礼をした清作は、「あいさつはないのか」と門下生にどやされた。

「お願いします」

「なんだ、その蚊の鳴くような声は」

「今日のところは許してやれ」

幸三郎さんの一声で、門下生たちはふたたび乱取りを始めた。

お古の道着と袴をつけた清作は、幸三郎さんから受け身を教わった。投げの型も、初めてにしては上出来だと褒められた。力をつけるために打ちこみをさせられて、柱に結んだ帯の両端を左右の手で持ち、一本背負いにいくと、帯がすれて手のひらに痛みが走った。

「それを十本。全力でだ」

「はい」

五本目で指のつけ根に水ぶくれができて、八本目で破れた。ひりつく痛みで泣きそうになったが、清作は歯を食いしばって、もう二本打ちこみをした。

以来、清作は休まず道場に通った。夏のあいだもまじめに稽古をつづけたおかげで、打ちこみを五十本連続でこなせるようになり、受け身も上達した。ところが、乱取りとなると、声も出せず、技も出せない。そのため、相手がしだいにイラだってくる。

「馬橋。貴様、もっと気合いを入れんか。この臆病ものが!」

いきり立った相手が力まかせに投げを打ってきて、清作は懸命にしのぐが、結局は畳に叩《たた》きつけられた。

「師範代、馬橋をどうにかしてください。これでは稽古になりません」

その日は、乱取りの相手がついにしびれを切らした。

「それなら、おれが代わりをつとめよう」

幸三郎さんが立ちあがると、道場が静まりかえった。技を教えることはあっても、幸三郎さんが乱取りに加わるのは、清作が道場に通うようになって初めてだった。組み合っていた門下生たちが二手に分かれて、道場の壁ぎわに正座をしていく。清作もすわり、一瞬も見逃すまいと目をこらした。

「お願いします」

黒帯を締めた門下生が頭をさげた。歳《とし》は、幸三郎さんより二つ三つうえで、体格も引けをとっていない。

軽く頷いた幸三郎さんはかまえをとらずに突っ立っている。

「お願いします」

もう一度言ってもかまえない年下の師範代にバカにされたと思ったのか、黒帯の門下生が大きなかけ声をあげて飛びかかった。

「いやあああ」

袖と襟を取り、果敢に内股をしかけた門下生のからだが宙に浮き、一回転して背中から畳に落ちた。目にもとまらぬ早業《はやわざ》とはこのことで、清作には幸三郎さんの動きがまるで見えなかった。ほかの門下生たちも呆気《あっけ》にとられている。

「まだまだ」

黒帯の門下生は立ちあがるなり、今度は背負い投げと見せて大内刈りにいったが、またしても畳に叩きつけられた。

「まいりました」

両手と額を畳につけた相手が言って、幸三郎さんは小さく頷いた。

いずれ天下にその名をとどろかすひとのケタ違いの強さを見せつけられて、清作は自分が情けなくなった。それと同時に、かぎりないあこがれも感じていた。父や母がいれば、幸三郎さんがいかに強かったかを話せるのにと思っても、茶屋町の家には誰もいなかった。

清作は玄関の引き戸に心張り棒をかうと、マッチで石油ランプに火を灯《とも》した。そして、座敷から厠《かわや》まで、家のなかを見てまわった。

清作はひとり暮らしがこわかった。雨風が強い日など、どなられてもいいから、兄に帰ってきてほしいと思うことさえあった。しかし、すぐに、それだけはいやだと思い直した。

　詰め襟の制服から着物にきがえて、火鉢の灰に埋《うず》めていた種火から練炭に火をうつす。お手伝いのばあやがこしらえていった味噌汁を温めているあいだに、清作は中学校の課業をさらった。勉強は好きだし、成績も良いほうだった。小学校の同級生のうち、中学校に進めたのは十人にひとりだから、贅沢《ぜいたく》をさせてもらっているのはよくわかっている。中学を終えたあとは、さらに高等学校で学業をつづけたかったが、それは家長である兄の考えしだいだった。

　幸三郎さんは、中学卒業後は海軍兵学校に進むのだという。歳の離れた兄と姉がいる次男坊なので、婿養子に来てほしいという話がいくつもあり、父親からも良家を継いで出世の糸口をつかめばいいとすすめられているのに、当人は大将になって日本の海軍を世界一にするのだと言ってきかないらしい。

　道場で小耳にはさんだ話を思いかえしていると、戸を叩く音がして、清作はおどろき飛びあがった。

「馬橋、おれだ。浅間幸三郎だ」

　にわかには信じられなかったが、張りのある太い声はたしかに幸三郎さんだった。

「いま、開けます」

清作は心張り棒をはずし、おそるおそる戸を引いた。幸三郎さんは着流しで、袴をつけていないせいか、いつもよりおだやかに見えた。

「悪いな。思い立って、話をしに来たんだ。ほい、これ」

右手にさげた風呂敷包みからは香ばしい肉の匂いがした。左手には大きな徳利《とつくり》をさげている。

「女中に鶏《とり》を炙《あぶ》らせたんだ。うまいぞ」

鶏など、数えるほどしか食べたことがないので、清作の腹が鳴った。

「道場では蚊の鳴くような声しか出せないくせに、腹の虫は大きな音を立てよった」

幸三郎さんが可笑《おか》しそうに肩をゆすり、清作は恥ずかしさで顔を赤らめた。座敷にあがってもらい、座布団を出そうとすると、「かまわないでくれ」と制された。

「握り飯と、お茶と割り箸も持ってきたから、湯飲みだけ出してくれないか」

清作は戸棚の湯飲みを手にとりながら、雲のうえのひとが自分ごときになんの用があるのだろうと考えたが、まるでわからなかった。

「馬橋と呼ぶのは他人行儀だから、清さんにするか。同じ茶屋町で育ったんだ」

まさか、そんなふうに思ってくれていたとはと、清作は感激した。火鉢で温めていた味噌汁をお椀《わん》によそって出すと、幸三郎さんが喜んだ。

「こいつはうまそうだ。まずは食べよう。話はそれからだ」

重箱には、炙った鶏肉《とりにく》のほかに玉子焼きや煮染《にし》めも入っていた。父が他界してからはついぞお目にかかったことのないごちそうを、清作は無言で頬張った。

「父君の和作《わさく》さんが亡くなって、もう二年四ヶ月になるのか」

あらかた食べ終えたところで幸三郎さんが言って、清作は箸をちゃぶ台に置き、いずまいを正した。父の帰還と、その直後に訪れた死は、清作にとってあまりに痛切な経験だった。

「あとで、仏壇に線香をあげさせてくれないか」

「ありがとうございます。父もよろこびます」

しばし間が空いたあと、清作が口を開いた。

「ぼくは、幸三郎さんの大橋での果たし合いを見ています。お姉様のお輿入《こしい》れも拝見しました」

清作は、自分がおちついていると思った。

「なるほど、そのふたつのほうが先か」

幸三郎さんが腕を組み、苦笑いをした。

「店ということばは、世に見せるという『見世《みせ》』からきているそうだ。つまり、商家の子女子息たるもの、親にならい、なんでもかでも見せびらかして、世のなかの歓心を買わないと気がすまないというわけだ。親子そろって、あさましいにもほどがある」

「そんなつもりで言ったわけではありません」

清作が必死に首をふると、幸三郎さんは声を立てて笑った。


清作が小学三年生だった明治三十六年の十月はじめに、幸三郎さんのお姉さんが加賀藩の家老をつとめていた家に嫁いだ。それはそれは豪華絢爛《けんらん》な輿入れで、浅間屋の前には黒山のひとだかりができた。清作も蒔絵《まきえ》がほどこされた嫁入り道具や白無垢《しろむく》の花嫁を見てうっとりした。

浅間屋は屋根は銅板葺《どうばんぶ》きだし、大きな倉が十二もある。昼間に店の前を通ると、藍染めの股引《ももひき》に腹掛けをした四、五人の若い衆が大八車から大きな樽《たる》や木箱や俵をおろしていることがあって、清作はかれらの逞しい姿にひけめを感じた。学校が休みの日は、そこに幸三郎さんが加わるので、さらに店が活気づく。

「ほら、おまえたち、若に負けるな」

番頭にハッパをかけられた若い衆が重そうな麻袋を肩にかつぎ、倉にむかって歩いていく。幸三郎さんも同じ麻袋をかついでいるのに、前を行く若い衆をらくらく追い抜き、かけ足で戻ってきては、また麻袋をかつぐ。若い衆も負けじと力をふりしぼると、お客や通りがかりのひとたちから拍手がおきたり、かけ声がかかったりした。

幸三郎さんが果たし合いをすることになったのは、お姉さんの輿入れの翌月だった。

相手は源太《げんた》といい、大工の棟梁《とうりよう》の息子で、六尺（約百八十センチ）近い大男だ。天満宮でおこなわれる秋祭の角力では負け知らずだが、幸三郎さんがまた今年も出場しなかったので、業を煮やして果たし状を叩きつけてきた。

幸三郎さんは受けて立った。場所は梯川にかかる大橋。勝負は素手による組み討ち。どちらかが負けを認めるか、気絶するまで戦うのだと聞いて、清作は足がふるえた。

ロシヤの脅威は日に日に迫り、校長の訓辞はもはや絶叫だった。銭湯でも、以前は気が好《よ》かったおじさんたちが、清国に勝って獲得した遼東《りようとう》半島を三国干渉によって返還させられた悔しさを憤懣《ふんまん》やるかたない口ぶりで語り合っていた。家に配達される新聞には、大国ロシヤとの戦争を危惧する論説もたまに載っていたが、学校や銭湯で慎重な意見を言うひとはひとりもいなかった。

誰もが血気にはやっていたときに、小松の町きっての若武者どうしが果たし合いをするというのだからたまらない。源太のほうが年上だし力も強いが、幸三郎は柔術の達人だ。いやいや、源太はああ見えて動きがすばやいし、幸三郎は道場でしか戦ったことがないと、どちらが強いかを言い争っているうちに殴り合いを始めたひとたちまでいた。

清作は果たし合いを見に行くつもりはなかった。ところが、前日に金沢から帰ってきた兄に、明日の場所取りを命じられた。

「もっとも、幸三郎は熱を出して学校を休んだそうだから、源太の不戦勝かもしれないがな。とにかく、本家から頼まれたんだ。果たし合いは十時からだというが、夜明け前に家を出て、かならず一番いい場所を取るんだぞ」

兄からゴザを押しつけられて、清作はいつもよりずっと早く布団に入った。

翌朝、まだ暗いうちに大橋に着くと、すでに十人ほどが場所取りに来ていた。橋のまんなかを四角く囲むように縄が渡されていて、そこを試合場として戦うのだという。一番いい場所はすでに取られていたが、茶屋町側のよく見えそうなところにゴザを敷くことができた。

十一月になったばかりだというのに真冬のような寒さで、空は厚い雲におおわれていた。先に来ていたひとたちが河原で焚《た》き火《び》を始めたので、清作も橋からおりてあたらせてもらった。

幸三郎はインフルエンザという、最近では流行性感冒とも言われるはやり風邪《かぜ》らしい。浅間屋に往診した医師が言っていたのだから間違いない。いずれにしても四十度近い高熱があるそうだから、果たし合いは無理ではないか。

そんな話を聞いているうちに、橋にひとが集まってきた。

「おっといけねえ。坊主、火を消しといてくれ」

早く橋に戻りたかったが、清作は念入りに焚き火を消した。ゴザに正座をして待っていると、やがて兄が本家の伯父《おじ》とともにやってきた。

「なんだ、一番前にしろと言ったのに」

清作はさすがにムッとなった。

「貴様の役目は済んだから、さっさと帰れ」

いきり立つ兄を、本家の伯父がなだめた。

「まあまあ、せっかくだから、おまえさんも見ていくといい」

家に帰ろうにも、大橋のうえはすでにひとでいっぱいだった。両岸の土手にも、見物人が連なっている。

雪が舞い落ちて、清作が思わず身ぶるいしたとき、橋のむこう側がどよめいた。見物人たちが左右に分かれて、そのあいだをいかめしい顔をした短髪の男たちが歩いてくる。ひときわ大きいのが源太だ。しかし、幸三郎さんがあらわれる気配はなかった。

「あと五分で十時だな」

本家の伯父が懐中時計のふたを開けて言った。その声に応じるように、紋付き袴姿の源太の介添え人が大橋の中央に進み出た。いかなる理由であれ、約束の時刻におくれることは負けを意味する。

「こりゃあ、幸三郎の面目は丸つぶれだな」

「しょせんは本陣のボンボンで、見かけ倒しだったってことさ」

あちこちで嘲りの声があがりだしたとき、「どいた、どいた」と威勢のいいかけ声がして、みんながいっせいにふりかえった。幌《ほろ》をかけた浅間屋の人力車が橋のたもとにかけこんできて、むこう鉢巻きを締めた幸三郎さんがおり立つと、見物人たちからおどろきの声があがった。

「さあ、さあ。道をあけてくれ」

印半纏《しるしばんてん》を羽織った浅間屋の若い衆が見物人をかき分ける後ろから幸三郎さんが歩いてくる。しかし足元がふらついて、息づかいも荒い。縄で囲われた試合場にたどり着くと、幸三郎さんは欄干にもたれかかった。

追いかけるように、浅間屋のおかみさんと番頭がやってきた。黒髪を大きく結いあげ、黒い羽織を粋に着こなした女性は後妻さんだ。幸三郎さんとは仲が悪いので有名だったが、高慢ちきで通った女性が拝むように手を合わせて、万一のことがあったら、商用で東京に行っているおとうさんとお兄さんに申しわけが立たない、どうかバカなまねはやめてくれと頼んでいる。番頭は土下座をして、さらにかけつけた柔術と剣道の師範たちまでもが幸三郎さんを説得している。

そのようすを見ていた源太の介添え人が、そういうことなら果たし合いを一週間延期しようと提案した。しかし、それがかえって幸三郎さんの癇《かん》にさわった。

「ええい、どいつもこいつもうるさいことを言いやがる。男が一度交わした約束を破れるわけがないだろう。ましてや果たし合いだ。このくらいの熱なら、すぐにさげてやるから待っていろ！」

そう叫ぶなり、幸三郎さんは袴と道着を脱いで褌《ふんどし》一つになると、橋の欄干にのぼり、舞い散る小雪を肌身に受けながら梯川にむかって飛びこんだ。

「うわー」

「おい、飛びこみやがった」

「こりゃあ、お陀仏《だぶつ》だぞ」

見物人たちが叫び声をあげて、清作は思わず両手で顔をおおったが、どうしたことか悲鳴が歓声に変わった。おそるおそる手を外すと、幸三郎さんが川を泳いでいる。見事な抜き手で上流にむかい、流れに乗って橋までくだってきては、また上流にむかって泳いでいく。それを三度くりかえしたところで幸三郎さんは岸にあがった。

浅間屋の若い衆が三、四人かけより、手ぬぐいで幸三郎さんのからだをふいている。凍りつくような川で泳いで熱がさがったのか、幸三郎さんは打って変わって潑剌《はつらつ》としていて、大橋の見物人たちに手をふった。

「浅間屋！」

「よっ、幸三郎。日本一！」

「天下を取れよ！」

かけ声と拍手にこたえながら幸三郎さんがふたたび大橋に立ったときには、もう果たし合いどころではなかった。源太は幸三郎さんの手を取って頭をさげ、どうか舎弟にしてほしいと頼んだ。

「なにを言ってやがんだ。一君万民、四民平等の世のなかだ、仲良くやろうじゃないか」

幸三郎さんの気っ風《きぷ》の良さに源太は感激し、ふたりは肩を組んで橋を渡った。見物人たちも誰彼となく肩を叩き合っている。

「なんだ、つまらん。浅間屋のせがれがコテンパンにやられるところが見たかったのに」

馬橋の伯父がいまいましげに言うと、兄がすかさず応じた。

「まったくです。源太のやつも、千載一遇の好機を逃しやがって」

そうまでして本家に取り入ろうとする兄に、清作は同情した。兄は伯父を送った足で、金沢に帰っていった。

浅間幸三郎の株はさらにあがり、しばらくはひとが集まると大橋での果たし合いの話で持ちきりだった。ふたりが戦うところを見たかったというひともいたが、清作は日本とロシヤとのあいだもあんな具合に丸くおさまってくれればいいのにと思っていた。

そうこうするうちに明治三十七年が明けた。北清事変に乗じて満州《まんしゆう》全域を占領したロシヤ軍は、北京《ペキン》議定書の調印後も撤兵の約束を反故《ほご》にして満州に居座りつづけ、ことここに至っては開戦をためらうべきではないと新聞はさかんに書き立てた。

二月六日、日本はロシヤに国交断絶を通告した。すぐさま旅順《りよじゆん》港に奇襲攻撃をしかけた帝国海軍がロシヤの戦艦二隻と巡洋艦一隻を撃沈したとの報が届くと、小松の町は歓喜に沸いた。

春休みに帰省してきた兄に、母は日本はロシヤに勝てるのだろうかとたずねた。

「戦争を始めてしまった以上、勝つために全力を尽くすしかないでしょう」

兄はそう言うと、横目で清作をにらんだ。自分の臆病を見抜かれた気がして、清作は胸が苦しくなった。

清作は、戦争がおそろしかった。きっかけは、小学校で見せられた日清戦争の絵双紙《えぞうし》だった。同級生たちは、原田重吉《はらだじゆうきち》の玄武門《げんぶもん》破りや、安城渡《あんじようわたり》で戦死したラッパ卒白神源次郎《しらがげんじろう》を描いた勇ましい図絵を見て興奮していたが、清作はただただおそろしかった。

しかもロシヤ軍には、清国の軍とは比べものにならないほど強力な兵器や、大きな軍艦があるという。ロシヤと戦争をすれば、勝つにしろ、負けるにしろ、たくさんの兵隊が負傷して、死ぬ者も山ほど出る。すぐに死ねればまだいいが、船ごと海に沈んで溺れたり、深手を負って何時間も苦しみながら息絶える兵隊だっているにちがいない。どの国の兵隊にだって、親兄弟や妻子がいるのだ。

しかし、兄は戦争などこわくないようだった。

「もしも負けるようなことになったら、満州も朝鮮もロシヤのものになり、北海道までとられてしまう。良港のある新潟や敦賀《つるが》はロシヤの租借地にされて、さらに何億円という賠償金を科されて、日本中が窮乏することになります」

「それはそうかもしれないけれど、お国のことより、わたしはおとうさんが無事であってくれたらと……」

母が心配しても、兄は母を安心させるようなことは一切言わなかった。そして、この戦争は日本の命運をかけた戦いであり、なんとしてもロシヤに負けるわけにはいかないのだと言い残して、早々に金沢の下宿に帰ってしまった。

日本軍の部隊が続々と大陸に送りこまれる記事を新聞で読みながら、清作も父の無事を祈った。夕食のときには、小学校の教師や同級生たちから聞いた最新の情報を母に話した。通信部隊の将校として大陸に渡った父に何通も手紙を書いたが、返信はなかった。

日本軍は着々と会戦の準備を整えて、八月二十二日、ついに遼陽《りようよう》総攻撃の命令がくだった。日本軍十三万余に対して、ロシヤ軍は二十二万余。まさに日本の全国民が固唾《かたず》を呑んで戦いの帰趨《きすう》を見守った。そして九月三日、日本軍はロシヤ軍を潰走させて、翌四日に遼陽を占領したとの報がもたらされた。大勝利をおさめたなら、父は無事にちがいない。戦争もじきに終わるだろうと、清作は母と喜びあった。

小松でも提灯行列がくりだされて、日章旗や旭日旗《きよくじつ》、それに奉祝の幟《のぼり》がふられた。

浅間屋は餅をまいて酒をふるまい、太鼓や鉦《かね》の音は鳴りやまず、ひとびとは夜遅くまでうたい踊りつづけた。

清作も母とともに提灯行列を見物した。ただし、両軍に何万という死傷者が出たとのうわさも聞こえていたので、父のことが心配でならなかった。

その後は、乃木《のぎ》将軍が旅順攻略に手こずり、戦線は膠着《こうちゃく》した。やがて旅順は陥落して、明治三十八年が明けてからも日本軍は攻勢をつづけた。しかしロシヤは大国であり、戦争はいつ終わるとも知れなかった。

奉天大会戦で負傷した父が、報道記者たちを乗せた船で帰国すると聞かされたのは、日本海海戦大勝利の余韻も冷めぬ六月一日だった。明後日《あさって》には船が着くので、母は本家の伯父と敦賀港までむかえにいくという。

名誉の負傷での帰還と本家のひとたちがふれまわったらしく、町をあげての大歓迎となった。ところが母と伯父に支えられて小松駅前にあらわれた父の姿を見て、清作は気を失いそうになった。黄土色の厚ぼったい軍服を着た父の顔は青ざめて、まるで表情がない。となりに立つ母も心配でならないという顔をしている。ところが、本家の伯父は得意顔で遼陽や奉天の戦場における父の勲功を語った。

「馬橋和作君、万歳！」

伯父の音頭で、旗や幟を持って集まっていたひとたちが万歳を三唱した。清作は目をつむって唱和した。そのあと伯父に呼ばれて、兄とともに父の前に進み出たとき、オモチャの鉄砲を持ったこどもが空にむけて引き金を引いた。

パン、パン。

乾いた音が広場に鳴り響いた。

「うわあ」

父はとてつもない大声をあげたかと思うと、「敵の襲撃だ、逃げろ」と叫んでかけだした。

「栄作、清作、おとうさんをとめて」

清作はすでにかけだしていた。父はドタドタと走りながら、両腕をふりまわす。広場に集まっていたひとたちはすばやく左右に分かれた。

あと少しで追いつきそうになったとき、父が軍帽を投げ捨てた。それを拾おうと、こどもたちが四、五人飛び出してきて、清作は行く手をふさがれた。

「おい、どいてくれ」

聞く耳を持たないこどもたちをよけて、清作は父を追った。すると、父が走りながら軍服を脱ぎ捨てた。今度は大人たちまでもが群がり、軍服を奪い合っている。

さっきよりも大きく迂回《うかい》して、清作は父を追った。そして、ようやく追いつきそうになったとき、父がくずおれた。

「おとうさん」

清作はかけよって父に呼びかけたが、返事はなかった。

「誰か、お医者さんを。お医者さんを呼んでください」

清作は助けを求めて叫んだ。母が父にすがって泣いている。やがて父は担架で運ばれて、かけつけた医師が父の死を告げた。それが駅舎のなかでだったのか、どこか別の建物だったのかを清作はおぼえていなかった。兄が一緒にいたのかどうかも定かではなく、気がつくと清作は茶屋町の家にいて、すすり泣く母の背中をさすっていた。

父は敦賀港に着いたときはしっかりしていたが、汽車に乗っているあいだに体調が急変したという。しかし、馬橋本家の伯父は、途中で下車して父を休ませることなく、小松駅に直行した。

葬儀は、母方の叔父がとりしきってくれた。馬橋の本家からは、当主である伯父だけが参列した。父が教師をしていたときの同僚や教え子だったというひとたちが弔問に訪れてくれたのがせめてもの救いだった。

「おれも、あのとき、駅前の広場にいたんだ」

幸三郎さんの目と清作の目が合った。

「清さんは、和作さんがどうして志願したのかを知っているのかい？」

「通夜のときに、母方の叔父から聞きました」

「そうか。うちは商売柄、あちこちから情報が入ってくるんだ」

「そうなんですか」

小声で答えて、清作は膝においた拳を握りしめた。

羽咋の叔父に教えられて初めて知ったのだが、清作が三歳になるまで、父は中学校の教師をしていた。徴兵検査は甲種合格だが、教師は事実上徴兵を免除されている。優秀な数学の教師で、生徒たちにもしたわれていたという。

日清戦争の講和が成ったあとに兵隊の募集がおこなわれると、身体強健な若者たちが続々と志願した。ロシヤは強敵だが、軍人になれば俸給がもらえるし、退役しても仕事にありつける。じっさい、日清戦争に従軍した兵隊のなかには大陸に残って商売を始めたものも多いし、台湾に渡ったものもいる。日本政府としても、命がけで国に尽くしたものたちを優遇するのは当然だ。

馬橋の本家は、御一新後にいち早く製鉄業を始めて成功した。ところが、しだいに業績が悪化して、再起をかけた製氷業にも失敗し、窮地に追いこまれていた。

そこで本家は、清作の父・和作に白羽の矢を立てた。中学校の教師が志願したら馬橋家の体面が保てるし、儲《もう》け話にだってありつけるかもしれないというわけだ。

羽咋の叔父は、母から事情を聞くと、小松までやってきて、本家と縁を切ってでもことわるべきだと父を説得した。しかし、父は聞きいれなかった。

「おれの兄貴が、中学で和作さんに数学を教わったんだ。それで、親父《おやじ》も兄貴も和作さんのことをずっと心配していてね。それが、あんなことになって」

　幸三郎さんが歯ぎしりをした。

　このままでは、自分もいつか、本家の意を受けた兄の命令によって志願させられるにちがいない。これまで何度か頭をよぎった不安が現実のものとして迫ってきて、清作の顔から血の気がひいた。

「清さんは、兵隊になるのがこわいかい？」

　幸三郎さんに聞かれて、清作は頷いた。

「どんなにこわくたって、兵隊になるものがひとりもいなくなったら、その国はおしまいだよな」

　痛いところを突かれて、清作はうなだれた。

「ロシヤとの戦争は、聞けば聞くほど凄《すさ》まじいものだったようだから、清さんが尻ごみするのも無理はない。ましてや、ずる賢い身内の身代わりとして兵隊にさせられるなんて、たまったもんじゃないものな。その一方で、国民皆兵といいながら、一年志願兵や六週間現役制など、金持ちの子弟が兵役をまぬがれるための抜け道は依然として存在している。そうした不公平があるかぎり、徴兵逃れをされてもしかたがないことになってしまう。国民の模範となり、世界中から仰ぎ見られる軍隊をつくるためには、いまの不公平な徴兵制度をあらためて、文字どおりの国民皆兵にするか、さもなくば完全志願制にするべきなんだ」

幸三郎さんは湯飲みに手を伸ばして茶をすすると、清作の目を見すえた。

「清さんも、海軍兵学校に進まないか。高等学校とちがって、授業料も寄宿代もかからないうえに、月々手当が支給される。二十歳で徴兵されて、下級兵としてしごかれるより、江田島《えたじま》の兵学校に入って、おれと一緒に日本の海軍を世界一にしないか。試験は難しいが、やる気があるなら、できるかぎり手伝おう」

思いがけない誘いに、清作は心底おどろいた。

「軍人になったからといって、誰もが抜刀して突撃するわけじゃない。作戦の立案、補給線の確保、それに兵隊の教育だってしなければならない。軍人にとって、むやみな勇気や功名心ほど危険なものはない。大切なのは、努力を怠らないまじめさと、どんなときでも冷静な思考を保つ精神力なんだ」

幸三郎さんは、柔術の門下生たちが自分をじっさいより強くみせようとばかりしていると嘆いた。

「その点、清さんは面白いよ。無意味な大声をあげないし、力はついているのに、ちっとも技をしかけようとしないんだからな。しかも、受け身は天下一品ときたもんだ」

清作は目を丸くした。

「なんだ、自分の力をわかってないのか。ふつう、あれだけ投げられたら、肩や腰を痛めている。受け身なら、清さんが文句なく一番だ。いずれにしても、清さんのように自分に下駄をはかせない男は、いまどき滅多にいるもんじゃない」

望外な褒めことばはうれしかったが、清作は軍人になるつもりはなかった。たとえ戦闘に参加しないとしても、軍人として働くのは、自分には到底無理だという気がした。

第一の希望は、高等学校に進むことだった。それが無理なら、師範学校に進み、教師として地道に暮らしていきたい。しかし、あれほどまでに自分を嫌っている兄が、同じ道を進ませてくれるはずがなかった。それなら、いったいどうすればいいのか？

「そういうわけで、一度清さんと話してみたいと思っていたんだ。海軍兵学校の件は、よく考えて返事をしてくれないか。今度は、うちで話そう」

幸三郎さんは仏壇に線香をあげて、帰っていった。清作は玄関の戸に心張り棒をかうと、その場に立ったまま、幸三郎さんとのやりとりを思いかえした。

自分の運命が大きく動こうとしている気がして胸がさわいだが、どうすることが最善なのかはわからなかった。

甕《かめ》の水を柄杓《ひしゃく》ですくって飲むと、清作は座敷に戻り、机にむかって勉強を始めた。

翌週の日曜日に、清作は浅間屋に行った。詰め襟の制服にきがえたのは、着物がかなり古くなっていたからだ。あらかじめ約束してあったので、若い女中が二階に案内してくれた。

柱はもちろん、障子の桟まで黒漆で塗られているのにおどろきながら、清作は幸三郎さんが待つ部屋に通された。

「今日は、ご相談したいことがあってまいりました」

清作は出された座布団にはすわらず、畳に正座をして幸三郎さんと目を合わせた。

「ぼくの兄、栄作のことはご存じですか？」

「ああ。おれの三つうえで、金沢の師範に行った」

「はい」

「学業はできたようだが、清さんとちがって、性格は酷薄というのか……」

そこまでわかっているならだいじょうぶだと思い、清作は家族の関係をつぶさに語った。

「なるほど。それでようやく合点がいった」

腕組みをしたまま頷くと、幸三郎さんは父が帰還した日のことを話してくれた。オモチャの鉄砲におどろいてかけだした父を清作は必死に追いかけたが、兄の栄作は冷ややかな顔で見ているだけだったという。父親が倒れても表情ひとつ変えずに突っ立っているので、幸三郎さんは理解に苦しんだ。決定的なのは、本家の伯父と兄のやりとりだった。

「和作さんが担架で駅舎のなかに運ばれていったあとも、駅前に集まっていたひとたちはなかなか帰ろうとしなかった。おそらく、和作さんの変わり果てた姿に、戦争のおそろしさを垣間見《かいまみ》たんだと思う。正直に言えば、おれも縮みあがっていた」

それでも、やがて、ひとびとは帰っていった。幸三郎さんは父の安否が気になり、駅舎に入った。医務室のほうに歩いていくと、伯父と兄が廊下で立ち話をしていたので、気づかれないように身を隠した。

「栄作さんが、『このたびはこんなことになって申しわけありませんでした』って平謝りしてるんだよ。こっちは和作さんが志願させられた経緯を知っているわけだし、国を守るために一命をなげうって戦った兵隊の息子が、内地でぬくぬくと暮らしていたやつにどうしてあやまらなくちゃいけないんだって、頭に血がのぼってね。そうしたら、馬橋家の当主が、『いい恥をかかされた。いっそのこと骨になって帰ってくればよかったのに』って言ったんだ。栄作さんは、さすがになにも言わなかった。そこで当主が帰っていったからよかったものの、あのまま話を聞いていたら、おれはふたりともぶん殴っていたよ」

幸三郎さんは怒りで声をふるわせた。先週清作を訪ねたときに話さなかったのは、清作の兄と伯父を罵るようで気が引けたからだという。

本家や兄のためにどんなに尽くしたところで、いいようにつかわれるだけだ。清作のなかで、なにかが吹っ切れた。

「ですから、家を出ることに決めました」

清作が言うと、あぐらをかいていた幸三郎さんが片膝を立てて身を乗り出した。

「えっ？　清さん、いま、なんて言った？」

清作自身、自分のことばにおどろいていた。徴兵逃れは最後の手段で、それ以外に兵役につかずに済む方法がないかを相談するつもりでいたからだ。ところが、清作はとっさに決断していた。

「海軍兵学校には行きません。徴兵されるのもいやです。馬橋の家を出るので、かくまってくれそうなひとを教えてくれませんか。どんな仕事でもしますから」

「こいつは魂消《たまげ》た。こんなにおどろかされたのは初めてだ。臆病なんて、とんでもない。しかし清さん、自分がなにをしようとしているのか、よくわかったうえで言っているのかい？　おどかすわけじゃないが、生家を捨てるというのは、天涯孤独の無宿人になるってことだぜ」

そのうえ徴兵逃れだとして捜索願いが出されたら、捕まって監獄に入れられてしまうかもしれない。

「わかっています」と答えたものの、清作は本当のところはよくわかっていなかった。父には悪いが、清作を突き動かしていたのは、小松駅で見た父の取り乱した姿だった。あんなふうになって死ぬのは絶対にいやだ。

「まさか、徴兵逃れの手助けを頼まれるとはな。清さんは、おれにことわられるとは思わなかったのかい？」

後先を考えることなく、気がついたら口に出していたのだと、清作は正直に答えた。

「なるほど。どうりで怒る気にならなかったわけだ。よし、そういうことなら承知した。海軍大将を目ざすおれとは正反対の生き方だが、そこまで覚悟が決まっているなら上等だ。しかし、これは大ごとだな。よほど周到にことを運ばないと、面倒なことになる」

幸三郎さんは思案顔で腕を組んだ。一方、胸にためていた思いを打ち明けた清作はさっぱりした気分で十畳はある広い部屋を見まわした。

ガラスがはまった立派な本棚には洋書や和綴《わと》じの本がびっしり並んでいる。大きな机には海図が広げられて、方位磁石やコンパスが置かれている。部屋の隅には、東京からわざわざとりよせたらしい国民新聞や東京日日《にちにち》新聞、それに万朝報《よろずちょうほう》が積まれていた。

そこで幸三郎さんが立ってふすまを引き、「おーい」と声をかけた。間もなく階段をのぼる足音が聞こえて、さっきの若い女中があらわれた。お盆にのせて持ってきたのは急須と湯飲み、それに干し芋が盛られた大皿だった。

「まあ食べてくれ。そのあいだに、考えを整理するから」

清作は手を伸ばして干し芋にかじりついた。甘くてうまくて、清作は上等な煎茶をすすっては干し芋を頬張った。

「清さんは、案外大物なのかもしれないいな」

剛胆で知られた幸三郎さんに感心されて、清作は身が縮んだ。

「徴兵逃れをかくまってくれそうなひととなると、木樵《きこり》、炭焼き、砥石《といし》掘りに猟師といったところか。そのうちで、つとまりそうな仕事があるかい？」

すぐに返事ができなかったのは、自分の希望を言ったら笑われるのではないかと心配になったからだ。

「鍛冶屋《かじ》に知り合いはいませんか？」

清作は消え入りそうな声で聞いた。

「鍛冶屋か。いないことはないが、そりゃまたどうして？」

清作はこどものころに鍛冶屋の仕事ぶりを見て以来、金鎚《かなづち》で鉄を打つ音が好きになった。いまでも、気持ちがふさぐと塀のかげから職人が金鎚をふるう音を聞いている。いきなりはできるはずもないが、決して弱音を吐かずに修業につとめると清作は誓った。

「わかった。そこまで言うなら、ひきうけよう」

幸三郎さんは神妙に頷くと、心当たりに探りを入れてみるので、しばらく待ってくれと言った。

「おれが中学を卒業するまでには、どうにかするから」

翌日から、清作はこれまで以上に柔術の稽古にはげんだ。あいかわらず技はかけられなかったが、相手の投げを懸命にふせいだ。さらに、朝と晩に庭で木刀をふった。

清作は新聞から切り抜いた地図を見ては、自分はどこに行くのだろうと思った。日本海と東シナ海を囲む東アジア一帯が描かれていて、清国を打ち破って譲渡させた台湾には、小松の町からも十人ほどが渡ったという。ロシヤに勝利して保護下においた朝鮮には、一旗あげようと、早くもそれ以上のひとたちが渡ったらしい。

清作はできることなら日本のどこか、それも北海道や東北地方ではなく、なるべく小松に近い西日本のどこかに隠れて徴兵を逃れたかった。この期におよんで贅沢を言っていられないのはわかっているが、まるで知らない場所にひとりで行くのはおそろしすぎる。とんでもない決断をしてしまった気がしたが、戦争に行くよりはよほどましだと言い聞かせた。

しかし、本当に逃げていいのだろうか。父が守ろうとした馬橋の本家と、家長である兄に迷惑をかけることになってもいいのだろうか。羽咋の実家でふせっている母は、息子が逃げたと知って、どう思うだろう。

幸三郎さんからなにも言われないまま季節はうつり、明治四十一年の春が来て、清作は中学二年生になった。五年生の幸三郎さんにとっては中学最後の一年だ。しかし清作はこれっぽっちも幸三郎さんを疑うことなく、来たる出立《しゅったつ》の日にむけて、自分を鍛えつづけた。

そして今日、新学年になって最初の土曜日に中学校にむかうと、校門の手前に幸三郎さんが立っていた。こちらを見る顔つきで、清作はついにそのときが来たと思った。

「今夜、九時すぎに大橋で待ち合わせよう。服は、その詰め襟の制服でいい。ただし、夜が明けると人目につくから、着物と帯、それにワラジを忘れずに持ってきてくれ。月のない晩にしたんだからね。間違ってもランプや提灯をさげてこないでくれよ」

幸三郎さんに注意されていなければ、まさにそうしていたにちがいないと思い、清作は自分のまぬけな姿を想像してふきだした。

「いざ出立が決まったら、おふくろさんにひと目会いたいなんて言いだすんじゃないかと思っていたんだが、いらぬ心配だったようだな」

行き先は岡山の美作《みまさか》だという。清作は日本地図を思い浮かべた。美作は岡山県の山間部で、兵庫県や鳥取県寄りだったはずだ。

京都までは幸三郎さんが一緒に行ってくれる。京都から美作へは、浅間屋に出入りしている行商人がつれていってくれるとのことだった。

家族に内緒でことを進めたので、思ったよりも日数がかかってしまった。美作でのようすは行商人から聞くことになっているから手紙をよこさなくていいと話す幸三郎さんに、清作はひたすら感謝した。いつか恩返しがしたいと思ったが、幸三郎さんはこちらの助けなど必要としない輝かしい人生を歩むにちがいない。

これが最後となるその日の稽古で、清作は幸三郎さんに乱取りの相手になってほしいと頼んだ。

「馬橋。身のほどを知れ」

「貴様には百年早い」

門下生たちからの罵声を浴びながら、清作は畳に額をつけた。

「いいだろう。ただし、自分から技をかけるならだ」

「はい」

清作は顔をあげると、道場の中央に進み出た。口が渇き、手足がふるえた。おちつこうとしてつむった目を開けると、幸三郎さんが真正面に立っていた。

「お願いします」

そう言ったきり、清作は身動きがとれなかった。射すくめられるとはこのことで、幸三郎さんが山のように大きく見えた。

「さあ、こい」

「はい」

幸三郎さんの声に応じて飛びかかり、襟と袖をつかむと、清作は渾身《こんしん》の力で一本背負いにいった。つぎの瞬間、天と地が逆さになった。清作はかつてない勢いで畳に叩きつけられた。

「ありがとうございました」

全身がしびれていたが、起きあがった清作が畳に手をついて礼を言うと、期せずして門下生たちから拍手が起きた。

道場を最後に出た清作は夕日に染まった小松の町をゆっくり歩いて家に帰った。小学校の門前に立つと、父と母につきそわれて入学した日のことが思い出された。天神町の天満宮では、賽銭《さいせん》を投げて鈴を鳴らし、美作までの道中の無事を祈った。そして、大橋の欄干にもたれて川を眺めたあと、橋の途中で転んだ男の子の鼻緒を直してやったのだ。

茶屋町の家でひとごこちつくと、清作は詰め襟の制服のまま七輪に火をおこした。思い出にひたって泣いている時間はもうなかった。羽咋の叔父が送ってくれた干し魚を炙り、ばあやが炊いていった飯を茶碗《ちゃわん》によそって夕飯を食べた。残った飯は、塩をふって握り飯にした。米櫃《こめびつ》の米を布袋に入れて、塩と味噌はそれぞれ壺《つぼ》から竹筒にうつし、醤《しょう》油《ゆ》は徳利に入れて口を油紙でふさいだうえに手ぬぐいで包んだ。中学校の教科書とノートも持ったので、背嚢はかなりの重さになった。

兄が月々くれる生活費を節約して貯めた金は三十五円と六十三銭あった。世話になったばあやと、羽咋の叔父に黙って出ていくのはあまりに申しわけなかったが、書き置きをおいていくわけにいかなかった。

茶屋町の家で暮らした年月を思い、清作は父と母に感謝した。かなうなら、ずっと小松で暮らしたかったが、父はすでに亡く、今年の正月に見舞った母はやせ細って立つこともできなくなっていた。

これから先も戦争がくりかえされるなら、小松には二度と帰ってこられない。清作はいつの日か生まれ故郷に帰ってきたいと思ったが、どのような世のなかになれば自分がふたたび梯川にかかる大橋を渡って茶屋町に来られるのかわからなかった。

なんとしても生きて、小松に帰ってきたい。仏壇に手を合わせて、父の位牌《いはい》を懐に入れると、清作は背嚢をかつぎ、静かに戸を開けて月のない夜道を歩きだした。

2 将来

「なあ、あさひ」

父が言ったのと、わたしが牛乳の入ったグラスに右手を伸ばしたのは同時だった。

「あっ」

父に目をやったせいで手元がくるい、指先がグラスに当たった。牛乳はこぼれなかったが、いかにも間が悪くて、わたしはため息をついた。

「すまん、あさひ」

わたしは無言で首をふった。父のとなりでは母が心配そうな顔をしているが、わたしは窓の外に目をむけた。昨夜から降りつづく大粒の雨が窓ガラスを濡らしている。照明がついているのに、マンションの八階にある部屋はどことなく暗かった。

JR東海道線の辻堂《つじどう》駅のだいぶ南側に建っているので、ふだんは相模《さがみ》湾が大きく見える。梅雨だからしかたがないとはいえ、せっかくの土曜日がこの天気では、ただでさえ晴れない気持ちがさらに沈んでいく。

「どお？」

「うん、おいしい」

母に聞かれた父がホットサンドを頬張ったまま答えた。食べながら話さないでと言いそうになったが、これ以上険悪な空気にしたくなかったので、わたしもホットサンドを頬張った。いつもながら、タマゴとチーズの組み合わせは絶妙で、「おいしい」と思わず声が出た。

母がうれしそうに頷き、「おとうさん、さっきあさひになにを言おうとしたの」と聞いた。

「昨日の夜、ぼくが帰ってきたときに見ていたテレビ番組はなんだったのかと思ってさ。興味津々という顔で見ていたから」

「ああ……。あれは、最近始まったやつ」

著名人の先祖について調べるテレビ番組で、昨日は若手俳優の祖父が太平洋戦争の激戦地で命拾いをする話だった。次回はベテラン落語家の母親についてだという。

「なるほど。それはたしかに面白そうだな。次回から、録画して見ることにするか」

「たぶん昨日のも再放送すると思うよ」

サイドボードにおいていたスマホで調べると、来週木曜日の深夜に再放送することがわかった。わたしはテレビをつけて、レコーダーのリモコンで録画予約をした。

「簡単になったわよね。まえは、いちいち番号を入力しなくちゃいけなかったのよ、十ケタくらいの。それでも、そのシステムになったときは画期的だって思ったのに」

母の話を聞きながら、わたしはホットサンドをぱくつき、牛乳とコーヒーを飲んだ。父や母とふつうに話すのは一週間ぶりで、ふたりもホッとした顔をしている。

わたしは公立中学校の社会科教師になるためにずっと勉強してきたが、先週土曜日の朝、父がとつぜん反対を表明した。その前夜、三週間にわたる教育実習をようやく終えて両親にねぎらわれたばかりだったので、わたしは一瞬、なにを言われているのかわからなかった。

理由は、昨今の教師があまりにも多忙だからだ。とくに中学生は難しい年ごろで、問題や悩みを抱えがちなので、対応や対策におわれて、平日に学校を出るのは夜十時をすぎる。土日や祝日にも部活動の指導がある。さらに新しい勤務評定の制度が導入されたことで、教師どうしに悪い意味での競争原理が働いてしまい、こまっている若手にベテランがアドバイスすることもなくなった。心身の不調から休職する教師は増える一方だが、文科省は抜本的な対策を講じるつもりがないらしい。

そうした情報に加えて、教育実習中のわたしの疲れ方を見て反対の意志を固めた父は、私立学校で教師になったらどうかとすすめてきた。横浜《よこはま》にある中高一貫校の理事と知り合いで、十日ほど前にそれとなく聞いてみたところ、私立のほうが教師の人数も多くて、給料も良いらしい。母も父に賛成で、私立学校の採用試験も受けてみたらと、さかんにすすめてきた。

わたしは怒りを爆発させた。一ヶ月後の筆記試験にむけてラストスパートに入ろうとしているこのときに、やる気を削《そ》ぐようなことを言うなんて信じられない。どれほどたいへんかなど百も承知で、わたしは公立中学校の教師になろうとしているのだ。

食器を片づけたあとだったからよかったものの、そうでなければ興奮したわたしが両手でテーブルを叩いた衝撃で、牛乳やコーヒーがこぼれていたにちがいない。

ひとり娘のあまりの剣幕に、父と母は、自分が決めた道を進めばいいと言ってくれた。ただし、わだかまりは残ったままだった。

「ご先祖か」

父はつぶやくと、ひと呼吸おいて話しだした。

「ぼくが生まれたときには、父方の祖父母はすでに亡くなっていた。母方の祖父もそう。母方の祖母とは会ったらしいけど、二歳のときに亡くなったから、記憶はないんだよな」

父はさみしげに目を伏せた。それでも父は、自分の祖父母がどんなひとだったのかをかなりくわしく知っていた。お正月やお盆に父方の親戚が集まった席で、伯父さんや伯母さんが祖父母との思い出を話したからだ。母方の祖父母のことは、母親に聞いた。

そうした経緯も含めて、父はおりにふれて祖父母や両親のことを語ったが、わたしはいつも聞き流していた。教員採用試験が済んだら、あらためて父の先祖について話してもらい、きちんと記憶にとどめよう。

ふと気づいて、わたしは母と目を合わせた。

「あれっ。わたしって、玉江《たまえ》おばあちゃんの両親のことは名前も知らないけど」

「えっ、そうだった」

「そうだよ。博之《ひろゆき》おじいちゃんは、亡くなる直前まで元気だったから、加藤《かとう》家のことはいろいろ聞いたけど。玉江おばあちゃんは、なんて旧姓だったの」

すぐには思い出せないのか、母は十秒ほど考えていたが、無言で椅子から立ちあがると、電話台の抽斗《ひきだし》を開けてメモ用紙とボールペンをとってきた。

「馬橋清作、喜美代《きみよ》」

わたしを産むまで銀行に勤めていたこともあってか、母は達筆だった。

「へえ、馬橋って、めずらしい名字だよね。それで、清作さんの出身地はどこなの？あと、お仕事についても教えてください」

母はこまった顔で首をかしげた。

「えっ、自分のおじいちゃんなのに知らないの」

わたしが素っ頓狂な声をあげたので、母はさも心外だというように頬をふくらませた。

「あさひ。そうやって親をいじめるもんじゃない。おかあさんもむくれないで」

母は基本的におだやかだが、わたしにからかわれると、すぐにむくれる。こどもっぽいのは父も同じだが、母をかばうときだけは多少勇ましくなる。

母はふたり姉妹の妹、父も兄がふたりと姉がひとりいる四人きょうだいの末っ子なので、わが家に仏壇はなかった。

「それじゃあ、玉江さんのごきょうだいについて、ぼくが知っている範囲で話そうか。清作さんのことを知る手がかりになるかもしれないから」

もったいぶってグラスの水に口をつけた父が、ふいに素の顔に戻った。

「あさひ、時間はいいのか？」

「うん、だいじょうぶ」

わたしが頷くと、父は椅子にすわり直した。

「ぼくがおふたりにお会いしたのは、ぼくたちの結婚披露宴でだった。玉江さんが紹介してくださったんだが、お兄さんもお姉さんも押し出しがよくて、礼服の着こなしも見事でね」

父が興奮を隠せないように話すので、わたしは期待をかき立てられた。

「お兄さんの和久《かずひさ》さんは玉江さんよりひとまわりうえで、チリやブラジルといった南米の国々で鉱山の開発や採掘にたずさわってこられたそうだ。ぼくも仕事の関係でいろいろなひとに会ってきたけれど、日本人ばなれしたスケールの大きさを感じたね」

父は精密機械メーカーの社員で、わたしが小中学生だったころは半年に一度くらいドイツをメインにヨーロッパ各国に出張に行っていた。自分では謙遜しているが、そこそこ優秀な技術者らしい。

「それで、お姉さんは？」

「洋子《ようこ》さんは、和久さんのふたつしたで、浪曲《ろうきょく》の三味線《しゃみせん》を弾いていたそうだ。正式には曲師《きょくし》という」

「浪曲？」

あまりに予想外だったので、わたしは笑いだした。

「あ～、びっくりした。まさか親戚に芸能人がいたとはね。それじゃあ、おとうさんも、洋子さんの三味線を聴いたことがあるんだ。どう、上手だった？」

「それが、ずいぶん前に引退されたということだったし、初めてお会いする目上の方に、披露宴の余興に三味線を弾いてくださいとは言えないよ」

「なんだ。でも、おかあさんは聴いたことがあるんでしょ？」

洋子さんはずっと博多《はかた》で暮らしていたため、母も数えるほどしか会ったことがなかった。和久さんは旭川《あさひかわ》に住んでいたので、おふたりとも遠路はるばる父と母の結婚式と披露宴に出席してくださったとのことだった。

　玉江おばあちゃんはそれから半年後に脳出血で死去した。享年五十六。ハネムーンベビーであるわたしが生まれたとき、祖母はすでにこの世にいなかった。

「いまから思うと、披露宴のあとにお茶をして、おふたりからお話をうかがっておけばよかったんだけどね。なにしろ、飛行機の時間が迫っていたものだから」

　父は申しわけなさそうに肩をすぼめた。

「それは、しかたがないんじゃないの。自分の妻になったばかりの女性の先祖について、やがて娘からしつこく聞かれることになるとは、思いもしなかったろうし。玉江おばあちゃんが、そんなにすぐ亡くなるかもしれないと思うのも失礼だし」

「おまえはなんというか、じつにサバサバしているな」

「そのせいで彼氏いない歴は、一年三ヶ月でいいんだっけ」

　わたしがあっけらかんと答えたので、父が大きなため息をついた。

「はいはい、すみません。でも、人生なにが起きるかわからないから。あした運命的な出会いをするかもしれないし」

　口が渇いたのでコーヒーカップに手をやると、なかは空だった。

「もう一杯いれましょうか。おとうさんも、飲むでしょ？」

母は笑顔で椅子から立ち、重ねたお皿を持ってキッチンにむかった。わたしも立って残りの食器を運ぶと、台ふきんでテーブルをふき、椅子にかけた。

「馬橋清作、喜美代」

わたしは母がボールペンで書いた母方の曽祖父母の名前に見入った。どこで生まれた、どんなひとかもわからないが、清作さんと喜美代さんが結婚していなければ、祖母も、母も、わたしも、この世に生まれてくることはなかった。もっとも、あの世の清作さんと喜美代さんだって、こんなかたちでひ孫に関心を持たれて、おどろいているにちがいない。

テーブルについてぼんやりしていると、父が自分たちの結婚披露宴のアルバムを出してきた。なるほど和久さんも洋子さんも目力が強くて、只者《ただもの》ではない気迫をただよわせている。

やがてコーヒーの香りが漂ってきた。さっきとはちがう種類の豆でいれたようで、カップも替えて出してくれる母の心づかいに、わたしは感謝した。母は椅子にかけてコーヒーをひと口飲むと、馬橋家にまつわる話をしてくれた。

末娘の玉江が生まれた昭和十二年ころ、馬橋家は横浜市桜木町《さくらぎちょう》に一家をかまえていた。清作さんが多少の財産をこしらえたおかげで、長男の和久は大学に進学できた。姉妹もそれぞれ女学校に通うことができた。

祖母の姉は、本名の馬橋洋子で浪曲の曲師となり、それなりに活躍したらしい。母たち姉妹は、「博多の伯母さん」と呼んでいた。生涯独身をつらぬき、粋でおしゃれなひとだった。

一方、祖母の兄・和久は「チリの伯父さん」と呼ばれていた。五、六年に一度帰国しては、南米のめずらしい品々を両手に抱えて渋谷《しぶや》区神宮前《じんぐうまえ》の公務員住宅にあらわれた。祖父の博之は東京都の職員で、見た目も性格も実直だったから、母たち姉妹にとって見栄えがするうえに気前がいい「チリの伯父さん」はあこがれだった。奥さんはチリ人で、息子がふたりいたはずだという。

ところが、清作さんがどこで生まれて、どんな仕事をしていたのかとなると、まるでわからない。没年は、たしか昭和三十二年だったと思う。喜美代さんは、母が二歳のときに亡くなった。

桜木町なら、目と鼻の先だ。こどものころから何度となくあそびに行っているし、大学に通うのに、ほぼ毎日横浜駅を利用している。そんな身近な場所で、曽祖父母たちは暮らしていたのだ。

たかだか教師になるのを両親から心配されているわたしからすれば、「チリの伯父さん」と「博多の伯母さん」の生き方は、まさに規格外だ。そんなチャレンジ精神に溢《あふ》れたこどもたちを育てた清作さんと喜美代さんは、どんな人生を歩んだのだろう。

「いろいろ話してくれて、ありがとう。このコーヒーは部屋で勉強しながら飲むね」

素直なことばが口をつき、ぺこりと頭をさげてカップを持つと、わたしは自分の部屋にむかった。


清作さん夫妻のことをもっとくわしく知りたいと思いつつ、わたしは教員採用試験の勉強を始めた。一次の筆記試験は七月の第二日曜日なので、まずはそこに全力をそそぐ。二次試験は模擬授業と面接で、八月中旬におこなわれる。卒論のメドは立っているから、試験のあとに集中すれば十一月末日の提出期限に間に合うはずだ。

教師を志望したきっかけは、中学二年生のときに転入してきた女子生徒との出会いだった。ただし、彼女のほうは、わたしの名前も知らないし、顔もおぼえていないだろう。わたしが知っているのも、彼女の名字だけだ。

二学期の始業式の日、担任の女性教師とともに見たことのないセーラー服を着た女子生徒が教室に入ってきた。担任が、転入生の紹介はテレビでの始業式のあとでおこなうと言ってモニターのスイッチを入れた。ほどなく画面に教頭が映り、つづいて校長が話し始めた。長くて無意味な訓辞のあいだ、転入生は担任と並んで黒板の前に立ったままだった。

ことばを交わしてもいないのに、わたしは彼女と友だちになりたいと思った。切れ長の美しい目と、均整のとれたからだから伝わってくるのは、潔癖さと強い向上心だ。笑顔は滅多に見せなくても、気持ちはやさしいにちがいない。

やがて始業式が終わった。教壇に立った担任が黒板に「崔」という字を書くと、生徒たちがざわめいた。

「静かに！」

担任がいつになく厳しい声でしかったため、生徒たちは口をつぐんだ。崔さんは担任がフルネームを書くのを待たずに自己紹介を始めた。

「はじめまして」

自然な日本語だった。

「わたしの名字は、日本語では『さい』、韓国語では『チェ』と読みます。わたしは日本で生まれて、日本で育ちましたが、両親は韓国籍です。いわゆる在日コリアンで、わたしは二十二歳になるまでに、自分の国籍を韓国にするか、日本にするかを決めなければなりません。日本国民になれば選挙権も得られるし、所得税や住民税も日本人と同じだけ納める」

自己紹介からほど遠いことばに、クラスがざわめいた。崔さんは小さく息をつくと、ふたたび話しだした。

「試験に合格すれば公務員にもなれます。けれども、両親と同じ韓国民になることを選べば、わたしには選挙権も被選挙権もなく、あるレベル以上の公務員にもなれません。つまり、日本政府は、平等な条件のもとで国籍の選択をさせているのではなく、意図的に在日コリアンを減らそうとしているのです」

わたしは在日コリアンに対する差別があることは知っていた。しかし、崔さんが言おうとしていることを完全には理解できなかった。友だちになりたい気持ちと、本当に友だちになれるのだろうかという不安で、わたしの胸はざわめいた。

「それじゃあ、韓国人になって韓国に帰ればいいじゃん」

先陣を切ったのは、お調子者の男子だった。その尻馬に乗って、三、四人の男子が手を叩いてはやし立てた。

「帰れ、帰れ、韓国に帰れ」

しかし、崔さんはまるで怯《ひる》まず、冷静な声で言いかえした。

「かつてカリフォルニアに移民した日本人たちが、アメリカ人たちからそうした罵声を浴びせられて迫害されたのを知らないの？　日本人は常に差別する側でいられると思っているなら、勘違いもいいところよ」

「はあ、意味わかンねえ。日本とアメリカは仲いいし。でも、韓国とは一生仲良くならねえし。おまえなんか、二十二歳になる前に、さっさと韓国に帰れよ」

お調子者の男子があおったので、「帰れ、帰れ、韓国に帰れ」の大合唱がおきた。

「静かにしなさい！」

担任がさっきよりもさらに大きな声で言った。男子たちが小さくなると、先生は崔さんの顔を見て舌打ちをした。

「どうして、ふつうに自己紹介をしないのよ。あなたにとっては重大な問題でも、このクラスの生徒たちには関係がないでしょ。そんなふうだから、まえの学校にもいられなくなったんじゃない」

気配を感じてふりかえると、いつの間にか、教頭と教務主任が教室の後ろに立っていた。担任に注意をするわけでもなく、やれやれといった表情でことのなりゆきを眺めている。

わたしは崔さんの手をとって、教室から逃げだしたかった。こんな先生や生徒たちに囲まれていたら、気が変になってしまう。それなら、逃げるしかない。

そう思いながらも、わたしは椅子にすわったままだった。崔さんは軽蔑のこもった目つきで担任を見やると、生徒たちの顔をひとりずつ見ていった。教室のほぼ中央にいたわたしとも目が合った。ほかの生徒たちよりも、ほんの少しだけ長く視線がとまった気がしたが、すぐにわたしの後ろの生徒にうつってしまった。

「先生」

教頭が声をかけて、教壇に歩みよった。

「生徒たちが動揺してもいけないので、別の部屋でわたしが彼女と話しましょう。先生も、このあと授業がおありでしょうから」

崔さんの目が、ガラス玉のように無表情になった。おそらく彼女は二度とこのクラスに来ない。この中学校の校門をくぐることもないと思い、わたしは悲しかった。なにより、崔さんが訴えようとした事柄をきちんと理解できない自分が情けなかった。もしも理解できたなら、「わたしたちにも関係はあります」と言って担任教師に反論できるのに。

「ほら、来なさい」

腕を引こうとした教頭の手を払うと、崔さんは自分から教室を出ていった。そして、それきり彼女は登校しなかった。横浜にあるインターナショナルスクールにうつったというわさも聞いたが、真偽のほどは定かでなかった。

あれから八年近くがすぎても、わたしは崔さんの顔をはっきりおぼえていた。もしも、わたしが担任教師としてああした事態に直面したら、そのことは授業できちんと取りあげると約束して場をおさめる。そして、社会科の時間に日韓関係の歴史を教えて、生徒たちと議論をつみかさねながら、数多くの在日韓国・朝鮮人がどうして日本で生活しつづけているのかを考えていけばいい。

卒論のテーマを、「神奈川県内における在日朝鮮人の自主教育機関——一九三〇年代を中心に」にしたのも、崔さんに対するわたしなりの答えだった。一九一〇年の韓国併合直後は、朝鮮人の成年男子が単身で日本に渡り、多くが肉体労働に従事した。それが二〇年代になると、故国から家族を呼び寄せて、日本で家庭を築くひとたちが増えてくる。こどもが生まれるが、日本の小中学校は朝鮮人の児童をうけいれるのをイヤがった。そこで在日朝鮮人たちは夜間学校などの自主教育機関を立ちあげた。しかし、日本政府が朝鮮語による教育を厳しく禁じたため、日本で生まれた朝鮮人のこどもたちの多くは朝鮮語を話せなくなった。貧しさから、学校教育を受けられない朝鮮人のこどもも多かった。そうしたことも大きな要因となり、一九四五年八月十五日に植民地支配から解放されたあとも、多くの在日朝鮮人が日本にとどまりつづけざるをえなかったのである。

いかなる理由であれ、教育の機会を奪うことは、将来にわたって大きな禍根を残す。それは現在の日本で社会問題となっている「こどもの貧困」についてもいえるというのが、わたしの卒論の趣旨だった。

なんとしても教員採用試験に合格して、中学校の教師になってみせる。そして、崔さんのような在日コリアンの生徒も笑顔で学校生活を送れるようにしたい。

わたしのような苦労知らずが力んでも、説得力がないのは重々わかっている。それでも、いつの日か崔さんに再会したときに、少しは胸を張りたいと思いながら、わたしは机にむかった。

七月に入り、わたしは午前零時には寝るようにした。この数年の神奈川県の中学校社会科の採用人数は三十五人程度、十倍をこえる狭き門だが、やることはやってきたので、いまさら無理をしてもしかたがない。

横浜の大学まで通学する電車のなかで、わたしは浪曲を聴くようになった。「博多の伯母さん」こと、曲師・馬橋洋子の影響であるのは言うまでもない。市立図書館で借りたCDをiPodに取りこんでランダムに聴いているのだが、これがツボにはまった。「ゆるしてっ、くれよ〜と〜」といった抑揚とリズムが絶妙にマッチした言いまわしは、思わず口まねをしてしまう。

「ちょっと待った！」をはじめ、清水《しみず》の次郎長《じろちょう》ものでくりだされる啖呵《たんか》はどれもカッコいい。それに三味線の音色も大好きだ。浪曲は気合いを入れるのには最高で、わたしは夏の暑さにも負けずに勉強にはげんだ。

ネットには、「馬橋洋子」の名前が載っていた。ただし、曲師の一覧に名前が記載されていただけで、得意だった演目や、どんな浪曲師と組んでいたのかといった情報はあがっていなかった。

今日も帰りの電車で浪曲を聴いて悦に入っていると、スマホのLINEに、気分転換に落語のCDを聴いているというメッセージがあがった。中学校の教師を目ざしている十人ほどがメンバーで、男女比は半々。みんなの反応がいいので、〈古典芸能っていいよね。まさにいま、ｉＰｏｄで浪曲を聴いているところ。〉とわたしは得意になって書きこんだ。

〈ダサッ。〉

〈浪曲は一度も聴いたことないし。〉

〈落語にしなよ。笑えるし、しみじみもするし、現代の出来事を題材にした新作もあるし。〉

〈もしかして、面接試験に備えて、心の底から右傾化しようとしているのかな？〉

〈浪曲を聴いたことはないけど、「うなりやベベン」こと、国本武春《くにもとたけはる》さんなら知ってるよ。ＮＨＫＥテレの「にほんごであそぼ」に出ているよ。〉

　ほぼ全員にどん引きされて、わたしは吊革《つりかわ》につかまりながら肩を落とした。これでは親戚に曲師がいたとはとても打ち明けられない。浪曲でも新作を演じているひとがいるようだし、浅草《あさくさ》の木馬亭《もくばてい》では定期的に浪曲の会が催されているが、そこまで手を広げている余裕はなかった。

　午後九時すぎに、「にほんごであそぼ」のことを教えてくれたマーちゃんから電話があった。彼女は中学校の国語教師を目ざしていて、教員採用試験を終えた九月に教育実習をおこなうことになっていた。ところが、三年前に中学校の教員になった学科の先輩がうつ病になって休職したと聞き、教育実習に行くのがこわくなった。試験勉強にも手がつかない。

「先輩が担任していたクラスにモンペがいて、毎日放課後にこっちから電話をかけて、その生徒のようすをくわしく伝えないと、怒りまくって学校にどなりこんでくるんだって。しかも、管理職はちっとも助けてくれなかったんだってさ」

モンペは、モンスターペアレントの略で、学校に理不尽な苦情を訴えてくる保護者のことだ。新聞や雑誌、それにテレビでも使用されていることばだが、教育問題にまじめに取り組んでいる学者や教師はまずつかわない。迷惑な親はたしかにいるが、学校に不信感を抱くきっかけとなった出来事があったからこそ、そうした強引な手段に訴えているわけだ。その点を不問に付したまま、親の行動に問題のすべてを帰するようなことばづかいをするべきではない。マーちゃんだって、これまでモンペなんて言ったことはなかったはずだと思い、わたしは心配になった。

「たぶん最初の対応を間違えたんだろうけど、三年目の新米教師じゃあ、モンペからの要求を毅然《きぜん》としてことわるなんてできるわけないじゃん。わたしが教育実習で受け持つクラスにモンペがいたらどうしよう。三週間って、長すぎるよね」

おびえる彼女を、「そこまでひどい親はそんなにいないと思うよ」となだめたものの、こればかりは配属されてみないとわからない。

「いいよね、あさひは。いい意味での鈍感力があって」

「たしかに、そうかもね」

わたしは角が立たないように受け流したが、「そんなわけないじゃん」と胸のうちで反論した。このご時世なのだから、わたしだって大きな不安を抱えながら教育実習にのぞんだのだ。

大学四年生の五月中旬から六月はじめにかけて教育実習をおこなうのは、得策でないとされている。授業をするのはたいへんだし、それに加えてレポートや書類をいくつも提出しなければならず、その間は教員採用試験の勉強ができなくなるからだ。実際、LINEのメンバーは、わたし以外全員が九月に教育実習をすることにしていた。

わたしがあえて五月中旬から六月にかけての時期にしたのは、生徒たちから力をもらえると思ったからだ。教壇に立って授業をすることで教師になりたいという意欲がさらに高まり、勉強にも熱が入るのではないか。

その目論見《もくろみ》は当たった。教育実習中の睡眠時間は三、四時間だったが、わたしは教える喜びを知った。だからこそ、とつぜん私立をすすめた両親に対して、あんなにも怒ったのだ。

「このことはみんなには黙っててほしいんだけど、バイトで教えてる学習塾から、卒業後に働きませんかってさそわれたんだよね。正社員候補って待遇にするからって」

マーちゃんがわたしの反応をうかがっている。

「へえ、そうなんだ。それで、どうするの？」

「まだ迷ってる。中学校の先生のほうが格段に安定してるけど、忙しさがハンパじゃないもん。うちの親に話したら、塾のほうがまだ安心だって言われちゃった」

意欲満々で教育学部に入学したものの、学校現場のあまりの厳しさを知って、学習塾や予備校の講師へと就職先を変更する学生はあとを絶たなかった。マーちゃんの口ぶりからすると、学習塾に気持ちが傾いているのだろう。もしかすると、すでに承諾したのかもしれない。

「でもさあ、モンぺって、マジありえなくない？　学校側が先生を守ってくれる保証がないなら、働けないって思うほうがふつうじゃない？」

マーちゃんのグチはなかなかやまなかった。わたしは勉強の時間も惜しかったが、それ以上に自分の選択を肯定してもらいたがる甘えた口ぶりがイヤだった。学習塾だって、本気でやればたいへんに決まっている。

「わたしはさあ、自分が苦労知らずの甘ちゃんだって、よくわかってるんだよね。だったら、鍛えるしかないじゃん。いいじゃん、どんな学校に配属されたって。やるだけのことをやって、それでもどうしても通用しないってわかったら、悔しいけどあきらめて、別の仕事をさがせばいいんだよ」

口をついたことばの力強さに、わたし自身おどろいた。

「えっ？」

マーちゃんも、呆気にとられている。

「ちがうちがう。勘違いしないで。わたしはクジ運が強いから、運を天にまかせれば、神様がきっといい学校にまわしてくれるはずだって楽観してるってこと。教員採用試験に受かってもいないのに、こんなことを言ってもしかたがないけど」

わたしはあわてて取り繕った。

「あさひは強いよね」

「そうかなあ。自分ではよくわからないけど」

「強いと思うよ。ふつうは、そんなふうに思い切れないよ。さっき言った、鈍感力があるっていうのも、そういう意味だから」

そこで終わってくれればよかったのに、マーちゃんはＬＩＮＥのメンバーへのグチを言い始めたので、わたしのイライラはさらにつのった。

「いつまでも、ぐずぐず言ってるンじゃねえってンだ」

清水の次郎長ばりの啖呵が喉まで出かかったが、それをマーちゃんにむかって言うわけにはいかなかった。

もどかしい思いにかられているうちに、いつの間にか電話は切れていた。

「ああ、一度でいいから、後先考えずに本気で啖呵を切ってみたい」

教員採用試験が終わったら、浅草の木馬亭に生の浪曲を聴きにいこう。奮発して大黒《だいこく》家《や》の天丼を食べようと思いながら、わたしは机にむかって勉強を再開した。

3
縁

「鍛冶屋さん、ちょっと、よかと」

清作が鍛冶小屋で一心に金鎚をふるっていると、戸口で若い女の声がした。あ、あやだろうと思ったが、いまはどうやっても手が離せない。ツルハシの穂先に刃金《はがね》をつけているところで、片時も金鎚を打つ手をとめるわけにはいかなかった。

「用があるなら、入ってきンさい」

清作は背中をむけたまま大きな声で言った。地金《じがね》と刃金を接合するための鉄蠟《てつろう》をかけてひとしきり打ち、ツルハシの穂先を火床《ほど》のなかに入れてふりかえると、思ったとおり、あやが立っていた。

「ごめんなさい、いそがしいのに」

白く輝くあやの肌に清作は目を奪われた。髪もきれいに結って、綿の入った着物をきている。一番方と二番方は午後三時に交代する。そのあと、風呂に入ったのだろう。もうそんな時間になるのかと思いながら、清作は首からさげた手ぬぐいで額の汗をふいた。火床に入れていたツルハシの柄をつかみ、穂先を金床《かなとこ》に当てて金鎚を打つと甲高《かんだか》い音が響き、火の粉がはじけた。

炭鉱でつかうツルハシは片側にだけ嘴《はし》がある。嘴の長さは一尺二、三寸（約四十センチ弱）と小ぶりで、柄も鍬の柄のように太くはない。地金に刃金をなじませながら、穂先を鋭く尖《とが》らせていくのが腕のふるいどころだ。

一番神経をつかうのが焼き入れで、水に入れるころあいをあやまると台なしになってしまう。鍛冶小屋の窓に布をかけて、昼間でもうす暗くしているのは、焼けた鉄の色を見きわめるためだ。しっかり熱して、南蛮色と鍛冶職人たちが呼ぶ、唐辛子が赤黒く熟した色になったところで石桶の水に入れて、急激に温度をさげる。すると鉄は硬くなるが、同時に脆《もろ》くもなる。そこで、今度は弱い熱を加えて金鎚で打つと、硬さとねばりをかねそなえたツルハシができあがる。火床は鍛冶小屋の奥にあって、石炭が燃える熱のおかげで二月のなかばでも汗が出た。

四年前、このヤマに着いた日に、清作は一度だけ坑内におりた。ヤマの頭領が、坑夫たちが石炭を掘っているところを清作に見せたのだ。掘削の最先端部を切羽《きりは》と呼ぶことも、そのときに教わった。坑内では決して大声を出したり、派手なくしゃみをしてはならない。音が反響して、石が落ちたり、天井が崩れる危険さえあると注意された。

清作はおじける気持ちを押し隠してランプをうけとり、自分より三つ四つは年下に見える若い坑夫のあとについて坑口に入った。地の底深くへと斜めに掘りさげられた坑道は身をかがめなければ歩けず、幅も狭い。ランプの灯《あか》りに照らされた範囲しか見えないため、清作はおそろしさで足がふるえた。

やがて坑道が水平になり、幅も少しは広くなった。手押しのトロッコのレールに沿って歩くうちに、ツルハシで石炭を掘る音がいくつも聞こえてきた。若い坑夫に聞くと、八つある切羽のうち、一番近いところに行こうとしているという。それならすぐだろうと思ったが、歩けども歩けども着かない。坑道は複雑に分岐していて、自分ひとりではとても地上に戻れそうになかった。清作は枠木に頭や肩をぶつけたり、レールの枕木につまずいたりしながら、若い坑夫の背中を追って歩きつづけた。

ようやくたどり着いた切羽では、背中一面に不動明王の刺青《いれずみ》を入れた褌一つの坑夫がツルハシをふるっていた。掘り出した石炭を箱に積む女も腰巻き一つで、動くたびに乳房がゆれた。地の底で働く男女の艶《なま》めかしい姿に、清作は息を呑んだ。

地上に戻ったとき、清作は黄泉《よみ》の国から生還したような心地がした。水をもらい、頭領の自宅兼事務所の正面にかかった時計を見ると四十分ほどしかたっていない。てっきり三、四時間は地中にいたと思っていたので、清作は手の甲で目をこすった。

「どうした、鍛冶屋さん。キツネかタヌキに化かされなすったか」

若い坑夫が言うには、坑内ではふしぎなことがよくおきる。誰もいない方向から石炭を掘る音がしたり、しっかり締めたはずの褌がほどけたり、ワラジのひもがすぐに切れたり。つい二週間前、切羽でひと休みしていたところに見たことのない美しい女が徳利をさげてあらわれた。酒をついでくれて、いざ飲もうとしたときにネズミが鳴いた。すると女は、キツネの姿に戻って走り去ったという。

若い坑夫は大まじめだったので、清作は夢を見たのだろうとは言わなかった。坑夫たちは、あの危険きわまりない暗闇で、十二時間も働きつづけるのだ。せめてたしかな道具を持たせてやりたいと、清作は胸に誓った。

よくできたツルハシは刺さりが深く、穂先がつぶれにくい。つぶれた穂先で打つと、割れた石炭が飛んで目を傷つける。まえの鍛冶屋のときは、一日に五本も六本もツルハシをつかっていたのが、二、三本ですむようになったと数日で評判になり、清作は坑夫たちから礼を言われた。なかにはキザミ煙草《たばこ》をくれたひともいたが、清作は煙草は吸わないのでと丁重にことわった。それならと、朝鮮飴《あめ》をくれて、こちらはありがたくいただいた。

清作が美作《みまさか》を離れて筑豊《ちくほう》炭鉱に来た四年前は、日露戦争後の不況がまだつづいていた。景気が上向いたのは、一昨年《おととし》の六月にサラエボで起きた暗殺事件をきっかけに欧州で大戦争が始まり、日本が参戦を決めてからだ。八幡《やはた》製鉄所が増産態勢に入ったため、筑豊の炭鉱はこぞって出炭量を増やした。大手の炭鉱は削岩機という新型の機械を導入しているそうだが、ここのように小さなヤマはツルハシによる昔ながらの採炭だった。

基本的に男女ひとくみで作業に当たり、男が先山《さきやま》としてツルハシをふるい、女が後山《あとやま》として掘り出した石炭を集めて運び出す。坑夫たちは少しでも高い賃金を求めて炭鉱を渡り歩くため、顔ぶれは一定しなかったが、三十組ほどの先山と後山が二交代で働いていた。坑夫のほかにも、坑道の天井を支える枠木を組む仕繰《しくり》夫《ふ》、ポンプやボイラーをあつかう技士たちが、それぞれ専門の仕事についていた。

出炭量の増加にともなって、鍛冶屋もいそがしくなった。今朝も、鍛冶小屋の戸口においた木箱には、穂先がつぶれたツルハシが三十本ほど積まれていた。午前三時にあがってきた二番方の坑夫たちがおいていったもので、柄のつけ根に「マサ」「ケン」「クマ」といった名前が刻まれている。穂先に布きれが結んであるのは、刃金をつけてほしいという印だ。つぶれた穂先を尖らせて焼きを入れ直すのが五厘。刃金をつけるのが三銭。儲かるのはうれしいが、このヤマにいる鍛冶屋は清作ひとりだった。

朝から休みなく金鎚を打ち、すっかりくたびれていたところにあやが来てくれたので、清作はもうひとふんばりする力がわいた。

清作がこのヤマの鍛冶屋になったころ、あやは子守をしていて、昼どきになると食べものを売り歩く娘を鍛冶小屋につれてきた。汗まみれの清作は一つ一銭の饅頭《まんじゆう》やアンパンを三つ四つ買い、金鎚を打つあいまに頬張っては、ヤカンの水で流しこんだ。あやは案内料として清作と娘から駄賃をもらうというわけだ。夕方には、母親がつくった夕飯を持ってきてくれて、こちらは一食七銭。もう一銭払うと、お茶がつく。

あやは十四歳になった去年の四月から、父親の後山として坑内で働いていた。ときどき、いそいで直してほしいと、穂先がつぶれたツルハシを持ってきたが、今日の用事はちがうらしい。

それよりも、あやが大人っぽくなっていて、清作はおどろいた。チラッと見ただけだが、背丈が伸びて、からだがふっくらしてきた。顔つきも、こどものようではなくなっている。

「尻をむけたままで悪いが、なンの用か言ってくれ」

清作は金鎚でツルハシを打ちながら、大きな声で聞いた。

「この鍬を、直してもらいたくて」

鍬と聞いて、清作は思わずふりかえった。さっきは気づかなかったが、あやの手には三本歯の鍬があった。備中鍬《びっちゅうぐわ》と呼ばれるもので、ねばりが強い田んぼの土でも深く耕せる。ただし、平鍬《ひらぐわ》にくらべてつくるのが難しく、ヘタな鍛冶屋がつくったものだと耕しているうちに刃が曲がったり、途中で折れたりする。あやが持っている備中鍬は三本の刃がきれいにすり減って、櫃《ひつ》と呼ばれる柄を差す部分もよくできていた。

鍬の刃がすり減ったぶんをつぎ足して、もとの長さに戻すことを「先がけ」という。鍬の先がけができれば一人前と言われるほどの熟練を要する仕事だ。

美作で備中鍬をつくっていたことは、あやに言っていなかった。里の農家にでも頼まれたのだろうと思ったが、その予想ははずれた。

「下関《しものせき》から来た行商のおばさんが、ぜひお願いしてほしいって。ここの鍛冶屋さんは腕がいいと評判だからって」

あやのことばにおちつきをなくして、清作は無言で金鎚を打った。うわさは、ときにおどろくほど遠くまで広まる。下関の行商人が小松や金沢に足をのばすとは思えないが、兄の耳に入ったら、また追っ手をよこすかもしれない。

「あの、来月のはじめに立ちよるので、そのときまでにって……」

背中ごしでも、清作が動揺したのがわかったらしく、あやは小さな声でつけ足した。

「わかった。たしかにひきうけた」

ぞんざいな返事で、申しわけないと思いながらも、不安になった理由を言うわけにはいかなかった。

「よろしくお願いします」

あやは足早に帰っていった。

しかし、一度さわいだ心は簡単には静まらず、金鎚を持つ右手にむやみに力が入り、ツルハシの穂先がひび割れた。こんなひどいしくじりをしたのは、筑豊に来て初めてだった。

「小松を出て、八年だぞ。いったいいつまで、おびえて暮らさなけりゃならないンだ」

胸のうちで叫ぶと、清作はヤカンの水をガブガブと飲んだ。


四年前、美作の親方のもとを離れたのは、兄がさしむけた追っ手から逃れるためだった。

四月のある日、清作が山あいの農家に鍬を届けて鍛冶町に戻ると、兄弟子から奥に来るように言われた。座敷には、親方とおかみさんがいて、ふたりともいつになく神妙な顔をしている。

聞けば、昼すぎに小松の浅間屋のつかいがやってきて、親方に封書をわたした。近々、清作の兄・栄作の要請を受けた美作の役場のものが職人たちの身元を確認に来る。警察官が同行する可能性もあるとのことだった。

「どうする？　一週間ばかり、山ンなかの炭焼き小屋にでも隠れてるかい。それとも、どこか別の鍛冶町でかくまってもらうようにしてやろうか」

親方は、警察官と聞いても動じなかった。農家も木樵《きこり》も大工も桶屋も、鍛冶屋がいなければ仕事にならない。名実ともに美作の顔役だ。役場や警察もしかたなしに身元の確認に来るのだろう。

しかし、兄のしつこさも侮れなかった。清作の徴兵検査が近づいたため、家長の面目にかけて家出した弟を見つけだそうとしているのだ。それにしても、いったいどうやって、ここを突きとめたのか？

清作が考えこんでいると、兄弟子が笑い声を立てた。

「そんなに深刻になるなよ。このさいだから、いけ好かない兄貴をおびき出して、簀巻《すま》きにしちまったらどうだい。こっちには、腕っぷしの強いのがそろってるンだ。頭でっかちの中学教師なンざあ、イチコロさ。そうすりゃア、清作も枕を高くして眠れるってもンだ」

ふたつうえの兄弟子はぶっそうなことを言った。新入りのころはどなられもしたが、根はやさしいひとで、清作に一から仕事を教えてくれた。兄弟子自身も、徴兵をまぬがれるために叔父である親方夫婦の養子になっていたので、清作の境遇に同情していた。

「バカ。冗談でもそんなことを言うもんじゃないよ。でもね、清さん。しばらくはうちを離れるにしても、ほとぼりが冷めたら、かならず戻ってきておくれ。あんたのおかげで、あたしはどれだけ助かったことか」

おかみさんのことばはありがたかったが、居所をつかんだ以上、兄は何度でもひとをさしむけるにちがいない。そのたびに、親方や兄弟子に迷惑をかけるわけにはいかなかった。清作の境遇を知らされていない弟弟子たちにも不安を与えてしまう。

清作は、万一のときは、九州の炭鉱地帯に逃げこもうと考えていた。大小百以上の炭鉱があるというし、いくら兄でも、遠い九州には何度も追っ手を送れないだろう。親方には相談してあったので、清作は自分の意志を伝えた。

「そうかい。それじゃあ、とりあえず小倉《こくら》に行きな。おれが土佐《とさ》で修業していたときの仲間がいるから、万事よろしく頼むと、一筆書いてやるよ。なアに、備中鍬を打てるンだ。ツルハシだって、すぐに立派なものを打てるようになるさ。四、五年たって、ほとぼりが冷めたら、美作に帰ってきな」

その夜おそく、清作は親方が書いてくれた紹介状を持って美作を出立した。給金に加えて餞別《せんべつ》までくれて、清作はただただ感謝した。したってくれた弟弟子たちに別れを言えないのが心残りだったが、用心するにこしたことはないと、おかみさんになぐさめられた。

月の明るい夜で、清作は兄弟子とともに西を目ざした。背嚢には、つかい慣れた金鎚に中学校の教科書とノート、それにサラシでくるんだ父の位牌が入っている。

「うちに来たときは、ほンの小僧っ子だったがな。いまじゃあ、いっぱしの職人様だ」

なつかしむように話す兄弟子に相槌《あいづち》を打ちながら、清作は幸三郎さんと梯川《かけはしがわ》にかかる大橋で待ち合わせた晩のことを思い出していた。

小松は茶屋町の生家を離れたとき、手のひらに金鎚によるタコはなかったし、指や腕にヤケドのあともなかった。からだも華奢《きやしや》で小柄だったが、清作の背丈は五尺三寸（約百六十センチ）まで伸びた。親方や兄弟子のむこう鎚《づち》として、毎日クタクタになるまで大鎚を打ってきたおかげで、足腰もどっしりした。

いま、幸三郎さんに会ったら、背丈も器量も少しは近づけたと思えるだろうか。それとも、あいかわらず雲のうえのひとだと思い知らされるのだろうか。

その幸三郎さんが一通だけよこした手紙は、親方が持たせてくれた紹介状とともに懐中に入れていた。美作に来て三度目の正月に、浅間屋のつかいが届けてくれたのだ。

拝啓　昨年の三月にご母堂が逝去されたさいは、そのことをつかいのものに伝えさせるだけになり、誠に申しわけありませんでした。
美作で、鍛冶として立派に働いていると聞き、さすがは清さんだと感心しています。これまでは里心がついてはいけないと思い、あえて連絡をしませんでした。それに、こちらは面白からぬことばかりつづき、すっかりくさっていたからです。

じつは、清さんが小松を発《た》ったあと、視力が急激に低下しました。もはやメガネなしでは、目の前にいる相手が誰かもわからないありさまです。扁平足《へんぺいそく》だったこともわざわいして、海軍兵学校の入学試験は最終の身体検査で撥《は》ねられました。これにはさすがに落胆し、いまさら高等学校に進む気にもなれず、東京に出て、専門学校で英語と中国語を勉強していました。

いまは盛岡《もりおか》に滞在しています。目下、浅間屋は鉄道事業に乗り出そうとしており、父の命令で関連の技術を学ぶべく、こちらにやられたしだい。半年間で一通りの知識は習得したので、二月には朝鮮に渡り、かの地での鉄道敷設事業に従事することになっています。ということで、現在は朝鮮語を猛勉強中です。


清作は、西洋紙に万年筆で書かれた手紙を何度読んだかわからなかった。末は大臣か大将かと言われていたのだから、海軍兵学校に入学できなかったのは、幸三郎さんにとってよほどの屈辱だったにちがいない。

手紙の先で、幸三郎さんは日本の将来を憂えていた。朝鮮では、日本政府によって解散を命じられた朝鮮軍の兵士たちが各地で蜂起し、そこに武装した農民たちが加わった「義兵」が、日本軍と壮絶な戦闘をくりひろげているという。日本軍の兵力と装備が圧倒的に優勢なため、鎮圧は時間の問題だが、かれらの日本人に対する怒りは凄まじい。武力で一時的に屈服させたところで、未来永劫《えいごう》、日本人を憎みつづけるにちがいない。

そこまでわかっているなら、朝鮮になど行かないほうがいいと思ったことでしょう。しかし、だからこそ行くのです。そして、自分の目で実情を見届けたうえで、日本と朝鮮のために、この先なにをするべきなのかを、本気で考えようと思っているのです。

畳のうえには三本歯の鍬がおいてあります。柄はついていません。清さんには内緒で手に入れました。わずか三年たらずでここまでのものが打てるようになるとは大したものだと、そちらの親方も褒めていたそうです。清さんが打った備中鍬を見ては、ダレがちな気持ちをひきしめています。研鑽《けんさん》をつみ、さらに丈夫でよく切れる鍬をつくってください。

ただし、朝鮮に鍬は持っていけないので、金沢に嫁いだ姉にあずけていく。清作への連絡は、浅間屋のしかるべきものに頼んでいくと、幸三郎さんは書いていた。

手紙の最後は、兄についてだった。清作が失踪したと知ると、まっ先に浅間屋にやってきて、行き先に心当たりはないかと幸三郎さんにたずねた。柔術の道場に誘ったことも知っていて、居場所を教えてくれるなら徴兵逃れの手助けをしたことは警察には黙っているという。

どうして徴兵逃れだと思うのかと聞くと、馬橋本家の当主がそう言っていた、自分もそれ以外に理由は考えられないと兄は答えたが、知らないものは知らないと追い払った。兄はすぐにまたやってきて、清作を見つけなければ本家から絶縁されると泣き落としにかかった。教師としての出世にもかかわるので、どうか弟を小松に呼び戻してくれないかとすがってきた。

清作を師範学校に進学させると一筆書かせようかとも思ったが、馬橋本家がかかわっているとなると、一度は逃げたことを理由に、この先どんな因縁をつけてくるかわからない。

幸三郎さんは、慇懃《いんぎん》におひきとり願った。

「あんな意気地なしをかばうと、あなたのご出世にさしさわりがありますよ」と捨て台詞《ぜりふ》を吐いて、兄は帰っていった。

いまのところ、清作は徴兵逃れの失踪者として手配されてはいないようだが、くれぐれも用心するようにと書いて、幸三郎さんの手紙は終わっていた。日付は、明治四十三年十二月吉日とあった。

清作は、手紙の兄に関する部分は火床にくべた。万一、警察に捕まったとき、幸三郎さんに罪が及んではならないからだ。

兄に申しわけない気もしたが、いまさら小松に戻るわけにはいかなかった。もっとも、幸三郎さんが書いているように、美作に来たばかりのころに手紙をもらっていたら、弱気の虫がさわいで小松に帰ろうとしていたかもしれない。


小倉の鍛冶屋では、炭鉱でつかうツルハシの打ち方を教わった。一番手こずったのが石炭のあつかいで、美作でつかっていた木炭は青い炎だが、石炭の炎は黄色い。しかも石炭の質によって炎の色や燃え方も微妙にことなる。ふいごで風を送っても、木炭と石炭では温度のあがり方がちがい、かげんをつかむのに苦労させられた。

清作が小倉にいた明治四十五年七月三十日に、天皇陛下が崩御された。皇太子・嘉仁《よしひと》親王がただちに践祚《せんそ》され、年号は明治から大正に改元された。あまりにとつぜんのことで、新聞の号外を手にした誰もがことばを失った。清作も心のよりどころをなくしたような、はかない気持ちがした。

小倉の町では、黒い布とともに日の丸を掲げている家が何軒もあった。人力車夫は黙って車を引き、飴売りも客よせの太鼓をほんの小さくしか叩かない。昼間なのに、夜中のように静かな日々がつづいた。出入りの商人によると、遊郭も客が来ないので商売にならないという。ただし、鍛冶屋のいそがしさはかわらなかった。

八月末に、清作は小倉を発った。筑豊のヤマについたその日から、清作は金鎚でツルハシを打った。

翌日には、赤ん坊を背負ったあやが鍛冶小屋をのぞきに来た。清作が金鎚を打つ手を休めると、家族のことや、四年生までしか通わせてもらえなかった尋常小学校のことをさかんに話してきた。両親は、夫婦で石炭を掘っているという。

すっかりなつかれて、清作はとまどった。しかし、邪険にするのもかわいそうだ。

「あしたも、来ていいと？」

清作が頷くと、あやは大喜びで帰っていった。

あやは、このヤマの頭領の自宅兼事務所においてある新聞を読んでは、記事の内容を清作に話してくれた。漢字が読めるのかと聞くと、ふりがなを読んでいるという。東京で、先帝の大葬がおこなわれた九月十三日に、乃木希典《まれすけ》大将と静子《しずこ》夫人が殉死したと清作に教えてくれたのも、あやだった。

「鍛冶屋さんは、漢字の読み書きができると？」

清作は乃木大将夫妻のことを考えていた。そして、奉天大会戦で負傷し、帰国したその日に小松の駅で絶命した父と、夫を亡くした悲しみから病に倒れて他界した母のことを思い出していた。

「もう、ちゃんと聞いといて」

あやに漢字の読み書きができるかと聞かれて、清作は返事に迷った。正直に答えたら、あやが親に話して、今度の鍛冶屋は学があるとのうわさが広まらないともかぎらない。しかし、この子は漢字をおぼえたいだけなのだと思い、清作は答えた。

「読むのも、書くのもできる。習いたいなら、火鉢の灰を黒板がわりにして、教えてやろう」

「本当？　おとうは、女は字なンて読めンでいいって。自分も読めンくせに」

あやが舌を出して、清作はうわさが広まることはなさそうだと安心した。あやはものおぼえがよくて、漢字の読み書きだけでなく、算術もできるようになった。子守をしている娘はほかにもいたが、あやはいつもひとりで鍛冶小屋に来た。


ほかの炭鉱から離れた小さなヤマで、出入りする人間もかぎられている。頭領も薩《さっ》長《ちょう》政府嫌いの一刻者《いっこくもの》なので、隠れるのにはもってこいだという小倉の親方の見立ては正しかった。おかげで、筑豊に来てからの四年間、兄の追っ手はあらわれていない。しかし、間違いなく、徴兵忌避失踪者として警察に届けられているのだから、油断は禁物だった。

朝鮮に渡った幸三郎さんは、まだ鉄道を敷いているのだろうか。それともすでに日本に帰ってきているのだろうか。自分が美作を出て、小倉経由で筑豊炭鉱の鍛冶屋として働いていることは、幸三郎さんに伝わっているのだろうか。

あやが下関の行商人からあずかった備中鍬のせいで清作はしばし来し方に思いをはせた。

このままツルハシを打ってもいいが、少し外を歩きたい。清作は火かき棒をつかみ、散らばっていた石炭を火床のなかに押しこむと、立ちあがって大きく伸びをした。

鍛冶小屋の外に出た清作は寒さで身ぶるいした。朝からずっと火床の前にいたので、真冬だということを忘れていた。

小屋に戻ってシャツのうえに綿入りの半纏を羽織り、清作は棟割り長屋のほうに歩いていった。すでに暮れかかっていて、長屋のあちこちから煮炊きの煙があがっている。

このヤマは所帯持ちがほとんどで、たまに独り者が入ってきても、肌が合わないのか、すぐよそのヤマにうつってしまう。荒くれものがいないおかげで、喧嘩《けんか》もめったにおきなかった。

棟割り長屋のあいだを歩いていくと、焚き火にあたっている坑夫たちと目が合った。一緒にあたれというように手招きしてくれる坑夫もいたが、清作は会釈しただけで足を進めた。なにがきっかけで、小松の出であることが露見するかわからない。この四年、なによりつらいのは、鍛冶小屋でひとりで働いていることだった。

美作の鍛冶町には七軒の鍛冶屋があり、職人たちが腕を競い合っていた。清作がいた店がもっとも羽振りがよくて、おもに平鍬や備中鍬をつくっていた。鍛冶町には清作のような見習い小僧が十数人もいたから、毎月一日と十五日の休みにはつれだって川で魚をとったり、山でキノコや木の実をとったりした。力くらべに、角力《すもう》もとった。おもむき、清作は越後長岡《えちごながおか》の農家の三男坊ということになっていた。

端午の節句に七夕《たなばた》、天長節（天皇の誕生日を祝う日）に地久節《ちきゆうせつ》（皇后の誕生日を祝う日）と、行事のたびにごちそうがふるまわれるのもうれしかった。なかでも一番の楽しみは、ふいご祭だ。毎年旧暦の十一月八日におこなわれる、神代の昔からつづく鍛冶屋の祭で、火床や窯《かま》の火を落として注連縄《しめなわ》をかけ、神主に祓《はら》い清めてもらう。訪れたひとたちにみかんをふるまう習わしで、あとは鍛冶町をあげてうかれさわぐ。

ふだんでも、店のなかはにぎやかだった。新入りのころ、清作はおかみさんに言われて木炭を運んだり、甕に水を汲《く》んだりしながら、親方や兄弟子たちが立てる金鎚の音に耳を澄ました。

鍬が打ちあがっていくにしたがい、鎚音も微妙に変わっていく。打ち方が足りなくても、打ちすぎても、しあがりが悪くなる。親方や兄弟子がどんな鎚音になったところで打つ手をとめているのかを、清作は耳でさぐった。

美作の鍛冶町には、鎌を専門につくる鍛冶屋もあれば、鉈《なた》や斧《おの》を得意とする鍛冶屋もあった。鉋《かんな》に釘《くぎ》に金鎚に鋏《はさみ》と、それぞれ得意はちがえど、鍛冶屋であることに変わりはない。どの店の親方も貫禄《かんろく》があり、おかみさんたちはよその小僧にもやさしかった。清作は、美作の親方に自分をあずけてくれた幸三郎さんへの感謝を片時も忘れたことがなかった。

しかし、ヤマの鍛冶屋になってから、清作はいつもひとりだった。自分の打つ鎚音しかしないのが、こんなにも味気ないとは思ってもみなかった。あやも後山をするようになってからはめったに顔を見せなかったし、夕飯を持ってくるあやの母親は食事をのせたお盆を戸口におくとサッサと帰ってしまう。

「それにしても、あやは大きくなった。去年までは背丈も低くて、やせて、男か女かわからないようだったのに」

頭のなかで思いながら、清作は鍬の先がけにはむこう鎚がいることを思い出した。ひとりでも打てなくはないが、備中鍬の場合、むこう鎚がいたほうが確実にうまくいく。

「あやに手伝ってもらおう」

そう思いついて、清作は顔がほころんだ。後山をしているのだから、あやは長い柄がついた大鎚を打つくらいの力はあるはずだ。

すっかりうれしくなり、清作は長屋のはずれでまわれ右をして、鍛冶小屋に戻っていった。

冬が終わり、春が来た。ヤマの仕事に季節は関係ないが、朝は早くから鳥が鳴き、夜はさかりがついた猫が声をあげた。

「鍛冶屋さん、おはよう。ほら、はよう、おきンかね」

清作は今日もあやの声で目をさました。毎朝六時になると勝手に鍛冶小屋に入ってきて、清作をゆりおこす。

「さあさあ、このおむすびを食べて、はよう働きンしゃい。おもてにツルハシが山積みになってると」

あやにわたされた竹皮の包みを枕元において、清作は寝床からおきあがった。まずは甕の水を柄杓ですくって口をゆすぎ、顔を洗う。そのまま戸口を出て、清作は長屋のはずれにある厠にむかった。

地面では、ナズナやホトケノザが小さな花を咲かせている。遠賀川《おんががわ》の土手のサクラも、そのうち花を咲かせるだろう。このヤマの頭領のはからいで、毎年サクラが満開のころに休日がもうけられて、清作も川の土手で花見をするのを楽しみにしてきた。

用を済ませて鍛冶小屋に戻ると、あやがふいごで火をおこしている。火鉢に埋《うず》めておいた種火をもとに炭火をおこし、石炭に燃えうつらせていくのはたやすい技ではないが、あやはすっかりコツをつかんだようだった。石炭が黄色い炎を燃えあがらせても、もうこわくはないらしい。

ひと月ほど前、清作が鍬の先がけを手伝ってくれと言ったとき、あやは首を横にふった。その顔があまりに真剣だったので理由を聞くと、まっ赤に焼けた鉄がこわいという。

「こわいことがあるもンか……」

地の底で後山をするほうがよっぽどこわいと言いかけて、清作は口をつぐんだ。あやは自分が鍬の修理を頼んだ手前、一番方の仕事を終えた午後三時すぎに鍛冶小屋にやってきた。しかし、火床に近づくのをいやがり、むこう鎚を打とうとしない。

「だって、火の粉が飛んで、ヤケドをしたら、どうすっと」

「絶対に、そンなふうにはならン」

「火の粉で着物に穴が空いたら、おっかさんにおこられる」

「そンときは、新しい着物を買ってやる。とにかく、むこう鎚を打ってくれンと、鍬の先がけができンのじゃ」

備中鍬とひと口にいっても、鍛冶屋ごとに鍬のかたちや刃の長さがことなる。あずかった鍬を台なしにするわけにはいかない。あやをしかったりなだめたりしながら、清作は三本の刃それぞれに先がけをした。

「これでどうにか、かっこうはついた。灰のなかでゆっくり冷まして、そのあとに焼き戻しをしながら鍬の刃のかたちをととのえるから、できあがるのは……」

清作の説明をろくすっぽ聞かず、あやは鍛冶小屋から出ていった。

その三日後に、あやよりふたつうえの少女が坑内で亡くなった。石炭を積んだトロッコを押して坑道をのぼっていたときに足をすべらせて、トロッコの下敷きになったという。これまでもけが人はちょくちょく出ていたが、清作がこのヤマに来てから事故でひとが死んだのは初めてだった。

頭領は里の寺から僧侶を呼び、手厚く弔った。あやは葬儀のあいだ中、ひたすら手を合わせていた。

翌日から、坑夫たちはまた坑内におりていったが、あやは清作の鍛冶小屋にやってきて、仕事を手伝わせてほしいと言った。後山は、母親がしているという。

「しかられンように、一生懸命やるけン。火もこわがらンから」

思いつめた顔で懇願されて、清作は火のおこし方と帳面のつけ方を教えた。

その日の午後、直方《のおがた》にある大手の炭鉱でガス爆発がおきたとの報《しら》せがあった。男女合わせて二百五十名をこえる坑夫が亡くなる大事故で、削岩機で強引に掘り進めたために地中のガスが噴き出したのが原因らしい。頭領は坑夫たちを集めて、少しでも異変を感じたら、迷わず地上に出てくるようにと注意をうながした。

あやは二度と坑内におりようとしなかった。そして朝の六時から夕方の六時まで鍛冶小屋にいて、清作の仕事を手伝った。直しがすんだツルハシを戸口に並べたり、刃金や鉄蠟をわたしてくれるので、清作は金鎚を打つのに集中できた。日当は十五銭で、ひと月ごとに話し合って決めていくことにした。

あやは手がすくとうたをうたった。高く澄んだ声で、「うさぎとかめ」や「大こくさま」といった唱歌をうたう。なかでも清作が好きなのは「美《うるわ》しき天然」だった。

「空にさへづる鳥の声　峯《みね》より落つる滝の音　大波小波鞺鞳《たうたふ》と　響き絶えせぬ海の音
聞けや人々面白き　此《こ》の天然の音楽を　調べ自在に弾き給ふ　神の御手《おんて》の尊しや」

あやは、「春は桜のあや衣《ごろも》」で始まる二番以降を知らなかった。清作は、刃金や鉄蠟を持ってきてくれる行商人に頼んで、一枚楽譜をとりよせた。あやは大喜びして、楽譜を見ながら一番から四番までをくりかえしうたった。三日もすると、棟割り長屋から、こどもたちがうたう「美しき天然」が聞こえてきた。

小さなヤマで、ふたりの仲はすぐにうわさになった。

「なるほどお似合いじゃあ」とツルハシをうけとりに来た年配の坑夫に言われたり、アンパンを売りに来る娘に冷やかされたりした。

「うちと鍛冶屋さんは、そンなンじゃなかとよ」

躍起になって否定しながらも、あやは日に日にかいがいしくなっていった。週に一度、清作のシャツとズボンを洗い、とれかけたボタンがあるとじょうずにつけてくれる。母親に教わって食事のしたくもしているそうで、この煮物はおいしくできたとか、味噌汁の大根は自分が切ったとかさかんに言ってくる。

清作は、あやの気をひきたくて楽譜を買ってやったわけではなかった。まして、結婚するつもりはない。役場に届けて正式に夫婦《めおと》になるためには、家長である兄・栄作の許可がいる。つまり、清作は誰とも結婚することはできないのである。

清作は、自分の思慮が足りなかったことに、おそまきながら気づいた。備中鍬の直しを頼まれたとき、ひとりで働くさみしさから、あやにむこう鎚を打ってもらったのが間違いのもとだった。そうかといって、もう鍛冶小屋に来るなと言うのは、あまりにも酷だ。

あやが帰っていったあと、清作は途方に暮れながらも、自分がおかれている状況を把握しようとした。

このヤマにこのままいたら、いずれはあやと所帯を持たざるをえなくなる。ただし、あやはまだ十五歳になるかならないかなのだし、籍を入れて夫婦になるのは一、二年後になるだろう。それまでのあいだに、つぎに逃げてゆく場所を見つければいい。

「こうなったら、北海道でも、沖縄でも、朝鮮でも、かまうものか」

度胸を決めたそばから、清作は自分の薄情さに嫌気がさした。まわりからも許婚《いいなずけ》どうしのように思われていながら、あやをおいて逃げ出す機会を探すというのは、罰当たり以外のなにものでもない。

「そうまでして生きのびるくらいなら、警察に自首して牢屋《ろうや》に入れられるほうがましだ」

清作は頭のなかでつぶやき、大きく頷いた。しかし、逮捕されたあとのことを想像して、その夜はなかなか寝つかれなかった。

徴兵逃れは重罪だ。見せしめの意味もこめて、北海道の奥地にある監獄に送られて、原野の開墾をさせられる。極寒での作業は拷問同然で、凍傷にかかって手足の指を失ったり、脱走をくわだてたものの、熊に襲われて命を落とす受刑者はあとを絶たないといったうわさも聞こえていた。

清作はろくに眠れないまま朝をむかえた。

「鍛冶屋さん、おはよう。ほら、はよう、おきンかね」

こちらの悩みなど知らないあやが元気よくやってきて、清作は寝床のなかで腹を立てた。

「さあさあ、このおむすびを食べて、はよう働きンしゃい。おもてにツルハシが山積みになってると」

あやが言うとおりで、悩んでいるヒマはなかった。清作は甕の水で口をゆすいで顔を洗い、厠で用を済ますと、ツルハシを打った。ときどき、この先どうなるのだろうとの心配がよぎったが、焼き入れのころあいを見はからっているうちに、なるようになれと覚悟が決まった。しかし、やがてまた心配がよぎる……。

「鍛冶屋さん、今日は疲れたとでしょう」

長屋に戻っていたあやが、夕飯をのせたお盆を持ってきた。

「いつも熱心に働いとるけど、今日は、どこかがちがっとった」

ちょうど最後のツルハシを打ち終えたところで、張りつめていた気持ちがゆるみ、清作は土間にへたりこんだ。

「ちゃんと食べて、しっかり休まンと、からだをこわしてしまうとよ」

あやが帰っていったあとも、清作はあやのことを考えていた。あやが鍛冶小屋の仕事を手伝うようになってひと月と少しになるが、こんなことは初めてだった。

数日がすぎて、清作はヤマの頭領に呼ばれた。これまでも半年に一度くらい声をかけられて、自宅兼事務所の二階で夕飯をごちそうになってきた。十代のころから坑夫や仕繰夫をしてきた頭領は、六十歳をすぎたいまも肩の肉がもりあがり、首は太く、胸板も厚い。いつも牛鍋を食べさせてくれるのだが、強面《こわもて》の頭領が目の前にいては、せっかくのごちそうもゆっくり味わえなかった。
あやとのことを聞かれるのだろうと思い、清作は覚悟して座布団にすわった。女中が食事のしたくをしてさがると、頭領はいつものようにお銚子《ちょうし》をとって自分のお猪口《ちょこ》につ
いだ。清作の前にもお銚子とお猪口が並んでいるが、とても手を出せない。

頭領は手酌で酒を飲みながら、このヤマの歴史を語った。明治八年に、戸長《こちょう》をしていた頭領の父親が村人たちをひきいて開発に着手したのが始まりだという。

そのころは筑後《ちくご》・豊後《ぶんご》の地主や豪農が中心になり、それぞれ資金を調達して、独自に石炭を掘っていた。ところが清国との戦争がさし迫ると、政府の息がかかった三井《みつい》や三菱《みつびし》といった大資本が突如九州に進出してきた。地元民が命がけで掘り当てた炭鉱を強引に買収し、よそから集めた坑夫たちを安い賃金で働かせて、巨額の利益を稼ぎ出す。その金でさらに炭鉱を買収していく。このヤマも狙われて、白刃を抜いたやくざにおどされたこともある。それでも今日まで独立を保ってこられたのは、まじめに働く坑夫たちのおかげだと熱く語る。

頭領は、週に一度は坑内におりていた。天井が崩れそうな場所がないか、ガスがもれだす兆候がないかなどを点検する。ひとつ間違えば爆発してふきとびかねないダイナマイトのしかけも頭領がおこなうので、坑夫たちからの信頼は絶大だった。

ツルハシの直しもお手のもので、ふらりと鍛冶小屋に入ってきては、清作の仕事ぶりを面白そうに見物していく。そうかと思うと、上等な玉鋼《たまはがね》を持ってきて、自分が描いた図面どおりの切り出しをつくってほしいと頼んできたこともあった。焚きつけ用に古新聞の束を持ってきてくれることもあって、おかげで清作は世のなかの事情を多少は知ることができた。

夕飯の前に、柔術の相手をさせられたこともある。頭領は軽くあしらうつもりだったようだが、清作の受けが強いのにおどろいていた。清作自身、美作でも小倉でも柔術はしていなかったので、幸三郎さんの教えに感謝した。そして、つぎに対するときは頭領にひと泡ふかせてやろうと、ひそかに打ちこみの稽古にはげんだ。もっとも、その機会は、今日まで訪れていなかった。

頭領は自宅兼事務所にひとりで住んでいた。あやによると、奥さんは息子とその家族とともに博多で暮らしている。頭領の背中には、名人が彫った極彩色の観音菩薩《かんのんぼさつ》の刺青が入っているというが、そうしたことを話題にできるはずもなく、清作は遠慮がちに牛鍋をつついた。頭領もひとしきり話したあとは、黙って飲み食いしている。

「世のなかは、悪くなる一方じゃ」

前おきなしにつぶやいて、頭領がお銚子をこちらにむけた。清作はあわててお猪口をさしだし、かしこまって酒をうけた。

「直方の爆発事故は、ほンまにひどかったのう。ワシは、事故がおきた三日後に、そのヤマに行ってみたンじゃ。生死不明のまま坑内に残された坑夫がまだ何十人とおるというて、家族が身も世もなく泣いとった。父親に死なれただけならまだしも、両親をいちどきに亡くしたこどもらは、この先どうやって生きていく……」

声がふるえていた。

「近ごろは、ツルハシを持ったこともなければ、切羽に行ったこともない帝大出の若造どもが、西洋式の機械を導入して、もっと掘れ、もっと掘れと、危険を承知であおりよる。いったいぜんたい、坑夫をなンだと思っておるンじゃ」

頭領は顔を赤くしてまくしたてた。しかも、直方よりさらにひどいヤマがあるという。このヤマから一里半（約六キロ）ほど東に行った場所に、日清戦争の前に最盛期をむかえた古い炭鉱がある。岩盤がもろく、水も出やすいが、飛びきり良質の石炭が採れたため、当時の技術で可能なかぎりの採掘がおこなわれていた。その後は廃坑になっていたが、大資本が目をつけて、再開発に乗り出した。ところが、あまりにも危険なために、坑夫や仕繰夫が坑内におりたがらない。そこで政治家たちに多額のワイロをおくり、福岡や佐賀の監獄に収監されていた徒刑囚に石炭を掘らせることにした。落盤事故によるケガや栄養不良からくる病気で、一年後には働ける徒刑囚は半数以下になった。そこで今度は、日本軍の捕虜となった朝鮮軍の兵士たちをつれてきて、石炭を掘らせているという話だ。

「正真正銘の地獄じゃ。やくざもンに監視をさせて、ちっとでも反抗的な態度をとったり、逃亡をはかったりしたら、見せしめに縄で縛って天井から吊し、気絶するまで棒でぶったたく。やりすぎて仏になったもンも、ひとりふたりやないンじゃと」

ひどいヤマのようすをこれでもかと聞かされて、清作は箸が進まなかった。

「文句ばかりたれるとは、歳はとりたくないもンじゃのう」

座布団にすわりなおすと、頭領はぐいと身を乗り出して、小声で言った。

「おンしが望むなら、小松の士族・馬橋清作は直方のガス爆発で生き埋めになって死んだことにして、じっさいに死んだ男の名前で生きていくようにしてやれる」

清作は、声も出なかった。

「かんぐりは無用じゃ。おンしから法外な金をとろうとか、見返りに無理難題をふっかけようなンてことは、これっぽっちも思うとらン」

このところ大資本の攻勢がさらに強まっている。石炭の取引価格がおさえられていて、中小の炭鉱では出炭量が増えているにもかかわらず赤字がふくらむ一方だ。このヤマも、あと三、四ヶ月しか経営を維持できない。すでに採掘権を売却するための交渉を進めていて、いまいる坑夫や仕繰夫や技士たちにはできるかぎりの餞別をわたすつもりだ。ただし、売却の件は、坑夫たちにはまだ黙っていてほしい。

「おンしは、別人になりすますンじゃ。どこか別の土地で、あの娘とともに生きていくがいい。おどろいたじゃろうが、五日のうちに返事をくれンか」

承知なら、あやの両親には話をつけるという。おそらく、餞別に加えていくばくかの金で、よけいな詮索はするなと言いふくめるのだろう。

「おンしにしてやれるのは、ここまでじゃ。うちのヤマにはすぎた鍛冶職人に来てもらえて、ほンまにありがたかった」

頭領は座を立った。牛鍋はまだたっぷり残っていたが、清作は箸を持ったまま呆然《ぼうぜん》としていた。

てっきり厠に行ったと思っていたのだが、頭領はそれきり戻ってこなかった。どれくらいたったのか、ふすまが開いて女中が片づけにあらわれた。清作がいとまを告げると、女中は玄関まで送りに来て、提灯を持たせてくれた。

夜道を歩きながら、清作は頭領の提案をうけるべきか否かを考えていた。

世を忍ぶために仮の名を名乗るのならまだしも、戸籍のうえで「馬橋清作」を死なせるのは耐えられない。

しかし、新聞によると、徴兵逃れはいっこうに減らず、大きな社会問題になっているという。陸相《りくしょう》直々の指示により、警察による徴兵忌避失踪者の捜索が強化されたとの記事もあった。もはや、美作や小倉に戻るわけにはいかなかった。頭領に頼んで別人になりすませば、監獄送りはまぬがれられる。

「それに、あやとも夫婦になれる」

口のなかでつぶやくと、清作は頭がぼうとなった。

鍛冶小屋に戻った清作は、提灯の火をランプにうつした。煉瓦《れんが》で組まれた火床も、古びたふいごも、壁や天井も、石炭の煤《すす》でまっ黒だ。この小屋でツルハシを打った鍛冶職人は、清作を入れて六人だという。六人合わせると、全部で何本のツルハシが打たれたのだろう。大資本に売却されたあとは、削岩機での採掘になって、ツルハシを打つ音も響かなくなるのかもしれない。なにより、遠からずここを立ち去らなければならないのかと思うと、清作はやりきれなかった。

けれど、本当に別人になりすまして、あやとも夫婦になれるのだろうか。

「まさか、キツネに化かされたンじゃあるまいな。そういえば、頭領も女中も、いつもより顔が長くなかったか？　となると、牛鍋だと思って食べたのは馬の糞《ふん》、酒だと思って飲んだのは馬の小便か。さっきの頭領がキツネかタヌキで、このヤマを売る話がうそだったらいいのに……」

清作は、あやにうそをつきたくなかった。夫婦になったあとに、じつは徴兵逃れで、そのうえ別人になりすましているのだとうちあけたら、あやは清作と一緒になったことを後悔するかもしれない。

「自分ひとりで逃げるだけ逃げて、どうにもならなくなったら……」

明治天皇の大葬の日に殉死した乃木大将のことが、清作の頭をよぎった。その想像をうちけそうと、清作は甕の水で口をゆすぎ、ランプの火を消して寝床に入った。

「清さん。おい、おきてくれ」

聞きおぼえのある声で目をさますなり、清作は跳ねおきた。

「幸三郎さん！」

叫びかけた口を手でふさがれて、目を白黒させながらも、清作はこんどこそキツネかタヌキのしわざにちがいないと思った。

「やい、ひとをなぶるにもほどがあるぞ」

飛びかかった清作は見事な技で投げられて、布団のうえで受け身をとった。

「ほ、本物の幸三郎さんだ」

清作は声にならない声で言った。ぶ厚いレンズのメガネをかけてはいるが、両腕を無造作にさげて立つ姿は、まさしく小松の浅間幸三郎だ。八年前に、生家を出奔してからの緊張が一気にとけて、清作は胸がふるえた。しかし、涙はこぼさなかった。

消したはずのランプに小さな火が灯っていて、清作はもうふたり男がいるのに気がついた。ひとりは六尺（約百八十センチ）をこえる逞しい体格で、もうひとりは五尺（約百五十センチ）たらずの小男だ。どちらも粗末な服を着て、素足にワラジをはいている。

「清さん、とつぜんで申しわけないが、時間がない。とにかく話を聞いてくれないか」

幸三郎さんは立派な懐中時計のふたを開けて、午後十一時になるところだと告げると、踏み台に腰をおろした。軍服のような上着にズボンという出《い》で立《た》ちで、ゲートルを巻き、編みあげ靴をはいている。

清作は布団のうえに正座をして、ささやくような幸三郎さんの声に耳をかたむけた。

「ここから東に一里半ばかり行ったところにある、〈地獄〉と呼ばれている炭鉱のことは知っているかい？」

まさか、そこから逃げてきたのかと思いながら、清作は頷いた。

「このふたりは、〈地獄〉で働かされている朝鮮人だ。大きいほうが張《チャン》、小さいほうは李《リ》という。日本の植民地となった朝鮮で義兵として戦っていたが、日本軍の捕虜になって旅順監獄に収監された。伊藤《いとう》公を暗殺した安重根《アンジュングン》も入れられていた、悪名高い監獄だ」

一年半前、ふたりは、ほかの朝鮮人二十八名とともに小倉に送られた。幸三郎さんは釜山《プサン》で日本に帰る船を待っていたときに、かれらの護送役である日本軍の将校と知り合いになった。

翌日には出航するという船内を案内してもらうと、八畳ほどの広さしかない船倉に三十人の捕虜たちが立ったまま押しこめられていた。全員、黒い布で目隠しをされて、腕と脚は縄で縛られている。すでに丸一日近くそのかっこうで立たせていて、厠には行かせているが、水も食べものも与えていないとのことだった。

幸三郎さんの説明はたくみで、捕虜たちの悲惨なようすだけでなく、大小の帆船や蒸気船がゆきかう釜山港の光景に、からりと晴れあがった朝鮮の青空が、清作の頭に浮かんだ。

ただし、この調子で話されたのでは何時間かかるかわからない。午前三時には二番方があがってくるのだから、二時すぎにはここを出ないと誰かに見つかるおそれがある。

清作が心配しながら聞いていると、幸三郎さんが懐中時計に目をやった。

「いかん、いかん。時間がないと言っておきながら、また悪いクセが出た。手紙には書かなかったが、おれは東京で浪曲にこってね。一時は本気で師匠に弟子入りしようと思ったほど入れこんでいたんだ。しかし、浪曲というやつは、百害あって一利なしだ。見てのとおり、一度話しだすととまらなくなる」

幸三郎さんは小声で笑うと、そこから先は要点をかいつまんで話していった。清作が一番おどろいたのは、浅間屋がおちいった混乱だった。

幸三郎さんが朝鮮で鉄道の敷設にたずさわっていたときに、当主だった父親が急死した。すると、新たに家長になった兄と後妻さんのあいだで事業の主導権争いがおきたため、幸三郎さんはお兄さんの求めで小松に帰った。後妻さんはさんざん悪あがきをしたが、小松の旦那衆に加えて、金沢の旦那衆もお兄さんの味方になってくれたおかげで、どうにか丸くおさめることができた。

「もとはと言えば、兄貴が意気地がないのが原因なんだ。とにかく役目は果たしたんで、久しぶりに清さんに会うのも一興だと、小倉にむかったわけさ」

清作が筑豊炭鉱にいることは、美作の親方が知らせてくれた。小倉の親方からは、清作がヤマの鍛冶屋としても立派に働いていると言われて安心したが、〈地獄〉のうわさを聞いて、幸三郎さんはいてもたってもいられなくなった。日本人の徒刑囚たちは、危険な切羽での作業を朝鮮人たちに押しつけたため、わずか三ヶ月ほどのあいだに朝鮮人の十人が落盤事故にあい、ろくに手当もされないまま死亡した。見せしめに棒で打たれて死んだものも五人いる。

また話に熱が入りだしたので、清作は〈地獄〉についてはこのヤマの頭領からくわしく聞いたばかりだと、幸三郎さんをさえぎった。さらに頭領から、直方の炭鉱のガス爆発で死亡した坑夫になりすませばいいとすすめられたとも言った。このヤマが三、四ヶ月後には大資本に売却されることも伝えた。

「そういうことなら話は早い」

清作は、幸三郎さんがなんの目的でこんな夜更けに鍛冶小屋にあらわれたのかを考えたが、皆目見当がつかなかった。つれてきたふたりを逃がすつもりなら、油を売っているヒマはないはずだ。

「清さん。ここから先の話は他言無用だ。そして、聞いたからには、かならずおれの指示にしたがってもらう」

真正面から見すえられて、清作は覚悟を決めて頷いた。

「三日後の午前零時ちょうどに、〈地獄〉をダイナマイトで爆破する。二度と採掘する気をおこさないように、坑道を完全にぶっつぶす」

自分の声がやや大きくなっていることに気づいたようで、幸三郎さんが息をついだ。しかし、一度火がついた怒りはおさまらなかった。

「清国やロシヤとの戦争は、宣戦を布告したうえで軍隊どうしが戦闘をおこなう正式な戦争だった。ところが、朝鮮との戦いは、まるでありようがちがう。義兵には、朝鮮軍の兵士もいれば、農民もいる。朝鮮の村人たちは義兵をかくまい、水や食料を与えるから、日本軍は家や倉に火を放ち、女だろうと、年寄りだろうと、こどもだろうと、情け容赦なく殺していた。おれはまさかそこまでひどいことはしていないだろうと思って朝鮮に渡ったんだが、日本軍はとんでもない悪逆非道を働いたすえに、朝鮮を植民地にしたんだ。しかも、ほとんどの日本国民はそのことを知らずに、これで西洋の列強国と肩を並べる一等国になったと喜んでいる」

義憤にかられた幸三郎さんは小倉から小松に戻り、自分をしたっている浅間屋の若い衆ふたりをつれて筑豊の炭鉱に入った。そして、坑道に枠木を組む技術を五ヶ月ほどで身につけると、昨年九月に三人組の仕繰夫として、〈地獄〉での採炭をうけおっている大資本系列の炭鉱会社に雇われた。

北海道の炭鉱で働いていたが、恋仲になった芸者がやくざの親分の妾《めかけ》だとわかり、命からがら逃げてきた。ふたりは舎弟で、かくまうと約束してくれるなら身を粉にして働くので、どうか雇ってほしい。頭をさげて頼むと、炭鉱会社の責任者は幸三郎さんの作り話をすっかり信じたようだった。石炭の採掘は徒刑囚や朝鮮人にやらせているが、腕の立つ仕繰夫がいなくてこまっていたという。ところが、賃金の話になると、とたんに足元を見てきた。金目当てで働くわけではないが、見くびられるのも癪《しゃく》にさわる。あれこれ理屈をこねて、応分の額はもらうことになった。

幸三郎さんは丁々発止のやりとりを面白おかしく語った。清作は思わず聞き入りながら、運命のふしぎに感じ入った。まさか筑豊炭鉱の鍛冶小屋で幸三郎さんと再会するとは夢にも思っていなかった。しかも、天下をとると言われていたひとが地の底で働いていたというのだ。

「それからは、毎日命がけさ。聞きしに勝る岩盤のもろさで、ひとつ間違ったら、お陀仏だ。しかも、木材をつかいすぎると、会社がいやな顔をしやがるから、最小限の枠木で坑道を支えるのにどれほど知恵をしぼったことか」

幸三郎さんたちのおかげで、〈地獄〉の坑道はかなり安全になった。それでも炭鉱会社の社員たちはこわがって坑内に入ろうとしない。監視役のやくざものたちも右に同じ。日本人の徒刑囚たちも、できるだけ坑口に近い場所で働きたがるので、切羽の近辺にいるのは幸三郎さんと浅間屋の若い衆ふたり、それに朝鮮人たちだけだった。

幸三郎さんは、腹をすかせた朝鮮人たちに握り飯をふるまい、〈地獄〉を爆破して脱走する計画をもちかけた。初めは疑心暗鬼だった朝鮮人たちは、朝鮮語を自在に話す屈強な日本人をしだいに信用するようになった。しかし、その後も栄養不良からくる病気で朝鮮人たちはひとりふたりと働けなくなり、半死半生のまま福岡の監獄に送られた。

今年の一月末に、朝鮮人はわずか五人になった。これでは採炭ができないため、炭鉱会社は新たに三十名の朝鮮人を送るように朝鮮総督府に要請した。到着予定の四月下旬まで、〈地獄〉の操業は停止された。日本人の徒刑囚たちはもといた監獄に帰されて、炭鉱会社の社員たちも全員が宿舎を離れた。

浅間屋の若い衆ふたりも小松に帰したが、幸三郎さんは坑道をさらに整備しておくためと称して〈地獄〉に残った。ほかには、五人の朝鮮人と監視役、それに女中がいるだけだ。

脱走の機会をうかがっていたひと月ほど前に、直方でガス爆発事故がおきた。亡くなった坑夫たちは不憫《ふびん》だが、警察も消防も、当分はそちらの対応に追われる。好機到来と、幸三郎さんは手筈《てはず》をととのえるために奔走した。今夜は、監視役に金をつかませて、張と李のふたりをつれて抜けだしてきた。

「地獄の沙汰も金しだいさ」

それまで暗がりで横になっていたふたりがやってきて、幸三郎さんに朝鮮語で話しかけた。そして静かに戸を引いて、闇夜に姿を消した。

「といったわけで、清さんの顔を見がてら、ダイナマイトの調達に来たんだ。おれが用意した量じゃあ、とても足りそうにないんでね」

幸三郎さんは不敵な笑みを浮かべた。

「さあ、おれもそろそろ行かないとな」

まだ聞いておかなければならないことが山ほどある気がしたが、清作はただただおどろいていた。

「〈地獄〉をふきとばしたら、おれは南米に行く。張と李を含めた五人の朝鮮人たちをつれて」

立ちあがった幸三郎さんが言った。

「南米？」

予想もしなかった地名をつぶやきながら、清作も立ちあがった。

「清さんも、南米に行くかい？　五人つれていくのも、六人つれていくのも、同じようなもんだ。そして、死にものぐるいで金を稼ぐ。清国を倒し、大国ロシヤも退けた日本人は、中国人と朝鮮人をまるで見くだしている。しかし、驕《おご》れるものは久しからず。いまの調子でつけあがっていたら、かならずや手痛いしっぺがえしを食らう。だから、いずれ落ちるどん底から日本を立て直すための資金を稼ぎに行くのさ」

地球の反対側であろうと、幸三郎さんと一緒なら安心だという気がしたが、清作は首を横にふった。自分には金鎚を打つことしかできないのだから、大金を稼ぐ役には立てないと言うと、幸三郎さんが笑った。

「うん、清さんはことわるだろうという気がしていたんだ。しかし、さっき、おれの指示にしたがってもらうと言ったよな」

清作はおそるおそる頷いた。

「三日後の午前零時に、このヤマから一番近い遠賀川の船着き場に来てくれ。旅のしたくをして。このヤマの頭領や坑夫たちには申しわけないが、どのみち三、四ヶ月後には大資本に売却されるんだ。行き先は、そこでおちあうやつが知っている」

「えっ?」

「しっ、静かに」

右手で清作の口をふさいだ幸三郎さんが耳元でささやいた。

「ところで、和作さんの位牌はどこだい?」

清作が戸棚を指差すと、幸三郎さんは父の位牌をすぐに見つけた。

「こいつはあずからせてもらう。船着き場にはコモがかかった舟が泊まっているから、清さんが好きな『美しき天然』を口ずさんでもらおうか。それを合図に、そいつが手招きすることにしよう。清さんも、そこそこ稼いだだろうが、五十円くらいは持たせておくから、金のことは心配しないでくれ。いつの日か、また会おう」

口を挟む間を与えず、幸三郎さんはランプの火を吹き消すと、音もなく戸口を出ていった。


ひとり残された鍛冶小屋で、清作は呆気にとられていた。このヤマの頭領から、別人になりすまして、あやと夫婦になればいいと言われてから、まだ五、六時間しかたっていない。しかし、幸三郎さんの指示にしたがえば、三日後の夜にはこのヤマを出なければならないのだ。

そこまで考えて、〈地獄〉の爆破には頭領も一枚噛《か》んでいると、清作は気づいた。ただし、幸三郎さんと頭領に深いつながりはなく、ダイナマイトを融通してもらうだけなのだろう。おそらく、清作に刃金や鉄蠟を持ってくる行商人が、幸三郎さんと頭領のあいだをつないだのだ。それなら、「美しき天然」について幸三郎さんが知っていたことも納得がいく。

「空にさへづる鳥の声　峯より落つる滝の音」

あやの可憐《かれん》な歌声が耳によみがえり、清作は胸がしめつけられた。

幸三郎さんは、このヤマが三、四ヶ月後には大資本に売却されると知り、それなら清作を三日後に立ち去らせても大した問題ではないと考えた。清作があやと夫婦になりたがっているとは、夢にも思っていない。あやはまだ十五歳になるかならないかなのだし、清作が自分の気持ちに気づいたのも、ほんの二、三日前だった。

それにしても、幸三郎さんはどうして、これほどの危険を冒してまで朝鮮人たちを助けようとするのか、清作にはわからなかった。しかし、それを言うなら、徴兵逃れを手助けしてくれた理由だってわからない。わかっているのは、恩義をうけた以上、幸三郎さんの指示にしたがうしかないということだ。

「あやとは、縁がなかったのだ」

清作の目から涙がこぼれた。

「南米というのは、いったいどのくらい遠いんだ」

胸をふるわせながら、清作は頭のなかを切り替えた。

どんな商売で大金を稼ぐつもりか知らないが、本気になった幸三郎さんに不可能はない気がした。ただし、ものごとに絶対はない。大資本の息がかかった炭鉱を爆破しておいて、南米まで無事に逃げおおせることができるのだろうか。幸三郎さんたちが捕まったら、こっちまで逮捕されてしまうのではないか。

そこでようやく、清作は船着き場でおちあう相手のことが気になった。ひとりだけ南米に行かないのは、病気かケガでからだの自由がきかないからではないか。こっちだって追われる身なのに、足手まといになりかねない朝鮮人の男と一緒に逃げるのは、あまりに危険だ。幸三郎さんが父の位牌を持っていったのは、相手を見捨てないようにさせるためだと考えるとツジツマが合う。

清作が不安をつのらせていると、戸の外で物音がした。ひとりではなく、何人もの気配がする。

「幸三郎さんたちが捕まったんだ。おれも終わりだ」

声には出さずに観念していると、ガチャガチャとツルハシをおく音がした。午前三時で二番方の坑夫たちがあがってきたのだ。みな疲れきっているようで、話し声は聞こえない。やがて物音は消えて、鍛冶小屋の周囲はふたたび静寂に包まれた。

とつぜん鍛冶屋にいなくなられたら、坑夫たちはどんなにこまるだろう。頭領がツルハシを打つにしても、信頼してくれた坑夫たちを見捨てていくことにかわりはない。

「あと三日、精一杯の仕事をしよう」

清作は心に決めると、寝床に入って布団をかぶった。


一日おいた日の朝、いつもどおり六時にやってきたあやが、思いつめた顔で言った。

「鍛冶屋さん、お願いがあると」

「おお、なンでも言うてみィ」

清作は内心の不安を押し隠して、明るい声で応じた。しかし、あやはなかなか先を言わなかった。

「おっかさんに、日当をあげてもらうように言われたか。それとも、前借りがしたいのか。その両方か」

当てずっぽうで言ったところが図星だったらしく、あやは泣きそうな顔になった。

「わかったから、そう心配するな。なンぞ、物入りか?」

昨夜、母方の祖父が長くはないらしいとの電報が届いた。久留米《くるめ》まで見舞いに行きたいが汽車賃がないと聞いて、清作はあやに餞別をやる口実ができたことを喜んだ。

「夕方、おっかさんをつれてきてくれンか。長いこと夕飯をつくってもろうとるのに、一度も礼を言ったことがなかった。これからも世話になるンじゃ。汽車賃は、給金の前渡しということで、ワシに出させてくれ」

「ほンとに? ほンとなら、これから切羽に行って、おかあとおとうに言うてくる」

あやは鍛冶小屋から飛び出した。三十分ほどで戻ってくると、さかんに礼を言って、いつにも増してかいがいしく働いた。

あやの母親は、午後三時すぎに額や首筋に石炭の煤をつけたままあらわれた。清作は椅子をすすめて、あやの給金をこれまでの日当十五銭から二十銭にあげると約束した。そして、その三ヶ月ぶんの前払いとして十八円、これまで世話になった礼として二円を足した合計二十円を手わたした。

「こんなに、もろうて」

あやの母親は目を丸くしたが、喜びよりは警戒心がまさっているようだった。

「夕飯にも一食十銭出すから、もそっといいものを食わしてくれンか」

清作はこの先ひと月ぶんの夕食代として、さらに三円を先払いした。本当はもっとわたしてやりたかったが、怪しまれてつきかえされては元も子もない。あやの母親は煤でまっ黒になった指で一円札を数えた。

その日の夕飯は、これまでになく品数が多かった。どうやって手に入れたのか、野菜も魚も新鮮で、味噌も上等なものらしく、清作は母の実家での食事を思い出した。おまけに、あやがお櫃も持ってきて、鍛冶小屋で給仕をしてくれた。

「ご飯を、おかわりすると」

「うん、もらおうか」

あやに飯碗をわたしながら、清作は胸がいっぱいになった。頭領の提案にのれば、このしあわせが手に入るのだと思うと、幸三郎さんが恨めしかった。

「鍛冶屋さん」

おかわりをよそったあやが、艶《つや》のある声で呼んだ。

「鍛冶屋さんは、歳はいくつ」

「二十二になる」

うけとった飯碗をお盆において、清作は答えた。

「二十二」

くりかえしたあやの頬が赤らんだ。清作はランプの火をいつもより明るくしておいてよかったと思った。

「鍛冶屋さんは、名はなンていうと」

清作はかすかに身ぶるいした。目にもおびえが走ったにちがいない。しかし、あやにむけた視線をそらしはしなかった。

「清作だ」

清作は、火鉢の灰に火箸でふた文字の漢字を書いた。

「せい、さく」

あやは区切ってつぶやいた。

「せいさくさん」

やわらかく言うと、あやはやさしい笑顔になった。

「名字は、なンていうと」

清作は束《つか》の間《ま》ためらった。

「それは、おンしが久留米から戻ったら教えよう」

いま、この場で教えたい。あやに自分のすべてをうちあけたいという誘惑に、清作はかろうじて耐えた。

「かならずね」

あやの頬がさらに赤らんだ。

「ああ、かならず」

あやが愛《いと》しい。清作の胸におもいが満ちた。それなのに、どうして平気でうそをついているのか。

気がつけば、夕飯を食べ終えていた。

「ごちそうさま」

せめてもう一度、あやにそう言いたい。

「おそまつさまでした。明日から七日ばかり留守にするけど、食事のことはよそのおかみさんに頼んであるし、ケガをせンように、あんじょう働いて……」

あやに見つめられて、清作は頷いた。

「おやすみなさい」

あやはお盆を持って帰っていった。

翌朝、清作が目をさましたときには、すでに日が昇っていた。あわてて寝床を出て、棟割り長屋のほうに歩いていくと、おかみさんたちやこどもたちが遠くにむけて手をふっている。見れば、あやと母親はすでに豆粒のようだった。

「やあい、やあい、鍛冶屋さん」

こどもたちに囃《はや》されて、清作は身のおきどころにこまった。

「すぐではなかとでしょうが、祝言《しゅうげん》を楽しみにしとりますけン」

年かさのおかみさんが言うと、ほかのおかみさんたちも笑顔になった。みんなはまだ、このヤマが近々売却されるとは知らないのだ。


清作は、その日に直したすべてのツルハシに刃金をつけた。いつも以上に精魂こめて金鎚を打ち、昼飯のアンパンも夕飯も火床の前で頬張った。最後の一本を打ち終えたとき、外はまっ暗だった。

おそくなりすぎないように時間を気にしていたつもりだが、事務所の柱時計を見に行くと、午後八時になるところだった。遠賀川の船着き場には、一時間半あればゆうに着ける。それでも途中でなにがおきるかわからないと思い、九時前には出発するつもりでいた。

清作は鍛冶小屋に戻り、火床の石炭に灰をかけて、土間に埋めた壺から一円札の束をとりだした。三百五十円ほどあるはずで、いざとなったら、この金にものを言わせて、逃げられるだけ逃げる。

ツルハシを一本、護身用に持っていこうかとも思ったが、ぶっそうな道具を持っていると、ロクなことにならない気がした。清作はシャツのうえから着物を羽織り、帯をしっかり締めた。背嚢には金鎚と中学の教科書とノート、それに幸三郎さんからの手紙を入れた。一円札の束は油紙にくるんで腹巻きに差しこんである。股引をはいた足元は、足袋《たび》にワラジだ。タスキにかけた竹筒には甕の水が入っている。

静かに戸口を出ると、清作はその場にとどまってあたりをうかがった。坑口と事務所の前にはランプがさがっているが、棟割り長屋の家々はどこも暗かった。出歩いているひともいない。

清作は身をかがめて、棟割り長屋や事務所とは反対の方向に足を進めた。月はまだ昇っておらず、星明かりを頼りに遠賀川の船着き場を目ざす。

草が生い茂った丘を越えて、竹藪《たけやぶ》に沿って大きく曲がっていくと、ふいにランプの灯りが見えた。

「おい、とまれ」

竹藪に身を隠す間もなく見つかって、清作は足をとめた。どうせ、逃げても追いつかれる。いかめしい制服に制帽をかぶった警察官がふたり、こちらに歩いてくる。ひとりがサーベルを抜いて、切っ先を清作にむけた。

「こんな夜中にどこへ行く。名は？」

てきとうな名を言おうにも、まるで頭が働かない。足がふるえて、顔から血の気が引いていく。

「貴様。さては社会主義者で、良からぬくわだてにかかわっているな。それとも、ヤマ抜けか。いや、徴兵逃れか」

こうなったら、一か八か戦うしかない。それとも、金をつかませれば見逃してくれるだろうか。

「しょっ引いて、取り調べよう。こいつはお手柄だ」

警察官たちが頷き合った。金ならあるから、見逃してくれと言いたくても、口が動かない。

「み、水をひと口飲ませてくれンか」

清作はようやく言った。

「なにィ」

警察官たちがいきり立った。サーベルの切っ先が清作の鼻先に迫ったとき、バシッという音が二度鳴って、ふたりが倒れた。

「危機一髪だな」

幸三郎さんだった。右手には木刀があった。

「殺しちゃいない。気を失っているだけだ」

清作に木刀をわたすと、幸三郎さんは警察官たちが腰につけていた縄でふたりの手足を縛り、猿ぐつわを噛ませた。ランプの火が吹き消されると、あたりが暗闇に戻った。

「目が慣れたら、出発しよう」

声がしたほうをむいているうちに、幸三郎さんの立派な体軀《たいく》が見えてきた。三日前と同じ服装で、背嚢をしょっている。

「もう、だいじょうぶです」

清作が木刀をかえすと、幸三郎さんは腰に差した。

「よし、行こう。いや、そっちじゃない」

遠賀川の船着き場ではないとすると、どこに行くのか。

「じつは、李が腹をくだしてね。爆破のための頭数が足りなくなったんで、清さんをむかえに来たんだ。途中で警察官たちを見かけて、どうか別のほうに行ってくれと願いながら、あとをつけてきたのさ。段取りを話すから、横に来てくれ」

清作が足を速めて左に並ぶと、「心配することはない。すっかり手筈はととのってるんだ」と幸三郎さんが言った。

三日前は時間がなかったので端折《はしょ》ったが、〈地獄〉の操業が停止されたあと、幸三郎さんは坑道に空気を送るためとの名目で、井戸掘りの道具を用いて、地上から坑道にむけて垂直に三ヶ所、穴を掘った。その穴からダイナマイトをおろし、導火線で着火して坑道を爆破する。ふたりひとくみでおこなうため、清作の手も借りなければならなくなったとのことだった。

「李が抜けたんで、朝鮮人が四人に、清さんとおれで六人だ。あとひとり、女中をしている女がいる。名は、姜香里《カンヒャンリ》。〈地獄〉を爆破したら、清さんは姜と一緒に舟で逃げてくれ。行き先は、姜が知っている。和作さんの位牌と旅費もわたしてある」

清作は返事ができなかった。

「船着き場でおちあってもらうつもりだったんだが、そんな悠長なこともしていられなくなった」

監視役は六人で、安西《あんざい》という利口なうえに残忍な男が仕切っている。三日前の夜は、安西が博打《ばくち》をしに出かけたので、手下に金をつかませて外に出た。今日の夕飯のときに襲い、さっきの警察官たちのように六人全員を縛りあげてきたという。

「いくらやくざものでも、殺《あや》めると寝覚めが悪くなるんでね」

ただし、朝鮮人たちはなかなか納得しなかった。安西が生きているのは許せない。ほかのものたちも、アゴを砕き、指をへし折っておかなければ、安心して逃げられないというので、なだめるのがひと苦労だった。

「監視役のやくざに仕返しをしたってしかたがない。それに、安西の腹違いの弟だという十五、六歳の若造もいてね。こいつは、兄貴に似ず、気のやさしい男なんだ。そんなやつまで痛めつけることはない。立つ鳥跡を濁さずと説得したんだ。鍛冶小屋につれていった大きな男は張永寛《ヨングアン》といって、かつては朝鮮軍の士官をしていたそうだが、あれは大したやつだよ。あいつが南米行きにまっ先に賛同したし、今日も、復讐《ふくしゅう》はやめようと言ったんで、ほかのやつらもしたがうことになったんだ」

李は義兵に加わるまでは鉱山の採掘師をしていた。父祖伝来の秘術を会得していて、山のかたちを見ただけで、銅が出るとか、銀があるとかがわかるのだという。

まずは、チリの港町バルパライソを拠点にして、浅間屋を通じて仕入れた雑貨品を売りながら人脈をつくる。李は山岳地帯を調査して、その情報をもとにチリ政府と共同で鉱山開発に乗り出し、銅や鉄鉱石を米国や欧州にむけて輸出する。十年後には、三井や三菱に負けない大企業にしてみせる。

「どうだい。清さんも、南米に行きたくなっただろう」

まだ〈地獄〉を爆破してもいないのに、幸三郎さんは上機嫌だった。

「いいえ、ぼくは遠慮しておきます」

「うん。そう言ってもらわないとこまるんだ。女をつれていくと人目について、警察官や駅員から無用なかんぐりを受けるからな」

幸三郎さんは足が速くて、清作は並んで歩きながら息が切れた。

「どうやら、間に合いそうだ」

懐中時計に目をやった幸三郎さんが、あと五分で十一時半になると言った。十一時四十五分までに戻ると約束してきたという。

「あそこにボタ山が見えるだろう。あの手前に、〈地獄〉の坑口がある」

三角形の山がぼんやり見えて、清作は緊張で足がすくんだ。

「ここで待っていてくれ。なかのようすをうかがってくる」

ひとけのない棟割り長屋のはずれに清作を残し、木刀を右手にさげた幸三郎さんが事務所にむかおうとした、まさにそのとき、暗闇に女の声が響いた。朝鮮語で、なにか言っている。

「なんだ、いったい」

幸三郎さんがうろたえて、清作は長屋のかげに身を隠した。女の声につづいて、男たちもなにか言っている。哀切な声は、誰かに別れを告げているようだ。

「おい、張。バカなことはやめろ！」

そう言って幸三郎さんがかけだすと、むこうから数人が走ってきた。暗いので定かではないが、男が四人に女がひとり、幸三郎さんと朝鮮語でさかんに話している。しかし、なにを言っているのか、清作にはまるでわからなかった。

「清さん、逃げろ。遠くに離れるんだ！」

とってかえした幸三郎さんが走ってくる。わけがわからないまま、清作も走った。後方でものすごい爆発がおきた。轟音《ごうおん》が鳴り響き、地の底が崩れたかのように足元がゆれた。

「とまるな、走れ！」

幸三郎さんにどやされて、清作は懸命に走った。ふたたび轟音が鳴り響いた。さっきよりもさらに激しく地面がゆれて、つづけて何度も爆発がおきた。

走りながら、幸三郎さんが小柄な李に朝鮮語でなにか言った。李が答えないので、幸三郎さんは李の肩をつかんで立ちどまらせた。李がしかたがなさそうに話すと、「なんだと。ふざけるな」と幸三郎さんが日本語で一喝した。

李以外の三人が頭をさげて必死にあやまっている。しかし、幸三郎さんは李をにらんだまま、その場から動こうとしなかった。

とつぜん、あたりが明るくなった。見ると、事務所と棟割り長屋が燃えている。バチバチと大きな音を立てて、炎が夜空に舞いあがっていく。

「なにがあったンですか？」

清作は、幸三郎さんと李のあいだに入った。

「張が、勝手なまねをしやがった。おれは、あいつのことを、なにもわかっていなかった」

幸三郎さんの声はしおれていた。

「張が、安西だけでなく、六人全員を殺した。遺体を坑口に投げ入れて、ダイナマイトをしかけながら、切羽の手前まで行って爆死した」

幸三郎さんの口から嗚咽《おえつ》がもれた。

「張は、おれをあざむくことになってすまない、南米に行って大いに働きたいが、同胞の仇《かたき》を討たないわけにはいかないと言っていたそうだ。命をもって詫《わ》びるので、李たちのことを頼むとも。しかし、だからって、六人とも殺すことはないじゃないか。李が腹をくだしたというのも、おれを一時的に遠ざけるためについたうそだった。それに、こいつらが着ているのは、安西たちが着ていたものだ」

幸三郎さんは立ち尽くした。李たちがなにを言っても、耳に入らないようだった。

「早く、早く逃げないと、警察が来て、わたしたち捕まってしまうよ」

縞《しま》の着物に角帯を締めた李が、清作にむかってたどたどしい日本語で言った。

「よし。わかった」

清作は背嚢を李にわたして、幸三郎さんの正面に立った。

「お願いします」

一礼するなり、清作は幸三郎さんの胸倉と袖をつかみ、一本背負いにいった。つぎの瞬間、天と地が逆さになった。清作は地面に打ちつけられるのを覚悟したが、幸三郎さんに腕を支えられて、二本の足で着地した。

「清さん、強くなったな。おかげで目がさめた」

つづいて幸三郎さんが朝鮮語でなにか言うと、女が清作の前に立った。影になっているので顔ははっきり見えないが、すらりとしたからだで、年齢は清作と同じくらいか。袷《あわせ》にタスキをかけて、前掛けをしている。胸の前にちりめんの結び目があるところを見ると、風呂敷包みを背負っているのだろう。

「清さんは、姜と一緒の舟に乗ってくれ。途中の船着き場までは、舟をつないでいくから」

歩きだした幸三郎さんのすぐ後ろを姜が行き、清作はそのあとを追った。少し離れて、四人の朝鮮人たちがついてくる。

しばらく行くうちに、三日月が昇った。やがて、遠賀川のサクラ並木が見えてきた。清作がかつて花見に来た場所よりも、いくらか下流のようだ。

「とまれ」

幸三郎さんの声で、清作は姜とともに草むらに身をひそめた。月が昇るにつれて、あたりが明るくなっていく。

「このまま土手に近づいて、おれの合図で舟に乗りこむんだ」

朝鮮語で同じことを言ったらしく、姜が頷いた。

幸三郎さんが身をかがめたまま土手に近づいていく。姜が四つん這《ば》いになって進み、清作も姜のすぐあとをついていく。

サクラは、一枝にほんの一、二輪咲いているだけだった。この火急のときに花を見てる場合かと自分をしかりながらも、清作は束の間、月明かりに照らされたサクラの花に見とれた。

船着き場には、舟が二艘《そう》泊まっていた。遠賀川は満々と水をたたえている。

土手の手前に伏せていた幸三郎さんがあたりをうかがい、あげた右手を前方にふった。四人の朝鮮人がいっせいに飛び出して、川岸にむかった。躊躇《ちゅうちょ》した清作の腕を、姜が引っ張った。

「早く」

少しは日本語ができるらしいとわかり、清作は安堵《あんど》した。

「清さんたちは後ろの舟だ。おれが船頭をする」

清作と姜が小舟に乗ると、幸三郎さんが杭《くい》に結ばれていたともづなをといた。そして、水棹《みさお》を持って前の舟に飛び乗った。艫《とも》と舳先《へさき》を一間《けん》（約一・八メートル）ほどのつなで結んだ二艘の舟が、川の流れに乗って勢いよく進んでいく。

こちらの舟にも水棹があったが、まさに無用の長物だ。清作が舟板に腰をおろすと、姜がむかいにすわった。

月の光が当たって、姜の顔がはっきり見えた。髪の結い方も顔つきも、日本人となにも変わらない。女中をしていたというが、指も腕も細くて、どことなく艶めかしい。気は強いようで、清作と目が合ってもそらそうとしなかった。舟が波にゆれて、ふたりの膝が当たった。

清作は早く父の位牌をかえしてほしかった。しかし、日本語をどれほど解するかわからない相手ともめてもしかたがない。行き先も、姜のほうから教えてくれるまで待つほうがいいのだろう。

つなでつながれた二艘の舟は、急流を流されるように下っていく。先をゆく舟の船尾に立って水棹を握る幸三郎さんの姿は見えるが、四人の朝鮮人は腰をおろしているらしく、後ろの舟からは見えなかった。

清作は急に心配になった。幸三郎さんが一番信頼していた張が死んだとなると、李たちが裏切らないともかぎらない。殺された監視役のやくざたちは短刀くらいは身に帯びていたはずだから、着物と一緒にそれらも奪ったにちがいない。いくら幸三郎さんでも、狭い舟のうえで四人に襲いかかられたら、やられてしまうのではないだろうか。

その一方で、六人を殺し、〈地獄〉の坑内で爆死した張のことを思うと、清作はからだがふるえた。

日本軍が朝鮮で働いた蛮行も、監視役のやくざたちが朝鮮人に加えた度を超えた制裁も、清作は自分の目で見てはいない。六人のやくざの死体も見ていなかったが、張が爆発させたダイナマイトの威力は身をもって知っていた。自分のからだも木端《こっぱ》微塵《みじん》にするあの衝撃が、義兵だった張の怒りだとするなら、日本軍は幸三郎さんが語ったとおりの悪逆非道を働いたにちがいない。同胞が監視役のやくざに棒で打たれる姿に、張は血の涙を流したにちがいない。

だからといって、無抵抗な状態のやくざ六人を殺していいのだろうか。日本人として、同じ日本人を殺した朝鮮人たちを逃がす手助けをするのは、正しいことなのだろうか。

「おれは、あいつのことを、なにもわかっていなかった」

張の死を知って幸三郎さんが漏らしたことばが、清作の頭をよぎった。

もうひとつわからないのは、李たち四人と姜の間柄だ。〈地獄〉を出てから、姜はずっと清作のそばにいた。舟に乗る前には、別れを惜しむのかと思っていたが、李たちは四人とも姜に一瞥《いちべつ》すらくれなかった。

頭を悩ませているうちに、清作はうとうとした。朝早くから金鎚を打ちつづけた疲れが出て、目を開けようと思っても瞼《まぶた》がさがってしまう。

ふと気づくと、姜がいない。清作があわてて立ちあがったせいで舟が大きくゆれた。

「カムチャギヤ（うわっ）」

舳先に這い寄った姜が朝鮮語で悲鳴をあげた。見れば、前後の舟を結んでいるつなをほどこうとしている。

「おい、やめろ」

清作が叫んだのと同時に、つながほどけた。前の舟がみるみる離れて、暗闇に消えた。

幸三郎さんを呼ぶ間もない出来事だった。

「おい、なンのつもりだ。こんなことをして、この先どうする」

清作は呆然として舟板にすわりこんだ。

「わたしは、あいつらがキライ。あいつらも、わたしがキライ」

「どうして。同じ朝鮮人なのに」

姜が日本語をかなり話せることにおどろきながら、清作はたずねた。

「張は好き。幸三郎も好き」

それを聞いてホッとするのと同時に、清作はおそろしくなった。水棹はあるが、舟をあやつったことなど一度もない。このままだと船着き場に寄せられず、河口まで流されて、警察に捕まってしまうかもしれない。

ふるえがとまらなくなった清作の手に、姜が手を重ねた。姜の手もふるえている。

姜と、李たち四人とのあいだになにがあったのかは、知りようもなかった。しかし、幸三郎さんはそうした関係をわかっていたから、最初の計画ではハナから姜を清作とふたりだけで逃げさせようとしたのだ。

「だいじょうぶだ。どうにかなる」

清作は姜にむかって頷いてみせた。

「ありがとう。これをかえします」

姜が胸の前の結び目をといた。ちりめんの風呂敷が広げられて、サラシに包まれた位牌をわたされると、清作は父だけでなく、母までもがそばにいるような気がした。

「わたしたちは、川崎《かわさき》に行く」

「川崎？」

位牌を背嚢にしまっていた清作はオウムがえしに聞いた。

「そう、川崎。知らないの？」

姜がからかうような調子で言った。

「知っとるわい。神奈川の横浜港の、少し先じゃ」

清作は、久しぶりに日本地図を思い浮かべた。小倉、下関、山口、広島、岡山、神戸《こうべ》、大阪、京都、名古屋《なごや》……。

追われる身でないなら、日本を西から東へとむかう長い汽車の旅を楽しめるだろう。しかし、警察官や駅員に呼びとめられたら、そのとたんに監獄送りが決まるのだ。

「ここに書いてあるひとを頼れば、こまることはないと、清作に言ってくれ」

姜が帯のあいだに挟んでいた封書を差し出した。幸三郎さんに言われたままをくりかえしたのがおかしいのと、安心したのとで、清作は頬がゆるんだ。

その封書は、まだ姜に持っていてもらうことにして、清作は水棹をつかんで艫に立った。水の流れがゆるくなり、舟が進む速度が落ちている。

　両手で水棹をしっかり握って水に差し、川底を突く。たしかな手ごたえがあって、舟が前に進んだ。

「おう、こンな具合か」

　足元がふたしかなので、両の脚を開いて、もっと踏ん張ったほうがいい。いずれにしても、舟をあやつれないことはなさそうだ。

　清作は、小松の梯川を往き来していた船頭たちの姿を思い出した。脚を開き、ワラジの裏を舟板にこすりつけると、足元が定まった。

　行く手の川面に、月の影がゆれている。あやの顔が頭に浮かび、清作は目を閉じた。

「清作」

　名を呼び捨てにされて目を開ければ、こちらを頼もしげに見つめる女の顔があった。

「さあ、行こう」

　清作はもう一度水棹で強く川底を突き、舟をぐいと進ませた。

4 出会い

目を開けて、枕元のスマホを手にとった。

「九時四十四分」

時刻を読みあげる。さっきは九時十五分だった。その前は八時三十二分だった。昨日は、久山《ひさやま》さんからメールが来なかったと思ううちに、また眠りに引きこまれていく。

結局、ベッドから出たのは十時半だった。今週もやってしまったという後悔と、せめて日曜日くらいは寝だめをしないとからだがもたないという開き直りがせめぎ合う。

パジャマから部屋着にきがえて廊下に出るとコーヒーの香りがして、こんどこそ目がさめた。それと同時に、抜けきっていない疲れが両肩と背中に重くのしかかる。

毎週日曜日は、大会をのぞいて部活動をおこなわない完全休養日になっていた。藤沢《ふじさわ》本町《ほんまち》の中学校に行かなくていいのは本当にありがたいが、明日までにしなければならない仕事は山ほどある。

洗面台の鏡に映った顔は腫れぼったくて、情けないほど生気がなかった。こんなときは、美容液よりも深呼吸だ。鼻から大きく空気を吸いこみ、すぼめた口から長く静かに息を吐く。深呼吸を三回しただけで顔がグッとひきしまり、肌も輝きをとり戻した。

「わたしはまだ二十五歳なのよ」

言い聞かせると、目もぱっちり開いた。

「おはよう。おそくなってごめんなさい」

父は読んでいた新聞をたたみ、母はリモコンでテレビを消した。ふたりともとうに朝食をすませたようで、テーブルにはコーヒーカップだけがおいてある。

「何時までおきてたの?」

「二時半かな。学級通信を書くのと、プリントをつくるのに手間取っちゃって」

しかたがないわねというように頷いて、母が椅子から立った。

わたしは窓際に行き、レースのカーテンを端によせて外を見た。秋晴れのやわらかな日差しが家々の屋根を照らし、相模湾を輝かせている。マンションの八階からの眺めはもうしぶんなかった。ただ、景色を楽しむだけの気持ちの余裕がない。

「残暑も終わりだといいなあ。体育館がむし暑くて」

窓際を離れると、スマホをサイドボードにおき、テーブルについた。

「学級通信はともかく、どうしてそんなにプリントをつくらなくちゃいけないんだ。教師になって、もう三年目だろ」

父が言いたいことはわかるが、企業だって現状に甘んじることなく、製品の改良や新製品の開発にとりくむではないか。もっといい授業にしたいし、じっさいに生徒を教えるなかで気づいたこともあるから、毎年プリントに手を加えるのだ。

それに、教科書もところどころ内容が変更されている。竹島《たけしま》が「日本固有の領土」と二年前に明記されたため、韓国との関係をより丁寧に教えていく必要がある。ヘイトスピーチは一時期にくらべて減ったものの、韓国ソウルの日本大使館前に設置されている慰安婦像をめぐる問題もあり、いつまた日本人の嫌韓感情が高じないとも限らない。

説明していると、ベーコンを焼く匂いがして、おなかが鳴った。

「はい、どうぞ」

お皿には、薄切りのトーストが二枚とカリカリに焼いたベーコン、それにスクランブルエッグとサラダが盛られていた。栄養のバランスも、彩りもバッチリだ。

これだけのものを食卓に供するのに、母は買い物もふくめて、どれほどの手間と時間をかけているのか。久山さんは、女性にだけ家事をさせることはないだろうけれど、結婚したら、今日のように大々的に朝寝坊をするわけにはいかなくなる。こどもが生まれたら、どうすれば。教師をしながら家庭をいとなむ自分の姿が、わたしには想像がつかなかった。そもそも、わたしたちは結婚に至れるのだろうか。

「どうしたの、こわい顔をして。あさひがそんなに忙しいなら、久山さんに来てもらえばいいじゃない。わたしたちも、久しぶりに会いたいわ」

　母がコーヒーと牛乳をわたしの前においいて、椅子にすわった。

「ううん。いいの」

　だって、電話もしていないからと頭のなかでつけ足すとさみしさがつのり、わたしはベーコンをトーストにのせてかぶりついた。

　久山さんからは、ほぼ毎日メールが届いた。わたしの返信がどんなに短くても、不満を漏らさずにメールをくれる。久山さんは自身のブログ《浪曲？　浪曲！》をまめに更新するので、きのうの午後二時から葛飾《かつしか》区の公民館でおこなわれた浪曲の会のようすもわかっていた。

　八十名ほどの来場者があったというから、大盛況だ。三味線を弾く曲師に次代をになう気鋭を招き、新鋭・中堅・ベテランと三人の浪曲師がそれぞれたっぷり演じたので、初めて浪曲を聴いたひとたちも大満足だったという。お年寄りにまじって、若いひとたちも写った写真がアップされていた。

　司会進行役の久山さんがマイクを持って話している写真もあった。とても良い顔に写っていて、それだけに誰が撮ったのかが気になった。その時間、わたしは中学校の体育館で女子バスケットボール部の指導をして、汗びっしょりになっていた。

本当は、いまからでも月島《つきしま》にある久山さんのアパートに行きたい。そして、この間、ずっとひとりで悩んできたことをうちあけたい。でも、それをしてしまったら、来週は準備不足のまま授業をすることになる。

父と母が心配そうな顔で見ているのはわかっていたが、わたしは無言でトーストにかじりつき、スクランブルエッグとサラダを口にはこんだ。


久山さんと出会ったのは、教員採用試験の筆記試験を突破した三年前の夏だった。父と母が家で祝ってくれて、わたしは日頃の応援に感謝した。

「ホッとして当然だけど、勝負はここからだ。うまく気分転換をして、気合いを入れ直しなさい」

父がめずらしく強いことばではげましてくれた。

「うん。だから、近々、浅草の木馬亭で浪曲を聴いてこようと思って」

とたんに、母の顔が輝いた。曲師だった「博多の伯母さん」こと、馬橋洋子さんを思い出したにちがいない。

「いいわねえ。わたしも浪曲を聴いてみたいわ。おとうさんも、どう?」

「そりゃあ、面白そうだ」

木馬亭では、毎月一日から七日まで浪曲が演じられている。十二時十五分開演で、二十六歳以上の大人ひとり二千円。早いほうがいいと、八月最初の日曜日に行くことになった。

「あさひが大学生になるときに隅田川《すみだがわ》の土手でお花見をして以来だから、浅草に行くのは三年ぶりね」

母は家族そろって出かけるのがうれしくてならないようだった。そういえば、わたしも横浜を越えて都内に行くのは久しぶりだ。

雷門《かみなりもん》の前は、外国人たちでいっぱいだった。アジア系のひとたちも、欧米のひとたちも、写真を撮りまくっている。スマホで撮っているひとがほとんどだが、レンズの付いたカメラのひともいる。

日よけのかかった仲見世《なかみせ》を歩き、本堂の前で左に曲がると木馬亭が見えた。柿色や抹茶色の幟が四、五本立っていて、Tシャツを着た女の子が呼びこみをしている。この通りは何度も歩いているけれど、これまで木馬亭を注意して見たことはなかった。

開演まで二十分以上あったが、外にいても暑いだけなので、なかで待つことにした。

「むかしの映画館みたいね。末広亭《すえひろてい》とはずいぶんちがうかんじ」

母が小声で言って、父も頷いている。新宿《しんじゆく》の寄席《よせ》には、中学生のとき、やはり家族三人で落語を聴きに行った。左右に畳敷きの席があり、いかにも江戸の伝統をうけつぐ寄席という造りだった。

それに比べて、木馬亭はあきれるほど殺風景だ。正面の舞台には天井から大きな幕がかかっているが、左右の壁は白いペンキが塗られているだけだし、座席も古い。

お客さんはほんの数人いるだけだったので、前から五列目の見やすい席に、父、母、わたしの順に並んですわった。

「今日、出演する八名のうち、七人は女性なんだね」

父が受付でもらった「番組表」を見ながら言った。

「ほかの日も、半分は女性よ」

母が言うとおりで、わたしも番組表を見ておどろいた。わたしがｉＰｏｄで聴いているのは昭和三、四十年代に録音された浪曲ばかりだったので、いまでも浪曲師は男性がメインなのだと思っていた。

現役の浪曲師で名前を知っているのは、「うなりやべベン」こと国本武春さんただひとりだ。ただし、その名前は載っていなかった。

「トップバッターだけが十五分と短いのは、落語なら、前座、ふたつめのひとなんだろうな。あとは全員三十分ずつ。つまり、どの話も三十分前後にまとめられているわけか」

父はふんふんと頷いている。

「しかし、三味線を弾く曲師の名前は、番組表には載せないんだね」

浪曲は、浪曲師と曲師のふたりで演じられる。浪曲師がメインだとしても、曲師の名前があってもいいのではないだろうか。

「本当、ちゃんと書いてくれればいいのに」

わたしは「博多の伯母さん」こと馬橋洋子さんになりかわって文句を言った。

そのうちにどんどんお客さんが入ってきた。見まわすと、百席以上はありそうな客席の三分の二ほどが埋まっている。思っていた以上に盛況で、わたしはうれしかった。

ざっと見たところでは、六十歳以上の男性が七割くらい。四、五十歳代の男性が二割に、二、三十歳代の男性が一割。女性は、母とわたしのほかに四人いるだけだ。

アナウンスのあと、拍子木が打たれて三味線が鳴り、幕が開いた。

着物姿の女性が、布がかかった台を前にして立っている。年齢は、わたしと同じくらいだろう。舞台の右端に板塀を模したついたてがおかれていて、その奥で三味線が鳴った。

「あら」

母と父が顔を見合わせている。わたしも曲師が三味線を弾く姿を見たいと思っていたので、当てがはずれた気がした。

「勉強させていただきます」

お辞儀をして始まった浪曲は元気いっぱいだった。三味線の音色にのって張りのある声でストーリーを語り、軽快にうたい、ここぞという場面では大いにうなる。演じるにつれて額に汗が浮き、首元や腕が桃色に染まっていく。座布団にすわって語る落語にはない迫力だ。

同年代の女性の健康的な色香に見とれているうちに、曲師の前についたてがある理由がわかる気がした。

浪曲師の語りは、そのときの気分やノリで、さまざまにアドリブが加えられるのだという。三味線にも決まった節＝メロディーはない。つまり曲師は、浪曲師が口演する姿をまぢかで見つめながら、即興で三味線を弾いているのだ。浪曲の三味線は、まず第一に浪曲師のために弾かれるものだから、曲師はついたてに隠れているのではないだろうか。浪曲師と曲師のあいだでは、ふたり以外にはうかがい知れない親密な交流がおこなわれているのだ。

「博多の伯母さん」こと馬橋洋子さんは、どんな曲師だったのだろう。レコードがあるなら聴いてみたい。曲師だったときの写真があるなら見てみたい。

二番目に登場した四十歳くらいの男性浪曲師は、今日の楽屋は女子校のようで居場所がないと嘆いて笑いをとったあとに、悪漢が登場するつづきものの第三話を語り、ものすごくいい場面で、「次回のお楽しみ」と言って、舞台の袖にさがっていった。

三番目の女性は「鶴女房」、四番目の女性は将棋の坂田三吉《さかたさんきち》物語で、どちらも素晴らしい熱演だった。

そこで幕が引かれて、「お仲入り」という五分間の休憩になった。あっというまの二時間弱で、わたしは座席の背にもたれた。

「あさひ。ぼくとおかあさんはここで出るよ」

父が小声で言って、立ちあがった。

「浅草寺《せんそうじ》にお参りしたあと、『梅園《うめぞの》』に入っているから、ここを出たら電話をしなさい」

「それとも、あなたも一緒に出る？」

母に聞かれて、わたしは迷った。せっかく来たのだから、残る四人も聴きたいが、十分堪能《たんのう》した気もする。

「聴いたほうがいいですよ」

一列前の席にすわっていた男性がふりかえった。

「今日は、最後のふたりがとくにいいんです」

短髪で、縁の細い丸メガネをかけた男性は、すぐに前をむいてしまった。白いシャツを着ていて、とてもきれいな頭のかたちをしている。ちらっと顔を見ただけだが、二十七、八歳くらいだろう。

「ご親切に教えていただきまして、ありがとうございます。では、この子はおいていきますので」

わたしはおどろいて、母の腕をつかんだ。

「いいじゃない。あとでどんなだったか教えてね」

しれっと言うと、母は父とともに出入り口にむかった。わたしも席を立って、トイレに行った。せっかくすすめてもらったのに、ここで帰って、やっぱり最後まで聴いておけばよかったと後悔するのはいやだ。

考えを決めて席に戻ると、白いシャツのひとがいない。気まずくなって席をうつったのかもしれないと、見るともなく見まわすと、最前列の左端にすわっている。

あんな見えづらい席にどうしてうつったのだろうと思ったとたん、ついたての隙間から曲師が見えるからにちがいないとわかった。わたしはトートバッグを抱えて、最前列を目ざした。

「失礼します」

会釈して白いシャツのひとの右隣にすわると、拍子木が打たれた。幕が開いて、ついたての隙間に曲師が見えた。白地に赤い模様の着物をきた女性が正座をして、三味線をかまえている。ただし、ついたての角が邪魔になって顔は見えなかった。

「ぼくの席からも曲師の顔は見えません。そういうふうに配置されているんです」

説明する声が低く響いて、わたしはドキドキした。

五番目の浪曲師はちょくちょくつかえたので、曲師のバチさばきばかりに目がいく。通好みの席かもしれないが、初心者にはさっきの席のほうがいい。

「お邪魔しました」

目を伏せたまま言って、わたしはもとの席に戻った。その判断は正解で、講談を一席はさんで演じられた「忠臣蔵《ちゅうしんぐら》」と「佐倉義民伝《さくらぎみんでん》」は圧巻だった。主君の仇《かたき》を討ち、本懐を遂げる大石内蔵助《おおいしくらのすけ》と、困窮した農民たちを救うために磔《はりつけ》の刑にあうのを覚悟で将軍への直訴にのぞむ佐倉惣五郎《そうごろう》。どちらも貫禄たっぷりの女性浪曲師が力一杯に演じて、わたしは拍手のしすぎで手が痛くなった。

拍子木が長く打たれて、幕が引かれた。腕時計は四時五分を指している。お礼を言おうと最前列の左端を見ると、白いシャツのひとがいない。あわてて見まわしても姿がない。スマホの電源を入れるとメールが届いていて、母が木馬亭の前にいるという。

「どう、良かった？」

その質問に答えるより先に、わたしは白いシャツのひとが出てこなかったかと聞いた。

「だって、あさひにメールを打っていたから」

母の返答に、わたしはそっとため息をついた。父が大黒家で待っているというので、母と並んで歩きだした。

いつ来ても長い列ができている大黒家の本店は、めずらしくすいていた。午後四時すぎという中途半端な時間がよかったようで、初めて二階にあがった。

「こぢんまりとしているのに、せせこましくないんだよな」

先にひとりで飲んでいた父が切り子のお猪口をかたむけると、となりにすわった母がガラス製の徳利からおかわりをついだ。父の前におかれた板わさもおいしそうだ。

着物をきた年配の店員さんが、母とわたしにお茶とお猪口と箸を持ってきてくれた。

「天井をおつくりしてもよろしいでしょうか」

「お願いします」と答えた父がおもむろにたずねる。

「それで、どうだった。かれの言ったとおりだったかい」

かれってなによ、と思いながら、わたしも切り子のお猪口を手にとった。父がついでくれて、冷えたお酒がすいたおなかに染みわたる。酔いがまわるにつれて木馬亭での感動がよみがえった。ただし、手放しで感激していたわけではない。

「浪曲って、生で聴くほうが何倍も面白いし、芸能としての可能性も秘めていると思うんだけど、内容がとにかく古くさいでしょ。女性は家にいて、内助の功を発揮するしかない時代の話だからしかたがないにしても」

それは、ひと月ほど前にｉＰｏｄで浪曲を聴きだしたときから感じていたことだった。

「女性の浪曲師たちがあんなにがんばっているのに、もったいないというか、歯がゆいというか。現代の女性たちが共感して、聴き終わったあとに心が晴れ晴れするような、すてきな新作を書くひとがいればいいのに」

　わたしは板わさを口にはこんだ。しばらくして、はこばれてきた天丼も、あいかわらずおいしかった。父と母が、わたしが幼かったころの思い出話をするのを聞きながら、お酒を飲み、天丼を頰張った。

　父が会計をしているあいだに母とふたりで店の外に出ると、目の前を白いシャツのひとが歩いていく。

「あら、あなたはさっきの」

　母が声をかけて、デイパックを肩にかけた男性が足をとめた。身長は百七十センチくらい。白いシャツにベージュのチノパン、茶色の革靴をはいている。軽装だけれど、身ぎれいだ。

「娘がお世話になりまして。いまも、あなたのことを……」

「ちょっと、おかあさん」

「先ほどは、さしでがましいことを言ってすみませんでした。浪曲が気に入りましたら、どうぞまた木馬亭にいらしてください」

　白いシャツのひとは会釈をすると、仲見世のほうに行ってしまった。

「素敵なひとだけど、脈はないかんじね」

「あのさあ、勝手なまねをしないでくれる」

大黒家から出てきた父に、母はつい今しがたの出来事を話した。

「せっかくだし、隅田川の川べりを歩こうか」

川風が吹いて、夕涼みには丁度よかった。お酒の酔いと浪曲の余韻にひたりながら、並んで歩く父と母のあとをついていくと、わたしもとなりに誰かいてほしい気がしてくる。でも、恋人をつくるよりも、いまは二次試験にむけて集中しなくてはいけない。とにかく今日はいい気分転換になった。

来た道を戻り、地下鉄の駅へとつづく階段をおりていくと、券売機のあたりで観光客どうしがもめていて、白いシャツのひとが白人男性とアジア系男性のあいだに入ってなだめている。ただし、どちらも興奮していて、簡単にはおさまりそうにない。

「ははあ、中国さんがキップを買う列に割りこんだっていうんだな。英語なら、ぼくも少しはできるんだ」

「ちょっと、おとうさん」

わたしがとめるのも聞かずに、父はすたすた近寄っていく。

「ヘロー、エブリバディ。プリーズ、ルックアット、ミー」

父が身ぶり手ぶりをまじえてブロークンな英語で話しかけると、もめていたふたりの表情がゆるんだ。父がふたりと握手をかわして肩を叩く。もめていたのがうそのように、白人男性とアジア系男性はそれぞれ改札口を通りぬけていった。

父がこっちをむいて、わたしと母はそばに行った。白いシャツのひとは、いかにもホッとした顔をしている。

「浪曲は、かなり聴いているんですか？」

父に聞かれて、白いシャツのひとが頷き、名刺をさしだした。

「こんなブログまで開設しているとなると、相当なものだね」

財布をとりだした父が自分の名刺をさがしている。

「申しわけない。一枚あったと思ったんだが。ご縁があるようだから、きっとまたどこかで会うでしょう」

父を先頭に改札をぬけて、入線していた銀座《ぎんざ》線に乗った。

「ほら、愉快な名前のひとだよ」

角が丸い横書きの名刺には「久山久太郎《ひさたろう》」とあり、一度見たら忘れられない名前には見おぼえがあった。私立大学専任講師の肩書きと、住所と電話番号、それに《浪曲？　浪曲！》というブログのアドレスが印刷されている。

帰りの東海道線のなかで、わたしはさっそく《浪曲？　浪曲！》の巻頭言を読んだ。

　ぼくは浪曲が大好きだ。ただし、そう言って、いい顔をしてくれた相手は数えるほどしかいない。ぼくは落語も歌舞伎も好きだ。演歌も、Ｊ－ＰＯＰも聴く。ジャズやロックだって聴く。小説だって、マンガだって読む。映画だって、テレビだって見る。でも、浪曲を一番好きなわけは、笑って泣けて、最後に背筋がグイッと伸びるからだ。

浪曲は、明治時代の初期に始まった。以来、戦後にかけては、大衆芸術の花形だった。つまり、近代日本に生きるひとびとが求める喜怒哀楽に真正面から応えてきたのが浪曲なのだ。

義理と人情の対立なんて古いと言うひとは、自分の胸に手を当てて考えてみてほしい。義理は、生活をいとなんでいくうえでのしがらみ。人情は、こうあってほしいという人間関係だ。二一世紀になった今も、ぼくたちは義理＝現実と、人情＝理想の板挟みにあっている。

ぼくは浪曲とともに生きていこうと決めた。テンポのいい三味線の音色が浪曲師を活気づかせて、そこに観客の熱気が加わり、一期一会の熱演が成立する現場に立ち会いつづけようと決めたのだ。

どうか、みなさんも一度浪曲を聴きにきてほしい。鍛えあげられた浪曲師の声に全身をゆさぶられ、ズバッと決まる啖呵に胸がすくこと請け合いだ。そして、いつかかならず、現代を舞台にした新しい浪曲が生み出されて、みなさんの涙腺をしぼり、喝采を博することだろう。

「おい、わかったか。わかったンなら、ぐずぐず言わずに浪曲を聴きに来るンだぜ！」

久山さんの覇気みなぎる宣言に、わたしは興奮し、感激した。さわやかな風采のうちには、こんな熱意が秘められていたのだ。

ブログに記されたプロフィールによると、久山久太郎さんは一九八八年生まれ、わたしより五歳うえだ。修士論文は「日清・日露戦争期のメディア史」とあるのを見て、昨年度の日本近代史のゼミで久山さんの論文が参考文献にあがっていたのを思い出した。古風な氏名から、すでに故人となっているひとではないかと思ったのをおぼえている。

その晩、わたしは久山さんにメールを送った。自己紹介につづけて、今日の演目を最後まで聴いたほうがいいとすすめてくれたことへのお礼を記す。浪曲に関心を持ったのは、母方の祖母の姉が馬橋洋子という曲師だからで、そのこともつい最近知った。昭和三、四十年代に主に博多で活躍したというが、彼女についてわかっていることがあったら教えてほしいと書くと、一日おいて返信があった。

戦後の九州の浪曲については以前から調べたいと思っていた。馬橋洋子さんについてもなにかわかったら、すぐにお知らせする。教員採用試験にむけての勉強と卒論の執筆で時間がないと思うので、息抜きにブログを見てくださいとあって、わたしは久山さんの真摯な対応に好感を持った。

卒業論文「神奈川県内における在日朝鮮人の自主教育機関——一九三〇年代を中心に」は、提出期限間近の十一月下旬にようやく完成した。教員採用試験に合格したことと合わせて、わたしはほぼ四ヶ月ぶりに久山さんにメールを送った。すると、十二月の第一土曜日に木馬亭に行くつもりでいるとの返信が届き、わたしは舞いあがった。

ところが、五月の教育実習から半年以上がんばりつづけた疲れがドッと出て、その前日の夜中に高熱を発した。かかりつけの開業医に看《み》てもらうと、点滴をしたほうがいい、最低一週間は療養するようにと言われて、初デートはお正月に持ち越された。

新年の浅草は、ものすごいにぎわいだった。軽くお茶をするつもりで喫茶店に入ったのに、わたしたちは木馬亭に行くのも忘れて話しつづけた。久山さんが行きつけにしているもんじゃ焼きのお店では、ビールを飲みながらさらに話がはずんだ。

四月になれば、新採用の教員として多忙な日々が待っている。わたしは押しかけ女房を決めこみ、月島にある久山さんのアパートに足繁《あししげ》く通った。

教師になってからは、二週間に一度会えればいいほうだった。しかも生徒や保護者に見つかるとうるさいので、鎌倉《かまくら》や横浜といった格好のデートスポットを歩くわけにはいかない。わたしは地元で教員になったことを本気で後悔しながら、新宿や渋谷でデートを重ねた。出会いから両親が一緒にいたので、久山さんは辻堂のわが家にやってきて、母とわたしが共作した料理を食べていくこともあった。

出会ってから丸三年になる今年の八月に、わたしは久山さんからいますぐには結婚できないが、婚約してほしいと言われた。

日曜日のお昼に横浜のホテルニューグランドのロビーで待ち合わせて、本館一階のイタリアンレストランに案内されたときは、てっきりプロポーズをされるのだと思った。喜んで受けるつもりだったけれど、今年で三十歳の久山さんに対して、わたしはまだ二十五歳だ。なにより、教師であることと、妻であることを両立させていく自信がなかった。なので、結婚はすぐにではなく、まず婚約と聞いたときは、拍子ぬけしつつも、どこかでホッとしてもいた。

久山さんが婚約という段階を踏んだのには理由があった。三つうえの姉・はる子さんの結婚をめぐって家族内がごたごたしているので、それが片づかないうちは結婚式をあげられないという。

久山さんのご両親が岐阜《ぎふ》市に住んでいて、はる子さんが仙台《せんだい》のテレビ局でADとして働いていることはすでに聞いていた。ただ、はる子さんがおつきあいしているのが朴《パク》さんという在日コリアン三世であることは初めて聞いた。母親は日本人、在日二世である父親も日本生まれの日本育ちで、日本国籍を取得している。

昨年末、久山さんはお姉さんに呼ばれて仙台に行き、朴さんを紹介された。はる子さんより三つした、つまり久山さんと同じ歳で、すぐに仲良くなった。

「誤解を招きかねない言い方だけど、朴さんは本当にただの日本人なんだよ。賢くて、明るくて、韓国系を理由に差別された経験もあまりないから、日本人に対する恨みみたいなものも、まったく持っていない。韓国語は読み書きができる程度だし、韓国にも一度しか行ったことがない。ところが、うちの親父はまるでうけいれられないんだ。ご先祖に顔むけができない、そんな話を平気でとりつぐおまえも悪いって」

久山さんのおとうさんは本家の長男で、大企業に勤めていたせいなのかわからないが、家柄や学歴に対するこだわりが強い。お姉さんも久山さんも、おとうさんの影響をまぬかれたくて、実家から離れた場所で暮らしているそうだ。

「親父は、そんなやつに会うつもりはない、そんなやつと結婚したら縁を切ると言えって、ぼくを追いかえしてね。姉貴は予想どおりだったみたいで、とくにショックは受けていないんだけど、朴さんのほうがナーバスになってるらしくて、かわいそうでさ」

だから、ぼくたちの結婚については、タイミングを見はからって岐阜の両親に伝えようと思っている。式も東京方面でこぢんまりとおこないたいとのことだった。

日本人のなかに、外国人、とくに在日コリアンに対して根深い偏見を持つひとがいるのはわかっていた。でも、義父になるひとがそうだと知って、わたしは気持ちが沈んだ。

「ごめん。気分を悪くさせてしまって」

わたしは顔をうつむかせたままだった。口を開いたら、怒りが爆発してしまいそうだ。わたしが怒りを爆発させたところで、久山さんはおとうさんを説得しようとはしないだろうし、おとうさんのほうでも、そう簡単に偏見を改めるはずもないのが、ひたすら悲しかった。

中学二年生のときに転校してきた崔《チエ》さんの顔が頭に浮かんだ。どうすれば、久山さんのおとうさんの考えを変えられるのか？　こちらが手を尽くしたところで、結局は変えられないのではないだろうか？

さぞかし高いにちがいないランチコースを、わたしはほとんど食べなかった。どうしても、料理を口にはこぶ気持ちにはなれなかった。

その日、久山さんとどんなふうに別れたのかを、わたしはおぼえていなかった。母も、帰宅したわたしのようすを見て、よほどのことがあったと思ったらしい。

「少し休みなさい。あさひが話すまで、おかあさん、なにも聞かないから」

以来、ひと月半がすぎたが、わたしは婚約の申し込みに返事をしないままだった。久山さんのほうでも、ほとぼりが冷めるのを待っているのだろう。それはそれで意気地がない気がして、わたしは久山さんが送ってくるメールに、ごく短い返信しかしていなかった。ナーバスになっているという朴さんのことは心配だったが、正直に言えばそれどころではなかった。

久山さんのおとうさんのことを両親に話したら、ふたりはきっと、それは時が解決すると言うだろう。わたしだって、結婚のあいさつでいきなり、久山さんのおとうさんの偏見をなじるつもりはなかった。でも、偏見を持っているひとと知りながら、笑顔で話せるかどうかはわからない。

もっとも、このままでいいとも思っていなかった。母もそう思ったから、久山さんをうちに呼んだらと言ったのだ。

「ねえ、あさひ。久山さんのことだけど……」

お皿が空になったのを見はからって、母が言った。わたしは残っていたコーヒーを飲むと椅子から立ち、サイドボードのスマホに手を伸ばした。まさにそのとき、着信音が鳴り出した。かけてきたのは久山さんだ。

「すごい偶然」

ひとり言のようにつぶやき、「もしもし、どうしたの？」とわたしは聞いた。

「いま、辻堂のうち？」

「そうだけど。どうしたの？」

「いま、辻堂駅におりたところなんだ」

「えっ？」

「とつぜんだけど、これからうかがってもいいかな。馬橋洋子さんについてわかったことがあって、どうせなら現物を見せたいと思ってさ」

久山さんがこんなに興奮して話すのは初めてだった。

「現物を見せたいって、なにを見つけたの？」

「それは見てのお楽しみさ。姉貴や親父のことで心配をかけているからね。名誉挽回《ばんかい》とまではいかないにしても、ご両親も喜んでくれると思うんだ。じゃあ、いまからそっちにむかうから」

そこで電話は切れて、わたしはなにがなんだかわからなかった。

「あさひ、とにかくきがえてらっしゃい。それじゃあ、あんまりひどいから」

母に言われて、わたしは自分の部屋にむかった。

5　めおと

清作が水棹《みさお》を差すたびに舟は速度をあげた。いっときゆるんだ遠賀川の流れもふたたび速まり、川面をすべるように進んでいく。

前方に注意をはらいながら、清作は両岸にも目をくばった。深夜とはいえ、あれほどの大爆発だったのだから、物見に出ているひとがいてもおかしくはない。提灯やランプの明かりが見えたら、反対側の岸に舟を寄せようと考えて小刻みに水棹を差していると、十間（約十八メートル）ほど先で川幅が急に狭まっている。

「いいか。しばらくは、ものを言わンでくれ」

小声で注意すると、姜《カン》が頷いて身をかがめた。清作もいったん水棹を抜き、舟底にしゃがんだ。幸三郎さんたちの舟が先に抜けているはずだが、そのあとに誰かようすを見にきていないともかぎらない。

息をひそめて伏せていた顔をあげると、川幅は広がり、岸はぐっと遠ざかっていた。これならもう、見つかる心配はない。

清作は水棹を手にして艫《とも》に立った。高く昇った三日月が、川面を照らしている。

「でた　でた　つきが　まるい　まるい　まんまるい　ぼんの　ような　つきが」

姜がうたを口ずさんだ。

「あれは三日月じゃ。まるくはないじゃろう」

清作が教えても、こちらむきにすわった姜は夜空を見あげて、うれしそうにしている。

「おンしは気楽じゃのう。となりの国とはいえ、よその国にひとりでおって、おそろしゅうはないンか」

水棹をひと差しして、清作は聞いた。

「〈地獄〉は、おそろしかった」

姜の目が暗く沈んだ。しかし、すぐにまた、うたをうたった。

「ハア〜　忘れしゃんすな山中道《やまなかみち》を　東ァ松山　西ァ薬師　ハア〜　送りましょうか送られましょうか　せめて二天《にてん》の橋までも」

「なつかしいのう。山中節《やまなかぶし》じゃあ。幸三郎さんに教わったンか」

久しぶりにきいた故郷のうたは、清作を喜ばせた。姜にも、それがわかったらしい。

「ハア〜　山が高《たこ》うて山中見えぬ　山中恋しや　山憎《に》くや　ハア〜　谷にゃ水音　峰に

は嵐　間《あい》の山中　湯の匂い」

節回しも、声の伸びも見事で、清作は小松の町にいるような気がした。茶屋町の通りを歩いていると、黒塀のむこうから三味線の音とともに山中節をうたう女の声が聞こえてきたものだ。

「おンしは、いい声をしているのう」

清作は感心して聴きいった。

「ハア〜　山が赤《あこ》うなる木の葉が落ちる　やがて船頭衆が　ござるやら」

姜はうたい終わると、袷の襟元を広げて風を入れた。清作はあわてて視線を行く手にむけた。

「清作は、ふじやまを見たこと、あるか」

「いや、ない」

気持ちが乱れたまま水棹を差したので、舟が左右にゆれた。

「ほら、しっかりせンかい」

男ことばで注意して、姜が呵々《かか》と笑った。

「おンしは、日本に来てどのくらいになるンじゃ。そこそこ話せるし、いろいろとくわしいが」

清作が聞くと、姜が指を折った。

「四年」

「四年？　すると、いくつのときに、日本に来た。まさか、ひとりで来たわけじゃあるまい。それに、どうして、〈地獄〉なンかに……」

　頭に浮かんだ疑問をそのまま口に出すと、姜がそっぽをむいた。

「まあいい。そうじゃ、おたがいさまじゃ」

　清作は水棹を差し、流れに乗ったところで舟板にすわった。本職の船頭ではないのだから、艫に立ちどおしでは足腰がもたない。ひと休みして、竹筒の水を飲む。腕や足をもみ、ころあいを見て、また水棹を差した。

「幸三郎さんが言っていた船着き場は、まだかのう。おンしも、よく岸を見とってくれよ」

　清作が言うと、姜がじっと見つめてきた。

「どうした？」

「幸三郎、やさしかった。清作も、やさしい。どうして？」

「どうしてって、幸三郎さんにおンしのことを頼まれたンじゃ」

　両岸に目をくばりながら、清作は姜が李《リ》たちのことを嫌いだと言っていたのを思い出した。李たちのほうでも、姜を嫌っていたという。

「わたし、うた、うまいよ。おどりだって、針仕事だって。でも、あいつらは、わたしのことを……」

姜がことばにつまった。そして、ひと呼吸おいて、朝鮮語で李たちを罵った。ふしぎなことに、清作はおおよその意味がわかった。同時に、どうして李たちが姜を嫌っていたのかもわかった気がした。

姜は女中をしながら、炭鉱会社の社員たちや監視役のやくざたちの相手をしていたのだ。芸妓《げいぎ》、芸者、遊女。清作の頭に男性たちの相手をつとめる女性の呼称が浮かんだ。

李たちにしてみれば、日本人に媚《こび》を売る姜が許せなかったのだろう。しかし、姜にとっては活計《たずき》のためだ。それゆえ、張《チャン》と幸三郎さんは姜をさげすまなかった。清作にも、姜をさげすむ理由はなかった。

「いつかまた、山中節をうたってくれンか」

姜が笑顔で頷いた。

やがて右側の岸に船着き場が見えた。幟が一本立っている。舟は泊まっていないし、人影もない。清作は手前の葦《あし》の茂みに舟を寄せた。

「さっきの封書を見せてくれ。幸三郎さんが、おンしに持たせた」

帯に挟まれていた封書は温かった。かすかにお香のかおりもする。

清さん　急に旅立たせることになり、申しわけない。しかも、女人までまかせて。

川を二時間ばかりくだったところに古い船着き場がある。そこに、夜が明ける前に男がやってくる。おれがこどもの時分に世話になった爺《じい》やで、古賀勘兵衛《こがかんべえ》という。万事、頼んであるから、ほとぼりが冷めたところで川崎にむかうといい。

いろいろ勝手がちがうかもしれないが、そこ以外にかくまえる場所を見つけられなかった。清さんのことだから、きっとやっていけると思う。鍛冶の腕前もたしかだ。

つぎは、何年後に、どこで会うだろう。欧羅巴《ヨーロッパ》でおきた大戦争のおかげで、日本は大儲けをしているが、それもじきに終わる。なんとしても生き抜いて、いつか小松の大橋で酒をくみかわそう。

美作《みまさか》に届いた手紙と同じく、西洋紙に万年筆で認《したた》めている。月明かりで読むことを予想してか、幸三郎さんは一文字一文字を大きく太く書いていた。

「わたし、南米に、行きたい」

姜が大きなあくびをした。

「おやすみなさい」

舟底にからだを横たえた姜を、清作はゆりおこした。

「もう少しだけ、おきていてくれ」

すでに警察が〈地獄〉に着いているはずだ。監視役の男たちがひとりも見当たらず、朝鮮人たちが逃げたとわかれば、大がかりな捜索がおこなわれて、川沿いをまっ先に調べるにちがいない。舟にとどまっていては、捕まえてくださいと言っているようなものだ。

水棹で川底の具合をたしかめると、清作は静かに川に入った。冷たい水に胸までつかり、ともづなを引いて、舟を葦の茂みのなかに隠す。岸にはいあがり、清作は草のうえに腰をおろした。ここからなら、船着き場もよく見える。

「おンしはそこで休め」

「清作は、寝ない？」

「おれは、こうして番をしとる。なにかあったら、つなを引いて舟をゆするから、そのつもりで休んでくれ」

清作は夜空を見あげた。三日月が西の空にうつっている。

「もう一時間もすれば、空が白ンでくるじゃろう」

平静をよそおったものの、股引もシャツもびしょ濡れで、ふるえがとまらなかった。

「それじゃあ、風邪をひくぞい」

背後からの声におどろき、清作は川に飛びこんだ。

「おいおい、ワシは追っ手ではない。古賀勘兵衛という」

月明かりに浮かんだ、やせた老人には見おぼえがあった。小松を発ったあとに、京都から美作までつれていってくれた行商人だ。

「はよう、あがってこい」

清作はふたたび岸にはいあがった。川のほうをむき、両足をふんばってともづなを引き寄せる。舳先《へさき》が岸に乗って、姜は濡れずに舟からおりた。

「ほう。なかなかの力だ。舟はそこでいい。さあ、行くぞ」

清作は安堵してその場にすわりこみそうになった。それでも、ここで倒れてはならないと言い聞かせて、姜と並んで古賀のあとをついていった。


「あや、あや」

清作はうなされて目をさました。全身がほてっていて、寝床から起きられない。ついたてのむこうで寝ていた姜が異変に気づき、家のものを呼びに行った。すぐにやってきた古賀は清作の脈を測り、口を開けさせて喉を見た。

「医者を呼んでやりたいが、そうもいかン。ワシが煎じる薬が効けばいいが……」

医術の心得があるのか、古賀は部屋を出ていき、清作は眠りに落ちた。

一日寝ていたらしく、行灯《あんどん》に明かりがともり、火鉢にかけた鉄瓶から湯気があがっている。清作の額にはしぼった手ぬぐいがあてられて、枕元に姜が膝をそろえてすわっていた。

「薬をやる前に、匙《さじ》で白湯《さゆ》を飲ませるんじゃぞ」

姜が、古賀に言われたままをつぶやいた。よせられた匙に口をむけて、清作は白湯を飲んだ。

「もうひと口、白湯を、飲む?」

「いや、薬を」

古賀が煎じてくれた薬はひどく苦かった。姜が心配そうに見ている。礼を言わなければと思ったが、まだ意識は朦朧《もうろう》としていた。その後も、ときおり目ざめては白湯と薬を飲み、清作はひたすら眠りつづけた。

古賀の家に来てから三日目の朝、清作はようやく床を離れた。厠に行っただけで息が切れたが、病の峠は越えたらしい。母屋《おもや》は藁《わら》葺《ぶ》き屋根の屋敷で、清作と姜がいるのはいくつもある離れのうちのひとつだった。朝と昼に粥《かゆ》と生玉子を食べて、清作は元気をとり戻した。

「だいぶ、よくなったようじゃな」

その日の夕方、離れにきた古賀が清作のようすを見て言った。

「おンしにもしものことがあったら、若に顔むけができンと気が気じゃなかったわい」

村の医者がロシヤとの戦争にとられて、むこうで病にかかって亡くなり、それきり村には医者がいなくなった。よその村の医者にきつく口どめをするわけにもいかず、医者を呼べなかったという。

古賀が開けたままの戸口にむけて「おーい」と呼ぶと、すぐに足音がして女中らしい娘が顔をのぞかせた。

「夕飯のしたくができたら、ワシの膳も、ここにはコンでくれ。その前に、茶を持ってきてくれンか」

娘がさがると、古賀が短く刈りこんだ頭をなでた。あらためて見ると、八年前は黒かった髪がまっ白になっている。ひきしまったからだと鋭い眼《まなこ》はそのままだ。代々庄屋をつとめ、御一新後も戸長や村長をしている家で、家督はとうに長男の弥太郎《やたろう》にゆずっているという。

「若たちが乗った蒸気船が、今朝、神戸の港から、アメリカのサンフランシスコにむけて出発したそうじゃ」

畳にあぐらをかいた古賀は遠くを見る目をした。

「おンしのところに、刃金や鉄蠟を届けとった男をおぼえとるか」

古賀に聞かれて、清作は頷いた。ただし、ヤマの鍛冶小屋はいつもうす暗くしてあったので、その男の顔かたちをはっきりおぼえてはいなかった。

「あれは小次郎《こじろう》といって、ワシの末の子じゃ。若にはかなわンが、強いぞ」

小次郎は、あの船着き場から幸三郎さんの舟に乗ったという。李たち四人の裏切りを懸念していた清作は胸をなでおろした。

「海外雄飛。小次郎、若を助けて、存分に活躍するンじゃぞ」

古賀の頰を涙が伝った。息子を思う父親の姿に、清作も目頭が熱くなった。

娘が持ってきた茶を飲むと、古賀は清作にむかって正座した。

「じつは、おンしを見こんで頼みがある」

村の鍛冶屋でも、次男と三男がロシヤとの戦争にとられて亡くなった。悪いことに、長男まで一昨年病で亡くなり、気落ちした鍛冶屋は昨年の春から寝こんでいる。

古賀は、あらゆるツテをたどって鍛冶職人を求めた。しかし、戦争で数多《あまた》の死傷者が出たのにくわえて、徴兵されているものも多く、人手に余裕がないと、すべてことわられた。そのため、家にある鍬は四本ともすり減ったままだ。古賀の家だけでなく、村中の鍬がつかいものにならない。もうすぐ田起こしなので、鍬に先がけをしてもらえないかと言う。

美作でも、年の暮れから田起こしまでは、ひたすら鍬の先がけをした。ツルハシの直しとちがい、鍬の先がけには手間がかかる。念のために何本直すのかときくと、「六十本」と古賀が答えた。

清作は怯んで返事ができなかった。

「田の広さで、十八軒を大中小に分けて、大の家は四本、中の家は三本、小の家は二本とした。まずは、それぞれの家の鍬を一本ずつ直してもらう。順番は、公平に、クジ引きで決めた。みンな、一日でも早く、いや、一刻でも早く、鍬を直してもらいたいンじゃ。田起こしがおくれれば、水張りも田植えもおくれて、秋の実りが悪くなると、気が気じゃないンじゃ」

古賀に請われた清作は覚悟を決めて頷いた。

「ありがたい。ワシも手伝うし、手間賃もはずませてもらう」

地金も刃金も、鉄蠟も石炭もたっぷり用意してある。ほかにいるものがあるかと古賀に聞かれて、清作は稲わらと火打ち石がほしいと答えた。しばらく閉じていた火床《ほど》をつかう前には注連縄《しめなわ》をかけて祝詞《のりと》をあげ、作法に則《のっと》って火をおこすのがならいだ。

「なるほどのう。お安い御用じゃ」

よほど安心したようで、古賀はお茶を飲みながら幸三郎さんとの出会いを語った。村長として村を治めるかたわら、見聞を広げるために、行商をかねて各地をめぐってきた。金沢にむかう途中、初めて小松の浅間屋に立ち寄ったところ、「若」と呼ばれる少年が若い衆の先頭に立って麻袋を倉に運び入れている。爛々とした眼といい、みなぎる気魄《きはく》といい、ただ者ではない。

「あれで十歳というのだから、大したものですな」

中庭に居合わせた金沢の商人が言った。歳のころは二十五、六、遊び人らしく、派手な羽織に、白足袋と桐《きり》の下駄だ。

「しかし、天狗《てんぐ》になっていないともかぎらない」

ずるそうに笑うと、商人はひと息ついている幸三郎さんのそばにいった。

「若様自ら荷運びをされるとは、立派な心がけで。ご出世をされた暁には、腕を後ろに組んで歩くようになるんでしょうな」

幸三郎さんは額の汗をぬぐうと、表情を変えずに言った。

「あんたは、いずれ両手を縄で縛られるだろう」

そして幸三郎さんはまた麻袋を運びだした。古賀は肝のすわった機知に感服して、浅間屋の当主に、是非ご子息のそばにつかえさせてもらいたいと頼んだ。以来、十余年、春先には筑前《ちくぜん》に戻り、秋の刈り入れがすむと小松にむかう暮らしをつづけた。幸三郎さんが小松を離れたあとは疎遠になっていたが、縁あって役に立てているのがうれしくてならないと晴れやかな顔で言う。

夕飯のあいだも、古賀は幸三郎さんの武勇伝を語りつづけた。あの源太との果たし合いのとき、人力車に乗せて大橋にむかわせたのも古賀だという。清作がくわしく話してやると、姜が手を叩いて喜んだ。

翌朝、清作は古賀につれられて村の鍛冶小屋に行った。長男の弥太郎と姜も一緒だ。弥太郎は、父親とちがって恰幅《かっぷく》がいい。古賀と弥太郎がかついでいる平鍬は、四本とも刃金の部分がすっかりすり減っていた。これでは、どんなに力をこめても、たいして土を起こせない。

竹藪を背にした鍛冶小屋のなかは、しばらくつかっていないはずなのに、火床もふいごも埃《ほこり》をかぶっていなかった。甕と石桶にも、きれいな水が張ってある。聞けば、すぐ仕事にかかれるように、夜のうちに古賀がみずから掃除をしておいたという。

背嚢をおろすと、清作は甕の水で口をすすいだ。手だけでなく、二の腕まできれいに洗う。土間に腰をおろして稲わらを綯い、できあがった注連縄を火床にかけて、祝詞をとなえた。

「かけまくもかしこき　諸神《もろかみ》たちのひろまえに　かしこみかしこみももうさく……」

美作の親方に教わった祝詞で、ヤマの鍛冶小屋でも年明けや節分、大祓《おおはらえ》の日に、ひとりでとなえてきた。

「いま神の道のたえなるわざを　祈願たてまつり」

清作は自分が美作と小倉で鍛冶の修業をつんだものであることを神前にあかした。

「祈願円満感応成就　無上霊宝　神道加持」

一礼し、石を打って火をおこす。稲わらから練炭、さらに石炭に火をうつしていく。

ふいごで火床に風を送ると、黄色い炎が燃えあがった。

鍬の柄を抜いて、すり減った刃先をタガネで切り落とす。鍬を火床に入れて、ふとふりかえると、村のこどもたちが戸口からのぞいている。

清作は金鎚を握り、まっ赤に焼けた鍬にむかって打ちおろした。タガネで落とした部分に地金をつぎ足し、鉄蠟をふりかけ、刃金をのせてさらに打ちのばす。古賀も調子を合わせてむこう鎚を打ってくれて、しだいに鍬が打ちあがっていく。

戸口に顔をむけると、こどもたちがまだのぞいている。これから焼き入れにかかるので、そこに立たれていると具合が悪い。

「なかに、入ってきンしゃい」

清作が言っても、古賀のことがこわいらしい。姜がこどもたちの背中を押して、鍛冶小屋に入れた。

「ついでに戸を閉めてくれ」

うす暗くなった小屋のなかで、まっ赤に焼けた鉄の色を見きわめる。左手に持った火鋏で鍬をつかみ、石桶の水につっこむと、じゅっと音が立って水煙があがった。

「すごかー」

「こわかー」

こどもたちがとびはねて喜ぶ姿に、清作はヤマの鍛冶小屋でもこんなふうにしてやればよかったと思った。あやの顔がよみがえる。

戸口で誰かが呼んだ。

「ちょっと、はずしてもええか」

古賀に聞かれて、清作は頷いた。焼き入れがすんだので、間があいてもかまわない。

「おンしも来てくれ」

古賀に呼ばれて外に出ると、鍛冶小屋の前に野良着の男たちが集まっていた。誰もが、すり減った鍬を手にしている。

「おンしのために、みな、船着き場と街道の辻《つじ》で、昼も夜も見張りをしとった。もっとも、いくら待っても警察がコンから、二日でやめたがのう」

古賀がおどけても、男たちは食い入るような目で清作を見ている。

「つぎは」

清作が聞くと、すぐ前にいた年寄りが手をあげた。髪は薄く、腰も曲がっている。

「すまンが、自分らで鍬から柄を抜いておいてくれ。夜更けまでかかるじゃろうが、十八本の鍬、今日のうちに直すと約束しよう」

清作のことばに、村の男たちが顔を見合わせて頷いている。目をうるませるものもいる。

鍛冶小屋に入ると、清作は焼き入れをした鍬に焼き戻しをした。先がけが終わった鍬に、古賀が手ぎわよく柄をはめる。うけとった弥太郎は、肩にかついで足早に帰っていった。

二本目の鍬も、すり減った刃先をタガネで落としてから、火床に入れる。清作は古賀に、墨と筆がほしいと言った。鍬に線を引くので、そこから先をタガネで落としてくれれば、さらに仕事がはかどると言うと、近くの家のものがかけだした。

清作はつぎからつぎと鍬に先がけをした。古賀は八本目で音をあげて、もう五歳若ければと悔しがった。残りの十本は、村の男たちが交代でむこう鎚をつとめた。上手下手はあるが、それぞれ懸命に打ったので、できあがりは悪くなかった。姜は清作のかたわらにいて、甕の水を汲んだり、昼飯や夕飯を持ってきてくれたりした。

十八本目の鍬が打ちあがったときは、夜がすっかり更けていた。おそくまで待たされた男は、鍬を抱くようにして帰っていった。古賀もよほど疲れたようで、提灯をさげて歩く背中が丸かった。

つぎの日、清作は弥太郎と姜と三人で鍛冶小屋に行った。古賀は、夜明けを待ちかねて田んぼにむかったという。鍛冶小屋では、村の男たちが四人待っていた。

弥太郎は、今日もまた、打ちあがった一本目の鍬をかついで帰っていった。

昨日よりもはるかに仕事がはかどり、夕方になって古賀が鍛冶小屋にきたときには、十五本目の鍬に焼き戻しをしているところだった。

日が落ちていくなかを歩いて帰ると、清作は母屋に招かれた。一番風呂をもらい、洗い立ての浴衣《ゆかた》にきがえて、座敷で古賀と弥太郎と膳をともにした。

「おンしが先がけした鍬で田起こしをしてみたが、よく切れるのにおどろいた。これなら三年はゆうにもつ。まったく大した腕前じゃ。おまけに、そこそこ男前ときとる。のう香里《かおり》」

古賀は、姜を「かおり」と呼んだ。そのほうがいい気もするが、姜自身がどう思っているのかは、聞いてみなければわからない。姜は慣れた手つきで給仕をして、清作にご飯のおかわりをよそってくれた。

三日目は、村の女たちが鍛冶小屋に手伝いにきた。男たちは鍬で田起こしをしているという。手ぎわも力も男たちに負けていないが、女たちはとにかくよくしゃべる。嫁と姑《しゅうとめ》のいさかいについてさかんに話していたかと思うと、税を増やしてばかりいる政府に対する憤りを爆発させて、清作は金鎚を打ちながら面白がった。

出がけに、古賀から、残りの鍬は三日かけて直してくれればいいと言われていた。まる二日、朝から晩まで働きどおしだったので、腕や背中が張っていた。清作は、鍬を一本一本丁寧にしあげていった。

「わたしら、村長さんから、あンたらには、なにも聞いちゃいけンって、言われとるンよ」

四日目の昼どきに、昨日も来ていた年かさの女が、清作のほうは見ずに言った。

「徴兵なんて、ほンとに、なンでするンやろう。苦しいおもいをして赤子を産んで、乳をやって、ようやく一人前に働けるようになったと思うたら、三年間も兵隊にとられるって、どういうことやの。兵隊の給金なンて、ほンのちっとやし。小遣いかて、持たせなあかンし。ロシヤとの戦争のときみたいに、ぎょうさン死なないだけ、まだましやけど。ほンとに、いい加減にしてほしいわ」

清作の素性は伝わっていないはずだった。しかし、村の女たちは勘づいているのだ。清作は顔をあげずに金鎚を打ちつづけた。

「こうして縁ができたことやし、二、三年したらまた戻ってきて、鍬を直してくださいな。あンたが打った鍬はよく切れて、おかげでからだが楽やて、うちのひとが喜ンどりました。これで、田植えも間に合いそうじゃって」

年かさの女が言うと、「そうそう」、「この村のもンは口は堅いけン」と女たちが口々に応じた。

「そンときは、あンたたち、夫婦《めおと》になっとるかねえ」

「なにを言うとるか。いくらうつくしいおなごでも、日本の男が、朝鮮の女と結婚するわけがなかろう。だいいち、徴兵逃れじゃあ、役所に届を出せン」

誰かが口をすべらせた。村の女たちはそれきり口をきかなかった。そして、自分の家の鍬が打ちあがると、ひとりまたひとりと帰っていった。

四日目の夕は、古賀もむかえにこなかったので、清作と姜はふたりで畦道《あぜみち》を帰った。朝よりも田起こしが進んでいるのが見てとれて、清作は何度も足をとめた。ヤマでも坑夫たちから感謝されはしたが、自分が打ったツルハシが切羽でつかわれているところを見たことはなかった。このまま秋までこの村にいて、稲穂が実った田を見ることができたら、どんなに満ち足りた気持ちになるだろう。

しかし、それはどうしたって無理だ。いずれどこからか秘密がもれて、あわてて逃げ出すハメになる。

「幸三郎さんは、川崎でなにをさせるつもりなンじゃろう」

清作が聞いても、姜は答えなかった。

「おンしは、なにか言われておらンのか」

清作は、ふりかえって聞いた。

「朝鮮に帰らンなら、清作から離れるな。そして、ふたりでずっと川崎におれ」

姜が、幸三郎さんのことばをくりかえした。

「なンじゃ、そりゃあ。おンしとおれに、夫婦になれということか」

思わず口走った清作の頭に、あやの顔が浮かんだ。もう、久留米から帰ってきただろうか。自分をやとっていた鍛冶屋にとつぜんいなくなられて、さぞかしおどろいているにちがいない。それとも、わけありの男だったと知って、縁づかなくてよかったと胸をなでおろしているだろうか。かなうなら、いつまでも忘れないでいてほしい。

託された鍬は、あと四本。明日の昼までには、すべてを直し終える。

歩いていくうちに、地蔵堂が見えてきた。四辻になっていて、右に曲がれば古賀の家、まっすぐ行けば船着き場だ。左に曲がれば、半里（約二キロ）ほどで小倉につづく街道に出るという。

ひとの気配を感じて、清作は足をとめた。手で姜を制して、三間（約五・四メートル）ほど先の地蔵堂を見つめる。

「ワシじゃ。よく気づいたのう」

お堂のかげから古賀が姿を見せた。

「おどかすつもりはなかったが、おンしたちを待っているところを、村のものや、通りすがりの行商人に見つかりとうなかった」

清作は、このまま発つのだと思った。一円札の束は腹巻きに差しこんでいるし、金鎚と父の位牌と幸三郎さんからの手紙、それに中学校の教科書とノートはいつも背嚢に入れている。

「朝から小倉に行って、東にむかう船の手配をしてきた」

この一週間、古賀の世話になっているあいだ、清作は半ば警戒心をといていた。古賀と幸三郎さんの深いつながりに安心していたからで、姜も同じだったにちがいない。

美作を発ったときも、ヤマの鍛冶小屋をあとにしたときも、つぎの場所を目ざして必死に逃げた。兄の追っ手は、川崎までくるだろうか。幸三郎さんは、ずっと川崎にいろと言ったというが、またいつか追われるように出ていくことになるのではないだろうか。

船着き場には、一週間前に乗ってきた舟が泊まっていた。古賀が水棹を持って艫に立ったので、清作は姜と並んで舟板にすわった。岸を離れた舟は、すぐに流れにのった。

「小倉に着いたら、発動機つきの船に乗りかえて、瀬戸内海を行き、和歌山港を目ざす。そこまでは、ワシも一緒に行く」

和歌山港では、漁船に乗りかえる。カツオ漁をする船で、三浦《みうら》半島の三崎《みさき》港で水揚げするときに上陸する。すべて幸三郎さんの指示とのことだった。

「これは、鍬を直してもらった手間賃じゃ。少のうてすまんが、三十円」

一本につき五十銭、しかも地金も刃金も鉄蠟も石炭も用意してあったのだから、かなりの儲けだ。直していない鍬が四本残っているので二円はかえすと清作が言うと、「正直者じゃな」と古賀が笑った。

「一日働いて腹が減ったじゃろう。コモのしたに弁当がある」

姜が包みをとくと、握り飯と煮物が重箱いっぱいに詰めてあった。緊張がとけて、清作の腹が鳴った。

和歌山港までは、古賀にまかせればいい。川崎でも、幸三郎さんにゆかりのあるひとがかくまってくれるにちがいない。手紙には、いろいろ勝手がちがうかもしれないと書いてあったが、南米に行くわけではないのだと、清作は気持ちをおちつかせた。

ホッとするのと同時に、いつまで幸三郎さんの世話になりつづけるのだろうという、疑問とも不満ともつかない感情が清作の胸をよぎった。

「どうした、清作。おいしいよ」

「ああ、いま食べる」

束の間、暗い川面に目をむけて、清作は重箱の握り飯に手を伸ばした。

「清《チヨン》さん、チョンさん」

戸口で洪丘庸《ホングヨン》が呼ぶ声を聞きながして、清作は豆腐の味噌汁をすすり、ごはんを口に入れた。朝鮮の料理もすっかり食べ慣れたが、やはり日本のもののほうが口に合う。姜香里《ヒヤンリ》も、そのあたりのことはよくわかっていて、ゆっくり食事ができる日曜日の朝は味噌汁をつくり、魚の干物を炙ってくれるのがうれしかった。

「チョンさん、聞いてよ。たいへんなんだよ」

洪が靴を脱いで部屋にあがってきた。今日も朝から一張羅の背広を着て、分けた髪をきれいになでつけている。商人たるもの、いつ誰に会ってもいいように、身なりをととのえているのだという。対する清作は浴衣をひっかけただけで、あぐらの足を直そうともしない。

「おンしは、いつもおれをせかすが、本当にたいへんだったことなど、この四年でただの一度きりじゃ。ヒャンリ、鍋に残っとるスジェビを出してやれ」

「ありゃ、そりゃ、うれしい」

喜んで座卓についた洪の前に、香里が丼によそった朝鮮風のすいとんと匙をおいた。

「すごい、玉子がこんなに入ってる。チョンさんのうちは、お金持ちだね」

「それもこれも、おンしがたっぷり稼がせてくれるからじゃ」

「本当に、ホンさんは商売がじょうずだから」

香里にも持ちあげられて、笑顔の洪が両手を合わせた。

「いただきます」

洪は丼いっぱいのスジェビを見るまに平らげた。清作と同じ二十六歳で、四歳の男の子と一歳の女の子がいる。そのうえ、朝鮮から呼びよせた母親と弟妹も養っているので、いくら稼いでも間に合わない。

「ごちそうさま。おいしかった」

礼を言ったあと、洪は香里にむかって朝鮮語で話しかけた。やはり火急の用ではなかったらしいと、清作は柱時計に目をむけた。ちょうど針が動いて九時を指した。鐘が九つ鳴るあいだに残っていたごはんを食べ終えると、清作は座卓を離れて、縁側に腰をおろした。

板塀まで一間（約一・八メートル）しかない狭い庭だが小さな池があり、金魚やメダカが泳いでいる。池の縁を丸い石で囲んでいるのは、魚を猫に食べられないようにするためだ。今年の三月にこの家に住みだしたばかりのころは、毎晩のように猫が池に落ちて大きな鳴き声をあげた。半年がすぎて、猫たちも懲りたらしく、近ごろはとんと静かだった。十月に入って、蚊もようやく出なくなった。

横に長い庭のあちこちには木賊《とくさ》や石蕗《つわぶき》が植わり、右手の奥には仏さまを彫った石がおいてある。洪が、浅草の古物店で見つけてきたもので、かなり古い。部屋には父の位牌を納めた仏壇もあるが、清作は古い石仏を両親の墓だと思い、毎朝供え物をして線香をあげ、手を合わせた。

洪と香里は、まだ話をしている。川崎の朝鮮人町で暮らすようになって丸四年以上になるのだから、清作は朝鮮語をおおよそ理解できた。しかし、話すことはなかったし、朝鮮人どうしの会話に加わることもなかった。

日本人からすれば、日本で働く朝鮮人たちはよそものだが、その朝鮮人たちにかくまわれている自分はなにものなのだろうと、清作はときおり考えることがあった。

この町の朝鮮人たちは、清作と日本語で話した。町の外に一歩出れば、工場でも土木工事現場でも日本語なので、みんなかなりじょうずに話す。洪のように、朝鮮にいるうちから日本語の勉強をしていたものも少なくない。ところが、清作のことはみな、「清」の字を朝鮮語読みにして、「チョンさん」と呼ぶ。清作と一番仲がいい洪がそう呼んでいるからだ。

洪は、清作と香里が川崎に着いたときからずっとそばにいて、身のまわりの世話をしてくれる。この家を建てるために骨を折ってくれたし、包丁を打つのに必要な刃金や木炭を仕入れてくるのも洪だ。できあがった包丁を売り、毎月の晦日《みそか》になると帳面を持って収入と支出を報告しにくる。

「おンしのことは信用しとる」

ろくにたしかめずに清作が帳面をかえすと、「ほら、また士族の商法だ」と洪が文句を言う。

「幸三郎さんはね、お金は大切なものだって言ってたよ。でも、それより大切なのは正直な心だって。商人にとっては、信用が命。その帳面はね、ぼくが正直者だという証拠だよ。ちゃんと見てよ」

そう言われてはしかたなく、清作は指で数字を追う。

「たしかに、合《お》うとる。ほら、おンしも見てくれ」

見終わった帳面を香里に手わたし、洪が畳においた十円札と一円札を数えていく。

「こっちも、合うとる」

清作が頷くと、洪がホッと息をつくというやりとりが毎月のようにかわされた。

洪は、十八歳で法律を学ぶために日本に渡って来た。当初は、横浜で荷運びの仕事をしながら専門学校に通っていたという。しかし、賃金が安いために、いくら働いても苦しい状況は変わらない。そんなとき、洪は幸三郎さんと知り合った。

洪は学校をやめ、港で働くのもやめて、生活に必要な物資や食料品を調達する商人になった。当座の資金は幸三郎さんが貸してくれた。浅間屋と取引がある横浜の商店に洪を紹介する手紙も書いてくれた。まもなく幸三郎さんは筑豊にむかい、その後もたびたび手紙が届いたという。

商売は順調で、洪は母親と弟妹を朝鮮から呼びよせた。日本で知り合った朝鮮人の女性と結婚し、こどもも授かった。

洪丘庸は二十六歳にして、朝鮮人町の顔役だった。気さくで、気が利いていて、清作にとっては生まれて初めての友人といってよかった。幸三郎さんは恩人であり、雲のうえのひとだ。

もっとも、洪との出会いは最悪だった。

四年前、香里とともに和歌山港から漁船に乗せられた清作は十日間、カツオ漁をした。

操舵室《そうだしつ》で双眼鏡を覗《のぞ》いていた船長がカツオの群れを見つけると、船のうえはにわかに活気づく。目印はカツオドリだ。カツオの群れに追われた小魚が海面をとびはねて、それを狙ってカツオドリが集まってくる。船長は、カツオドリめがけて船を一直線に進ませて、漁師たちは舳先に立って釣竿《つりざお》をかまえる。清作と香里は、船倉にすえられた大釜に薪《まき》で湯をわかす。いったん漁が始まれば、包丁でひたすらカツオをさばき、釜で茹《ゆ》であげる。漁は二時間、三時間とつづくこともあり、ひと仕事を終えたあとは、疲れきって口もきけなかった。

十日のうち、カツオの群れに遭遇したのは四回だった。いずれも大きな群れだったので、今年一番の漁になったと、船長は喜んでいた。明治の中頃までは、手こぎの船で日帰りできる近海にカツオがたくさんいた。ところが、乱獲がたたり、発動機つきの船で沖に出なければカツオを獲れなくなったという。

漁を終えてから、一昼夜かけてたどり着いた三崎港の埠頭《ふとう》の手前で錨《いかり》をおろし、船長が旗をふると、平らな運搬船がやってきた。甲板には大きな樽が十個ほど並んでいる。カラスの鳴き声を聞いて、清作はようやく陸《おか》にあがれると安堵した。

カツオ漁船の船長と六人の漁師たちは、運搬船の船員四人と協力して、樽をこちらの船に移した。五右衛門風呂《ごえもんぶろ》よりも大きな樽で、船倉に山積みにされたカツオを総がかりで詰めこんでいく。

やがて日が落ちて、ランプがつりさげられた。満杯になった樽にはふたがはめられて、横に倒して転がし、運搬船に運びこまれていく。十二個あった樽のうち十一個が満杯になり、カツオ漁船の船長は運搬船の船長からうけとった代金をその場で漁師たちにくばった。

「あんたたちとは、ここでお別れだ。達者でな」

カツオ漁船の船長は清作の肩を叩いた。清作と香里は、運搬船の甲板から、港に入っていく漁船を見送った。

「わたしは洪丘庸といいます。浅間幸三郎さんに頼まれて、馬橋清作さんと、姜香里さんをむかえにきました」

運搬船の船長は折り目正しい日本語で言って、深々とお辞儀をした。ほかの三人も朝鮮人だという。

「これから川崎にむかいます。馬橋さんは、こちらの空いている樽に入ってください」

しかも、カツオでおおいかくすと言われて、清作は耳を疑った。

洪によると、川崎の朝鮮人町は、日本の警察によって厳しく監視されている。政府に敵対的な思想を持つ朝鮮人の活動を警戒しているからで、ひとりひとりの氏名と出身地、それに職業や交友関係まで調べている。町に出入りするものは、昼夜を問わず、氏名をたしかめられて、持ち物や荷物を検査される。

ただし、いったん町に入ってしまえば安心だ。小さな家々が所狭しと建ち並び、路地が複雑に入り組んでいるため、警察といえども、おいそれとは立ち入れない。

「港に着いたら、大八車に載せて運ぶので、四、五時間、辛抱してください。馬橋さんが入った樽を横に倒して転がすことはしませんが、なにかの拍子で声を出されるとこまるので、口もふさぎます。樽のふたをコンコンと二度叩いたら、首をちぢめてカツオのなかにもぐってください」

背嚢は油紙で二重三重にくるむというが、いくらなんでもカツオと一緒に樽に閉じこめられるのはいやだ。

「知恵をしぼれば、もっとほかに監視をかいくぐって町に入る方法があるンじゃないか」

清作はこわごわ訴えた。

「そうですか。では、しかたありません」

洪が目くばせをすると、男たちが清作をとりかこんだ。

「万が一にも、警察に見つかるわけにはいかないんです」

洪たちは清作に猿ぐつわをして、手を縛った。観念した清作は洪に言われるままに大きな麻袋に入り、首からうえだけが出た状態で樽に入れられた。カツオがびっしり詰めこまれて、香里がそこまでしなくてもと抗議しても、洪たちは意に介さない。清作は生臭さで息がつまった。

「では、ふたをします。先ほど言ったように、上陸したあとは、ほかの樽と一緒に大八車に載せて運びます。樽のふたを二度叩いたら、カツオのなかにもぐるのを忘れないでください。警察官が手をつっこんでも頭をさわられないように、樽の底にしゃがむんです」

木槌《きづち》でふたを打つ音が頭のすぐうえで響いた。首からしたがカツオに埋まっているため、胸や腹がおされて息が苦しい。そのうえ、暗くて、狭い。

〈地獄〉につれてこられた朝鮮人たちは、輸送船のなかで、目隠しをされ、手足を縛られたまま、丸一日以上立たされていたという。しかも、その後は地の底でこきつかわれて、反抗的なそぶりを見せただけで、度を超えた制裁を受けて殺された。張や李たちが味わわされた恐怖や屈辱に比べれば、この程度の苦しみはなんでもない。

清作は自分に言い聞かせたが、それで恐怖が去るはずもなく、これまで世話になったひとたちの顔が浮かんでは消えた。やさしかった両親はすでに亡く、弟を目の敵《かたき》にする兄には二度と会いたくなかった。羽咋《はくい》の叔父の一家は、つつがなく暮らしているだろうか。幸三郎さんは、もう南米に着いたのだろうか。美作や小倉の親方、ヤマの頭領はどうしているだろう。ひと目でいいから、あやに会いたい。

樽がゆれて、清作は目をさました。立った格好のまま、眠っていたらしい。口をふさがれていなかったら、おどろいて声を出していたところだ。

「清作、もうすぐだからね」

樽の外で香里が言った。大八車に載せられたようで、樽がガタガタゆれた。カツオからしみだした汁が麻袋を通して肌につき、猛烈にかゆい。掻《か》こうにも、手は縛られている。かゆさで気が変になりそうになったとき、樽のふたがコンコンと叩かれた。いよいよ朝鮮人町の近くまできたらしい。もう少しのがまんだと、清作は首を縮めて麻袋にもぐり、樽の底にしゃがみこんだ。

「いかン」

身をかがめた清作はすぐに危険をさとった。頭のうえからのしかかってくるカツオの重みで息ができない。そもそも、樽の底には空気がほとんどない。しかし、苦しさに負けて顔を出したら、一巻の終わりだ。香里や洪たちまで、逮捕されてしまう。

……朝鮮人町のなかに……入るまで、……息が……もつだ……ろうか。……もたな……ければ、……おれは……このまま、……この樽の……なかで、……息絶える……ことに……なる……。

「清作、清作」

遠くで香里が呼んでいる。香里はいい声だ。いつかまた、香里がうたう山中節を聴きたい。

「起きてください、チョンさん。目をさましてくださいよお。さもないと、ぼくは幸三郎さんに合わせる顔がない」

誰だ、いったい。こんなに嘆き悲しんでいるヤツは。こいつの顔を見てやろうと、清作は目を開けた。

「あっ、生きかえった！」

香里が叫んだ。

「チョンさん、ごめんなさい。あなたが言ったとおり、ぼくの考えがたりなかった。でも、ぼくの頭では、あの方法しか思いつかなかったんだよ」

素直にあやまる洪に、清作は心を動かされた。

「チョンさん、早く元気になってください。ぼくが、おいしい食べものをたくさん持ってくるから」

洪が清作の手をとった。その「チョンさん」というのは、いったい誰のことなんだと思ったが、問いただそうにも声が出ない。それに、顔やからだがやたらとかゆい。

口をパクパクさせると、香里が匙で水を飲ませてくれた。筑前の古賀の家に戻った気がしたが、清作が寝かされているのはあばら屋だった。

「そうか、ここは朝鮮人町のなかか」

香里がうるんだ目でこっちを見ている。隙間風でランプの灯りがゆれて、香里の顔が輝いた。

「朝になったら、ようすを見にきますから」

洪が去ると、香里がまた水を飲ませてくれた。

「どうにか、たどり着いたのう」

清作は安堵の息をついて目をつむった。


つぎの日の朝、背広姿でやってきた洪は、清作に包丁を打ってほしいと言った。川崎の朝鮮人町には年寄りから、こどもまで、合わせて二百人ほどが暮らしていて、その数は日に日に増えている。海沿いの工業地帯には紡績や製鉄をはじめとする工場がいくつもあり、人手はいくらでも要る。職を求めて朝鮮から日本に渡ってくるものはあとを絶たなかったし、朝鮮人の夫婦から生まれるこどももいる。

町のなかには、八百屋も、魚屋も、肉屋もあった。総菜を売る店も、食堂も、駄菓子屋もある。大工も左官もいるし、銅板を木槌で打って薬罐《やかん》や急須をつくる銅壺《どうこ》職人もいるが、刃物を打つ鍛冶職人がいない。洪が日本人の問屋から仕入れている包丁は高いし、手ごろな値段の包丁は切れ味が悪く、つけ根が折れたり、刃が欠けたりする。

清作はこれまで包丁を打ったことがなかったが、ヤマの頭領に頼まれた切り出しも打てたのだから、やってできないことはないはずだ。鍛冶小屋は、この家のとなりに建てればいいという。金はかかるが、一から自分でこしらえた仕事場を持てるのはうれしかった。

清作はさっそく煙突のついた鍛冶小屋を建ててもらった。左官と一緒に煉瓦を積み、漆喰《しっくい》で固定して、火床もできた。ふいごも、洪がいいものを手に入れてくれた。

縁起をかついで、端午《たんご》の節句に窯開きのお祝いをしようと言いだしたのは洪だった。チマキをふるまうことにして、ひとをたくさん集める。香里も大乗り気で、宣伝につとめてくれた。

朝鮮人町に来てひと月がすぎた大正五年五月五日の午前十時、清作は五十人ほどのひとたちの前で祝詞をあげた。火床で石炭を燃やし、記念すべき一本目の包丁を打ったが、満足とはほど遠いできだった。

原因は、はっきりしていた。材料となる鉄が、割れた鍋や折れたノコギリ、それに先がけが利かないほどすり減った鍬といった屑鉄《くずてつ》だからだ。石炭もボタ同然で、ふいごでいくら風を送っても炎が燃えあがらない。

窯開きをしてから一ヶ月ものあいだ、清作はつかいものになる包丁を打てなかった。鍛冶小屋を建てるのに五十円近くつかっていたし、火床で燃やす石炭代もかかる。日々の食費もバカにならず、金がみるみる減っていく。

洪も、自分が刃金を仕入れられないせいだとしょげていた。いくつも問屋を当たってみたが、軍艦や砲弾、それに軍刀の製造のために良質な鉄がつかわれて、どこも品薄でこまっているとのことだった。

　こうなったら、あるものでどうにかするしかない。屑鉄でも鉄であることに変わりはないのだから、根気よく金鎚で打って鍛えれば、立派な包丁ができるはずだ。

　清作は洪に頼んで安い木炭を大量に仕入れてもらい、割れた鍋や折れたノコギリを溶かしてつくった鉄塊を金鎚でひたすら打った。ひとを雇う金はないし、洪は朝から晩まで取引先をまわっている。香里の細腕では、むこう鎚は打てない。清作はひとりで金鎚をふるい、鉄塊をのばしては折りかえし、のばしては折りかえした。

　丸三日をかけてようやく打ちあがった一本の包丁を砥石で研いでいくと、刃にふしぎな紋様が浮かんできた。木の年輪のような、水に油を落としたときのような、幾重もの曲線が見える。

「これは、どういうことじゃ」

　また失敗したのかと思ったが、それにしては刃の光り方が異様に鋭い。砥石から浮いた砥の粉を布につけて磨いていくと、紋様がさらにあざやかにあらわれた。

「ヒャンリ、ホンを呼んできてくれ。それから、切れ味を試すための魚を買ってきてくれ……」

　清作は興奮して、ことばがつづかなかった。香里は下駄をつっかけると、大急ぎで洪を呼びに行った。試しに刃で腕をなぜてみると、肌の毛がおどろくほどきれいに剃《そ》れた。香里が買ってきたアジも見事にさばけた。中骨に身がまるで残っていない。かたい頭も、真っ二つに割れた。

「すごいよ、チョンさん。まるで皇帝が持つ刀みたいだ」

洪は高い値段で買ってくれる相手をさがすと言った。しかし清作はまずは町の店屋のぶんを打ち、そのうえでさらにできたものは、洪が好きなように売ればいいと答えた。

「でも、これを打つの、お金も手間も、うんとかかってるよ。チョンさん、お金なくなるよ」

「じゃから、おンしは、どんなかたちの包丁が一番値が高いのかを調べて、それをうんと高く買ってくれる相手をさがしてくれ。ふた月もすれば、よそに売るぶんを打てるじゃろう」

「ありがとう。みんな、喜ぶよ。幸三郎さんもえらいけど、チョンさんもえらいね」

鍬の先がけも、ツルハシの直しも、本数をこなさなければ仕事にならない。しかし、屑鉄を材料とする包丁は、三日かけて一本がやっとだ。それだけ気をこめて打てるし、四日、五日とかけて打てば、もっとよいものができる予感があった。

清作は来る日も来る日も屑鉄を寄せ集めた鉄塊を打った。しあげに砥石で研いでいくと、一本一本浮き出てくる紋様がちがう。何度となく打ち直されてきたノコギリや鍬や鍋は、鉄が幾重もの薄い層になっているのだろう。それらを合わせてさらに念入りに打つことで鉄の層が複雑に折り重なり、ふたつとない紋様があらわれるのではないかと、清作は考えていた。ただし、そのことと切れ味がどう結びついているのかはわからない。八百屋でも肉屋でも、包丁のあまりの切れ味と刃の丈夫さにおどろいているという。

盆が明けてから、洪は清作が特別に手間をかけて打った包丁を持って、浅草の刃物問屋をたずねた。細長い刺身包丁と、肉の塊を切る大きな包丁だ。どちらも名刀におとらぬ出来栄えだと、一本十五円でと持ちかけられた。工場の日当が五十銭だから、ほぼ一ヶ月分の給金と同額だ。

おどろきのあまり返事ができずにいると、うちにだけ卸すと約束してくれるなら、一本二十円、いや二十五円出すと言われて、洪は腰がぬけそうになった。しかし、いくら高値で買ってくれるからといって、清作のすべての包丁をひとつの問屋に卸すと約束するのは得策ではない。

結局、一本二十円で買ってもらい、今後は先方が求めるかたちの包丁を毎月三本納めることで話がついた。刃金もまわしてもらえることになり、洪は鉄塊を抱えて大喜びで川崎に帰ってきた。

「チョンさん、たいへんだよ」

かけこんできた洪の話は、清作を喜ばせた。望外な高値がついたことよりも、自分が打った包丁が目の利く浅草の刃物問屋に認めてもらえたことがうれしかった。

清作はさっそく上質な刃金で包丁を打ってみた。切れ味のいい見事な包丁ができあがったが、紋様は浮かんでいない。試しに刃金を三日かけて打ってみても、やはり紋様は浮かばなかった。

「よし、この包丁はこの包丁として売っていこう。つかいものにならなくなった鍬やノコギリをどんどん集めて、おいておく小屋も建てよう。ますますいそがしくなるけど、チョンさん、がんばってね」

洪は、横浜や東京だけでなく、栃木や群馬、それに茨城にまで出かけて、包丁の販路を広げた。そして、行く先々で集めた屑鉄を荷車に載せて帰ってきた。一方、清作は川崎の朝鮮人町から一歩も出なかった。

大小いくつもの工場に囲まれた一帯は、煙突から立ちのぼる煤煙《ばいえん》でいつも曇っていた。湿地を埋め立てた土地は水はけが悪く、一度雨が降るといつまでもぬかるんでいる。水道は通っているものの、排水路はゴミやネズミの死骸でいたるところが詰まっていた。

「ああ、いやだ、いやだ。ここのひとたちは不潔なのが平気なんだよ。お風呂に入らないし、ゴミはそのへんに放るし。清作は、くさくないの？」

この町に住んでから一年以上がすぎても、香里は毎日のように文句を言った。

たしかに臭いはきついし、どの家もあばら屋同然だ。小松や美作といった、昔ながらの町とは比べものにならないし、筑豊炭鉱の棟割り長屋にさえ、遠く及ばない。それでも、清作にとっては、自由に出歩けることのほうがありがたかった。

「あら、チョンさん。ちょっと、よっていきませんか。おいしい饅頭があるよ」

気晴らしに散歩をしていると、店に立つ女性によく声をかけられた。男たちは工場や建設現場に行っているので、赤ん坊やこどもばかりが目につく。裾が長い朝鮮の服を着て、ツバの広い帽子をかぶり、日がな煙管《きせる》をくゆらせている老人もいた。

ある日、八百屋の店先でお茶をもらっていたとき、おかみさんが涙ながらに日本の兵隊に親きょうだいや親戚を殺された話をした。

「チョンさんに恨みがましいことを言っても、どうにもならないけど……」

詫びるわけにもいかず、清作は近くの店屋でノートを買い、おかみさんに亡くなったひとたちの氏名と出身地を漢字で書いてもらった。家に帰って香里に見せると、こちらも涙目になった。

「本当に、日本の兵隊はひどかったよ。でもね、朝鮮の両班《ヤンバン》だって、それはそれはひどかった。米は一粒残らず持っていくし、せめてヒエやアワは持っていかないでと頼んでも、税だからって、無理やり奪っていったって、わたしのおばあさんは泣きながら話したよ。おかげで、食べるものがなくて、松の皮や笹《ささ》の葉を食べたって。わたしのおじいさんとそのきょうだいは、両班の手下に殺されたんだ」

香里が言って、泣きくずれた。泣きやんだところで、両班とはなにかと聞くと、代々官吏をつとめる有力な一族のことだという。

数日後、帳面を見せにやってきた洪に香里の境遇を話すと、自分と似ているという。洪の父は東学党の農民軍に参加して、百名ほどの部隊を指揮していた。しかし、日本軍に敗北を喫し、潰走中に日本軍の指揮下にあった朝鮮軍によって捕らえられた。洪の父は、同胞である朝鮮軍の兵士たちから凄絶な拷問《ごうもん》をうけて殺されたうえに遺体もバラバラにされたと、生き残った仲間が母に知らせたという。

「わたしたちはね、どうして朝鮮が滅んだのかを、よくよく考えなくてはいけない。どうして朝鮮に、日本をはねかえすだけの力がなかったのか。どうして朝鮮はあんなにも貧しかったのか。どうして、日本のように西洋の学問をとりいれられなかったのか。本気で、もう一度朝鮮を興そうと思うなら、国が滅んでしまった原因を、もっともっと深く考えなくてはダメなんだよ。わたしは、そのために日本に来たんだ」

洪は涙をこらえながら語った。

清作は自分の父親のことを話した。中学校の教師だったが、本家から志願兵となることを強いられたあげくにロシヤとの戦争で負傷して、帰還した日に死亡した父のことを話し、最後にこう付け足した。

「あのまま小松におったら、おれはいまごろ兵隊にさせられて、朝鮮や満州に派遣されていたかもしれン」

「そうならなくて、本当によかったよ。おかげで、ぼくたち、金持ちになれるかもしれない」

洪が笑顔になった。

「おれは、いまの暮らしがつづけられれば十分じゃ。おれが稼ぐ金は、なにかうまいつかいみちを考えてくれンか」

「わたし、いい家に住みたい」

それまで黙って聞いていた香里がとつぜん言って、清作と洪は顔を見合わせた。たしかに、この家は粗末だった。かろうじて雨風はしのげるが、冬のあいだは、香里とからだをさすり合わなければ眠れなかった。

「あと、町に銭湯をつくるといいよ。日本は朝鮮より、ずっとむし暑いんだから」

「それは、両方とも、とてもいい考えだね。よし、ぼくもお金を出すから、チョンさんたちの家と銭湯を建てよう」

「しかし、両方一度には無理じゃろう。ヒャンリ、銭湯と、新しい家と、どっちが先にできてほしい」

香里はまじめな顔で考えこんだ。

「銭湯にする。わたしはお風呂が好きだから。でも、家も、なるべく早く建てて」

銭湯を建てるには、敷地を確保する必要がある。なにより、入浴の習慣がない朝鮮人たちに利用してもらわなければ、せっかく建てても経営が成り立たない。洪が役人や工場の経営者たちと相談をかさねた結果、朝鮮人の住居が広がりつつある地域に銭湯を建てることになった。

大正八年七月吉日、「福の湯」は開業した。先着三十名は無料とすると宣伝したところ、午後三時の営業開始前に長蛇の列ができたため、洪の判断で初日にかぎり全員無料とした。大盤振る舞いが功を奏して、福の湯は大いに繁盛した。

今年の三月には待望の自宅ができあがった。名義上は洪の家で、清作と香里は借家人として暮らす。包丁は売れつづけていたので、畳を敷き、鏡台や箪笥《たんす》をそろえた。浴衣や着物も、新しいものをこしらえた。奮発して、柱時計もかけた。

暮らしがおちつくと、香里はポジャギという布を縫った。端切《はぎ》れを縫い合わせた一尺（約三十センチ）四方の布で、埃よけや虫よけとして卓上の食べものにかぶせたり、風呂敷のようにものを包んだりする。布の組み合わせ方が巧みなので、香里のポジャギは美しいと評判になった。

どうしても欲しいというひとには売ることもあったが、香里は自分のポジャギを手本にして朝鮮人町の少女たちに縫い方を教えた。清作が金鎚を打つあいまに家に戻ると、五、六人が車座になって針を動かしていることがある。色とりどりのポジャギも美しいが、清作は一心に針仕事をする少女たちを美しいと思った。

町でケンカをしているこどもを見かけると、香里はかならずとめに入った。汚いことばで相手を罵るこどもには口酸《くちず》っぱく注意して、あやまるまで許さない。

「『死ね』や、『殺す』は、絶対に言ってはいけないよ。ひとは死んでしまったら、それきりなんだから」

香里はそうした意味のことを朝鮮語で言って、こどもたちを諭した。そのたびに、清作は小松駅前での父のあわれな姿を思い出した。行きたくもない戦争に行かされたあげく、あんなふうに死ぬことになってはたまらない。心底そう思ったから、徴兵を逃れるために生家を出て、天涯孤独の身となったのだ。

池のある庭をつくりたいと言ったのは、清作だった。父がこどものころに庭の池で金魚を飼っていたと聞かされていたからだ。

父が亡くなり、肺病にかかった母が羽咋の実家にひきとられてから、清作は朝も晩も、ひとりで食事をした。美作では、親方夫婦や兄弟子にかわいがってもらったが、自分が将来家庭を持てるようになると想像したことはなかった。それがこうして所帯をかまえて、毎日一緒にごはんを食べてくれる女性がいる。

そう考えると、清作には、いまこうして自分の家の縁側にすわって庭を眺めていることも、ありうべからざる僥倖《ぎょうこう》に思えてならなかった。

「チョンさん、ちょっといい？」

ぼんやり庭を眺めていた清作がふりかえると、香里と洪がかしこまっている。

「なンじゃ、どうした」

長々とふたりで話していたので、清作はてっきり自分には関係のない用件だと思っていた。柱時計は九時二十五分を指している。

「チョンさん。朝の八時すぎに、ぼくのところに来客があってね。すごいひとのつかいなんだ。横浜に陳《チエン》黄龍《ファンロン》という中国人の貿易商がいて、ものすごい金持ちなんだ」

洪がめずらしく浮き立っているので、清作はからかうような顔になった。

「まじめに聞いてよ。その陳さんの執事が、今日の十一時に自動車でむかえに来て、ぼくたち三人を横浜の家に招待するっていうんだ。チョンさんに、中国料理でつかう包丁を打ってほしいんだって。あの、紋様が浮き出る包丁を」

「自動車じゃと」

思わずそちらに反応してしまったが、いったいどうやって朝鮮人町の外に出て、また戻ってくるというのか。カツオの樽に入るのは、もうこりごりだ。

「召使いをつれてくるから、その男と服をとりかえる。チョンさんが横浜に行っているあいだは、その男がこの家にいるって。背格好がよく似た男がいるんだって」

「おンしが、その陳という金持ちの中国人に、おれのことを洗いざらい話したンか？」

思わず問い詰める口調になると、洪があわてて首を横にふった。以前から包丁を売りこみに行きたいと思っていたが、ツテがなくて無理だったという。

「となると、またしても幸三郎さんかのう」

それは、いかにもありそうなことだった。朝鮮語をおぼえるより前に、中国語と英語を学んでいたというのだから、幸三郎さんが中国人の貿易商と知り合っていた可能性は大いにある。

「ぼくもそう思って、つかいの男に話をむけてみたんだけど、ちがうみたいだった」

朝鮮人町にいる腕ききの鍛冶屋がうわさになっていてもおかしくはない。それが日本人だというなら、なおさらだ。洪が香里に聞いていたのも、誰かが清作の身辺を探っていなかったかということだった。香里は清作から兄の栄作との確執を聞かされていたので、怪しいものを一度でも見かけたらすぐに知らせるつもりでいたと答えた。清作も、朝鮮人町に来てからの四年間に追っ手の気配を感じたことはなかった。

「陳がどうやって調べたにしても、招きに応じなければ、警察に通報されるかもしれンというわけか」

清作は腹を決めた。すると、自分でも意外なことに、外の世界に猛烈に興味がわいてきた。なかでも活動写真は一度は見てみたい。ビルヂングにも入ってみたい。横浜の繁華街にも行ってみたい。

「清作、わたしも伊勢佐木町《いせざきちょう》や南京町《なんきんまち》に行きたい」

香里がうっとりした顔で言った。

「それじゃあ、十一時までに出かけるしたくをしておいてよ」

洪が帰ると、香里はさっそく鏡台にむかって髪を梳《す》きはじめた。

「清作、ヒゲを剃ったほうがいいよ」

「うん。まあ、そうするか」

畳にあおむけに寝ころんだ清作はとつぜん笑いだした。

「どうしたの、いつもとちがうよ」

「ああ、そうじゃ。ほンの束の間、つけあがっとった。しかし、もうだいじょうぶじゃ」

清作は畳にあぐらをかき、顔や襟足に白粉《おしろい》をはたく香里の後ろ姿を眺めた。

「やあ、馬橋さん。今年、会うのは初めてだね。あなた、いくつになった」

今日も陳黄龍に玄関で出迎えられて、清作は恐縮した。陳はあいさつがわりに年齢を聞いてくる。

「三十、と言いたいところですが、二十九です」

清作は毎年二度、春と秋に、打ちあがった包丁を持って横浜の邸宅を訪れた。ところが今年は、陳が三月初めから五月末まで上海《シャンハイ》に滞在するというので、一回飛ばすかっこうになった。

「八月中にうかがうつもりでホンにことづてを頼んだのですが、おくれてしまって申しわけありません。しかし、いいものができました」

清作のことばに、陳が満面の笑みを浮かべた。

「なに、今日は九月一日だよ。おくれたうちに入らない。さあ、どうぞどうぞ」

横浜港を見おろす丘に建つ瀟洒《しょうしゃ》な二階建ての洋館は、小学生のころに錦絵で見た鹿《ろく》鳴館《めいかん》とよく似ている。

丘の一帯には、イギリスやアメリカやフランスなど、西欧各国の大使や公使、それに銀行や貿易会社の駐在員たちが住む洋館が建ち並んでいた。一軒一軒の敷地はとても広くて、庭は芝生でおおわれ、花壇には色とりどりの花が咲いている。

「九月になっても、まだ暑いねえ。とくに今日は南風が吹いているから、ムシムシして、たまらないよ」

陳は代々の貿易商で、十二歳のときに初めて日本に来たという。以来、三十余年、横浜を拠点に、上海、香港《ホンコン》、シンガポールを往き来しながら商売をしている。六尺（約百八十センチ）をこえる立派な体軀で、服はいつも刺繡《ししゅう》がほどこされた絹のシャツだ。清作も着ている似たようなシャツは陳の召使いと交換したもので、生地は木綿だった。ただし、靴は自前だ。

清作は一階の奥にある洋室に通された。ふたりきりで話したいという陳のたっての願いに応じて、いつもより早い時刻にやってきたものの、やはり香里と洪がいないとおちつかない。

手にさげた背嚢を胸に抱えたのは、長年つかいこんだ金鎚と父の位牌、それに幸三郎さんからの手紙と中学校の教科書とノートが入っているからだ。腹巻きには、十円札の束が差しこまれている。いつ、なにがきっかけで、別の場所に行くかわからないという不安な思いは、十三歳の四月に小松を出奔して以来頭を離れたことがない。

洋館の門で別れた香里と洪は、そのまま運転手つきの自動車で伊勢佐木町にむかった。十二時前に戻ってきて、陳の妻子も合わせて、昼食をとる予定だ。陳の娘と息子は、同じ山手にあるキリスト教系の学校に通っている。今日から二学期だが、土曜日で半ドンなのだという。

「まずは、こちらをあらためてください」

清作は背嚢からとりだした風呂敷包みを紫檀《したん》のテーブルにおいた。結び目をとき、薄い木箱のふたをとると、菜刀があらわれた。中国料理でつかう、刀身が長方形をした包丁だ。日本の菜切り包丁よりひとまわり大きくて、刃の角が尖っている。

「おう、これは見事な」

手にとった陳が見入っている。菜刀は刀身が大きいため、屑鉄を材料にした鉄塊から打ちあげるのは至難の業《わざ》だ。今回は、とくに念入りに打ってほしいと注文されたので、菜刀一本に七日をかけた。それだけに紋様が細かに浮き出て、清作にとっても会心の出来栄えだった。

「唐《とう》の玄宗《げんそう》帝や、清の乾隆《けんりゅう》帝の厨房《ちゅうぼう》にも、これほどの菜刀はなかったと思うよ。つかうのがもったいないけど、馬橋さんが打った菜刀で切ると、野菜も肉もいっそうおいしくなるからね」

「そう言ってもらえて、なによりです」

清作は立ったまま礼をした。陳が手を叩くと、部屋に入ってきた中国人の召使いが把《とっ》手《て》のついた木箱をテーブルにおいた。なかには、清作がこれまでに打った五本の菜刀が収められていた。どの包丁にも研いだあとがあり、刃がほんの少し減っている。

「わたしの宝物。イギリス人やアメリカ人が言うところの、コレクションだね」

「コレクション？」

「そう。書画や宝石といった、貴重な品物を集めることだよ。書や絵は、いくら眺めても減らない。宝石や真珠もそう。でも、包丁はつかえば研ぐから、じょじょに小さくなっていく。残念だけれど、しかたがない。そのぶん、おいしい料理で、こどもたちは大きく育ち、奥さんはきれいになり、わたしはこんなに太ってしまったというわけさ」

せり出したおなかを叩いて、陳が笑った。

春巻き、シュウマイ、蒸し餃子《ギョーザ》、魚の甘酢煮、豚肉の煮込み。いずれも、陳の家で食べるまで、見たことも聞いたこともなかった料理だ。今日もまた、こちらの知らない中国料理を並べて、喜ばせようとしているのだろうか。

陳は把手のついた木箱に新しい菜刀を収めると、中国語で召使いに指図した。いったんさがった召使いが茶器一式をのせたお盆を持ってきて、小ぶりな急須に熱い湯をそそいだ。

飾り棚におかれた陶製の時計は十時半を指している。陳はすぐに包丁をもらいたがる。しかし、そのあとはのんびりだから、たっぷり四方山《よもやま》話《ばなし》をしてから本題に入っていくのだろうと思い、清作は繻子《しゅす》が張られた椅子に腰かけた。

「ねえ、馬橋さん。この先、日本はどうなっていくと思いますか？　わたしはアジアの盟主は日本だと思っている。日本人はよく働くし、西洋の文明をとりいれた近代国家を見事につくりあげた。ただ、このところ、日本人の顔つきが変わってきた気がするんですよ」

清作は意外な気持ちで椅子にすわりなおした。陳はこれまで一度も日本の政府や日本人に対して批判めいたことを言ったことがなかったからだ。

陳は座持ちがよくて、煙草をくゆらせながら、若いころに欧羅巴やアメリカを旅行したときの見聞を語っていたかと思うと、清作に包丁の打ち方をくわしく聞いてくる。まじめな顔で、清作と香里の仲の良さをからかったりもする。香里も洪も、陳の家では煙草を吸った。清作もすすめられて一度吸ってみたが、煙にむせて、三人に笑われた。

陳と話していると、清作は自分が日本人であることを忘れた。徴兵逃れであることも、香里と洪が朝鮮人であることも忘れて、洋館が建ち並ぶ丘全体が宙に浮いているような気がすることもあった。生まれ育った国はちがっても、ひとどうしは和やかにつきあっていけるはずだ。

「日本がどうなっていくかと聞かれても、わたしが朝鮮人町の外に出るのはお宅にうかがうときだけですから、なんとも言いようがありませんが」

清作はとりあえず答えたが、陳は不満なようだった。

「この新聞は見た？」

陳はテーブルに三日前の新聞を広げると、なかほどの見出しを指差した。

「『不逞鮮人五名捕はる　陰謀団一味か』」

清作は声に出して読み、つづいて記事を目で追った。住民から警察に、夜な夜なひとが集まって密議をこらしているとの通報があった。ことばからして、朝鮮人らしい。爆弾をつくって、政府の転覆を謀っているのではないかとの訴えにもとづき、十名をこえる警察官が急行して、その家にいた朝鮮人の男性五名を警察署に連行した。しかし、いくら探しても、爆弾も材料も発見されなかった。朝鮮人たちは、近くの工事現場で働いていて、親方が借りた一軒家に寝泊まりしていただけだという。事実、話を聞きつけた親方がすぐにひきとりにあらわれたとのことだった。

「まったく、ひどい話だよ。日本人のほうで勝手に疑り深くなっておいて、しかも、ひとびとを啓発すべき新聞が、朝鮮人に対する敵意をあおるような見出しを平気でつけているんだからね」

この一、二年、こうした記事がたびたび新聞に載るようになった。デマの被害にあっているのは、朝鮮人だけではない。先日、陳の知り合いの中国人留学生たちも夜更けに話しながら歩いていたところを見まわり中の警察官に呼びとめられて、ひと晩警察署内の留置場に入れられたという。

陳のおかげで、年に二度、春と秋に朝鮮人町の外に出られるようになり、清作は以前ほど熱心に新聞や雑誌を読んでいなかった。

三年前の十月、生まれて初めて乗った自動車で川崎から横浜にむかったときは、大いに興奮させられた。石造りや煉瓦造りの家々が道の両側に整然と建ち並ぶようすは、まるで西洋の国に来たようだ。赤や黄色の原色で彩られた南京町を通っているあいだは、中国に来ているような気がした。伊勢佐木町には、活動写真小屋や芝居小屋、それに寄席が軒をつらねていて、洪によると浅草に負けないにぎわいだという。

「すごいねえ。こんなところに来たら、家に帰れなくなっちゃうよ」

香里は大はしゃぎで、運転手に自動車を停《と》めさせては、芸妓の写真や歌舞伎役者の写真を買い、菓子や飲みものを両手に持って、自動車に戻ってきた。

「これで本当に最後じゃぞ」

清作がしかっても香里は聞かずに自動車を店先に停めさせた。いくら横浜といえども、自動車はほんの数台しか走っていない。店の売り子たちが好奇の目で見てくるし、警察官もあちこちに立っている。なにより都会はさわがしすぎて、清作は陳に会う前にすっかり気疲れした。

その日の帰りには、伊勢佐木町の小屋で、アメリカの連続活劇『電光石火の侵入者』を見た。清作はスリル満点の筋立てにひきこまれて、つづきが気になってしかたがなかった。おまけに、主人公の女賊を演じた女優・パール・ホワイトが夜ごとの夢にあらわれて往生した。

香里のほうがよほどあっさりしていて、買ってきた芸妓や歌舞伎役者の写真はポジャギを縫いにくる少女たちに気前よくあげてしまった。清作が知らないうちに麻布を買いこんでいて、新しい座布団ができたときにはおどろいた。

「横浜は楽しいけど、行くのはたまにでいいよ。ついついお金をつかっちゃうから、清作も気をつけるンだよ」

香里に諭されたと話すと、洪も奥さんからよく注意されていると言って、頭を掻いてみせた。

二本目の菜刀を届けに行ったときは、メーデーに遭遇した。何百何千という群衆があげる気勢と示威《じい》行進の迫力にたじろぎ、清作は自動車のなかで小さくなっていた。新聞で何度も読んでいた政府批判の集会やデモ行進、それに労働者たちのストライキを目の当たりにしたわけだが、巨大な群れとなってうごめくひとびとが発する怒気はただただおそろしかった。

もちろん、陳の洋館でおいしい中国料理を食べながらくつろぐのは悪くなかった。しかし、伊勢佐木町や南京町に行くよりは、朝鮮人町の鍛冶小屋で日がな金鎚を打っているほうが性に合っている。気心が知れたおかみさんたちとしゃべったり、こどもたちとあそんでいるので十分だ。そう自覚してから新聞をあまり読まなくなったと清作は陳に話し、さらに付け加えた。

「ヒャンリもそうじゃけど、ほとんどの朝鮮の女性たちは、朝鮮語の読み書きができません。それなら、せめて日本語の読み書きを教えてやろうとすると、夫や息子が女に読み書きはいらないと邪魔をしてきよる。あのホンにしてからが、妻や妹が勉強するのを、初めのうちはいやがっとった。わたしがどうにかしたいと思うとるのは、そうしたことです」

一度、陳に頼んで自動車で浅草まで行かせてもらったのも、清作自身が凌雲閣《りょううんかく》にのぼってみたかったからでもあるが、そうすれば香里が日本語の読み書きを熱心に勉強すると約束したからだ。

「いかにも馬橋さんらしい考えだけど、そんな悠長は、もうしていられないかもしれないよ」

陳が眉間にシワを寄せた。上海からの帰りに平壌《ピョンヤン》と釜山に立ち寄ったところ、朝鮮人たちの日本人に対する反感がさらに強まっている。しかも朝鮮総督府は善政によって朝鮮人を導くのではなく、朝鮮人を敵視し、蔑視した政策ばかりおこなっているのが残念でならないという。

「でもね、身もフタもないことを言うと、日本の政府がどんなに善政を敷いても、日本人が立派なふるまいをしても、朝鮮人が日本人を尊敬して、お手本にすることはないんだよ。馬橋さんは、こういうことばを知ってる?」

陳が万年筆で便箋に「倭奴」と書いた。

「中国語では、『ウォヌ』と読む」

「『ウォヌ』?　いや、知りません」

清作は正直に答えたが、いやな字の組み合わせだと思った。

「日本語では、どう読む?」

「わど、もしくは、わぬ、でしょうか」

「これはね、朝鮮人や中国人が、日本人をバカにする言い方だよ。二千年も前から、日本人をそう呼んで、東の海に浮かぶ島で魚を獲《と》って暮らしている連中だと見くだしてきたんだからね。一度や二度戦争に負けたくらいで、倭奴なんかにカブトを脱ぐわけがないんだ」

中国人は、朝鮮人のことも軽蔑しているという。朝鮮人のほうでも、中国の清を北方の異民族による王朝だと侮っているとのことだった。

「なンとも救いようのない間柄じゃのう」

清作がため息をつくと、陳が笑った。

「馬橋さん。あなた、こどもをつくるといい。日本人の男と朝鮮人の女から生まれたこどもが増えていけば、日本と朝鮮も仲良くなるさ」

「そンなに簡単にいきますかのう。その子はその子で、よほど苦労しそうじゃ」

そう答えながらも、清作は早く香里とのあいだにこどもができればいいと思っていた。徴兵逃れの身では、法律上は香里の夫にも、こどもの父親にもなれないが、親身になって育てることはできる。しかし、香里が孕《はら》む気配はいっこうになかった。

そこでようやく、陳がお茶をついだ。小ぶりの急須から、小ぶりの茶碗につぐので、どんなに惜しんでも、ひと口かふた口で飲んでしまう量だ。それでも、素晴らしい香りと味に、清作はからだが内側から清められていく気がした。

「ねえ、馬橋さん。わたしの家族と一緒に上海で暮らしませんか。上海がいやなら、香港でもいい。刃金と木炭があれば、どこでも包丁は打てるでしょう」

　てっきり、お茶についての講釈が始まると思っていたので、清作は目を丸くした。

「馬橋さんのようなひとはとても少ないよ。いま、日本人は、自分たちが招きよせた何万人という朝鮮人たちとどうつきあっていけばいいのかがわからなくて、むやみに苛立《いらだ》っている。一方、中国や朝鮮では、傍若無人にふるまう日本人に対する怒りが渦巻いている。残念だけど、三つの民族を和解させる特効薬はない。日本人はますます苛立ち、社会は殺伐となっていくばかりだと、わたしは思う。馬橋さん、わたしの家族と一緒に中国に行きませんか。香里さんもつれて」

　なるほど洪がいる前ではできない相談だ。さらに、陳と組むなら、中国人の富豪や欧羅巴の王族・貴族にも紋様入りの包丁を売れるようにするという。

「どうです、悪い話ではないでしょう」

　たしかに、いまより格段に裕福になれるが、清作は川崎を離れようとは思わなかった。清作にとって、朝鮮人町で送ってきた七年間の生活はかけがえのないものだったからだ。

　陳によれば、日本人と朝鮮人と中国人はそれぞれいがみ合うばかりで、その関係は改善しようがないという。しかし、清作が聞くかぎり、工場でも建設現場でも、日本人と朝鮮人はそこそこ親しくつきあっているようだった。福の湯には、日本人もよく入りにきている。つかず離れず接していけば、日本人にも朝鮮人にもたいしたちがいはないとわかっていくのではないか。

清作は茶碗に残っていたお茶をすすった。まさに甘露だ。ここで陳の申し出をことわれば、これほど美味なお茶を飲むことはもう二度とないだろう。

「どうです、馬橋さん」

再度たずねてきた陳と目が合った。顔は笑っているが、目の底に暗いかげを認めて、清作は怯んだ。ことわったら、警察に通報されて、徴兵逃れとして逮捕されてしまうかもしれない。

――なンのことはない。一番ひとを信用しとらンのは、あンたじゃないか。

胸のうちでつぶやき、清作はいざとなったら陳を一本背負いで投げてやろうと思った。幸三郎さん直伝の技でこの大男を投げ飛ばしたら、さぞかしすっきりするだろう。あとは野となれ山となれだ。

「わたしは……」

言いかけたとき、門のほうでクラクションが鳴った。庭を見ると、香里と洪を乗せた自動車が帰ってきたところだった。陳の奥さんとこどもたちも手をふっている。

「むかえに出ませんか？」

「その前に返事を聞かせてください」

陳が食いさがってきたが、昼食の前に険悪な仲にはなりたくなかった。

「わたしだけでは決めれンので、少し考えさせてください」

「馬橋さん、日本人のあなたがどうして朝鮮人にそこまで肩入れするのですか。あんな狭い半島にこびりついた、内輪もめばかりしている連中に……」

「世話になったからじゃ。どこの誰が相手だろうと、恩を返してなにが悪い」

清作は背嚢を背負うと、玄関を目ざした。長い廊下を歩き、もうすぐ外に出られると思ったとき、洋館がはげしくゆれた。清作は膝をついたが、すぐに立ちあがって玄関から庭先にころがり出た。ゆれはさらにはげしくなり、とても立っていられない。

「地震じゃ。建物や塀に近づくな」

香里と洪、陳の妻子と運転手が芝生にしゃがみこんでいる。

「よし。そのままそこにおれ」

ゆれがおさまってきたのを感じて、清作は四つん這いで香里たちのほうにむかった。

そのとき、かつて聞いたことのない不気味な地鳴りが響いたかと思うと、地面が跳ねあがった。清作のからだは煎られた豆粒のように何度も跳ねた。芝生のうえをころがりながら目に入ってきたのは、洋館が崩れていく姿だった。

「パーパ！」

陳の息子と娘が叫んだ。奥さんはふたりを離すまいと必死に抱きかかえている。丘のあちこちに建つ洋館がつぎつぎに崩れ落ちていく。舞いあがった土埃が空をおおい、日光がさえぎられて、なにもかもが黄色っぽく見える。

「清作、横浜の町が」

香里に言われてふりかえると、さっきまで見えていた港や町が土埃におおわれている。横浜駅も官庁も、高い建物はなにも見えなかった。家々も軒並み倒れているにちがいない。このぶんでは、川崎の朝鮮人町もたいへんな被害だろう。

洪が、妻とこどもたちの名前を叫んだ。よく知る母子のことを思い、清作も胸がつぶれそうになった。

この丘自体が崩れかねないと感じるほど、はげしいゆれはつづいた。清作は香里の肩をずっと抱き寄せていた。

長かったゆれが、ようやくおさまってきた。立ちあがった洪が丘をおりようとして、足をすべらせた。

「待たンか！　川崎に帰りたいのはわかるが、いま行ったら、おンしまで命を落とすぞ」

清作が怒鳴ると、洪が地団駄を踏んで言いかえした。

「家族が、どうなっているか、わからないんだよ」

「いま、この場で、助けられそうなものを、助けるンじゃ」

清作は崩れ落ちた洋館にかけより、玄関だと思われるあたりの煉瓦をかき分けた。

「陳さん、返事をしてくれ」

清作は大声で呼びかけたが、応答はなかった。

「パーパ、パーパ」

紺色の制服を着た陳の息子も、清作の横で懸命に煉瓦をかき分けている。みな一緒になって付近の煉瓦をとりのけていると、「いた。たぶん陳さんだ」と洪が声をあげた。

うつ伏せの姿勢で煉瓦の下敷きになった陳は、菜刀を収めた木箱で頭を守っていた。気を失っているが、心臓は動いている。奥さんが香水をハンカチにつけてかがせると、陳は息を吹きかえした。

「パーパ、パーパ」

こどもたちに抱きつかれた陳がうめいた。肩や胸を痛めているようで、満足に声が出せない。左足を指差したのでズボンをめくると、足首が無残にへし折れていた。かわいそうだが、陳ばかりにかまってはいられない。

「奥さん、お宅で働いているのは、全部で何人ですか？」

「六人です。男が四人に女がふたり」

ひとりは運転手で、もうひとりは清作の替え玉として川崎の朝鮮人町にいる。生き埋めになっているのは、男と女ふたりずつだ。

清作は陳を自動車の座席に寝かせて、奥さんとこどもたちも自動車に入っているように言った。四人は、おそらく全員が圧《お》し潰されている。そう考えざるをえないほど、洋館は完全に崩壊していた。

残念なことに、清作の予想は当たった。ただし、食料庫を見つけて、焼き豚や腸詰め、それに饅頭や月餅《げっぺい》といった、すぐに食べられるものを確保できたのは大きかった。海のほうから強い南風が吹きつけるせいで、空をおおっていた土埃もかなり薄くなった。

ひと息ついて水を飲んでいると、香里が声をあげた。

「清作、火事だよ！」

立ちあがって見おろした横浜の町は、いたるところから炎があがっていた。おびただしい黒煙が立ちのぼり、強風にあおられた炎が生きもののように暴れまわっている。あれほど栄えていた横浜の町が見るまに焼け落ちていく。いままさに何千何万というひとびとが炎に追われているのだと思うと、清作はとても見ていられなかった。

「チョンさん。ぼくは川崎に帰る」

「アホウ。せめて火事がおさまるまで待たンか」

「待つって、いつになったら火が消えるのさ。こんなに燃えてたら、消せるわけがないじゃないか」

「燃えるものがなくなれば、火は自然におさまる。川崎は目と鼻の先じゃ。奥さん、いま何時ですか?」

「午後三時をすぎたところです」

「よし。いまのうちに、腹ごしらえをしておこう。そして、食べものをもっと掘り出すンじゃ。いいか、ホン。おンしの家族も、朝鮮人町のものたちも、かならず生き残っとる。みンなをひきいて、町を立て直すのが、おンしの役目じゃ。代わりはおらン。命を粗末にするな。火がおさまってきたら、一度丘をおりて町のようすを見たうえで川崎にむかおう」

清作が言い聞かせると、洪が頷いた。

港と町に背をむけていても、焼け焦げた臭いが風にのってやってくる。清作はほかの洋館を見にいったが、いずれもことごとく崩壊していて、わずかに生き残ったひとたちが途方に暮れてすわりこんでいた。

清作は自動車のドアを開けて、陳にいとまを告げた。助け出されてから五時間ほどがたち、体調もいくらか回復してきたようだ。陳は、丘のうえにいたほうが安全だと真顔でとめてきた。しかし、ひきとめられないと見ると、火事場泥棒や強盗を働いているものたちがいるにちがいないから気をつけるようにと注意した。

「馬橋さん。さっきは申しわけなかった。わたしが思っているよりも、心のやさしい人間は多いし、好ましい人間関係もたくさんあるのだろう。しかし、ときとして、ひとは鬼になる。これは、今回の菜刀代。いつか、また、訪ねてきてくれませんか。そのときは、たっぷりごちそうするから」

　陳が財布から十円札を十枚も抜き取ったので、清作はおどろいた。

「半分は、洪さんにあげてください。お詫びにも、お礼にもならないが」

陳に頭をさげられても洪は意味がわからず、ポカンとしていた。

やがて夕暮れが近づいて、火の勢いはかなり弱まったようだった。陳の一家と運転手に別れを告げて、清作は香里と洪とともに丘をおりていった。急な坂道をくだるにつれて、嗅いだことのない異臭が鼻をついた。

「これはたまらン」

清作は手ぬぐいで鼻と口をおおい、香里と洪もそれにならった。町に入ると、丸焦げになった無数の死体がころがっていて、清作は足がすくんだ。

燃え残った柱や床板が、バチバチと音を立てている。どこかで家が崩れる音がする。家という家はすべて焼けて、もとの姿をとどめている建物はひとつもなかった。

「このまま歩いていくのがいいか。それとも、港に行って、動かせる船を見つけるか」

清作がひとり言のようにつぶやくと、洪が応じた。

「歩いていこう。そのほうが確実だよ」

清作が先頭を行き、香里がつづき、洪がしんがりをつとめる。警察署も派出所も焼け落ちていて、見まわりをしている警察官はひとりもいなかった。

本町《ほんちょう》通りが近づくと、焼け出されたひとびとが道端にすわっている。こどもも大人も髪の毛が焦げて、着物は破れ、顔も手足も煤だらけだ。

誰もがこっちを見ているのは、三人ともがきれいな衣服で、顔も手足も汚れていないからだろう。清作は早く日が暮れてほしいと思った。なんにせよ、目立つのはよくない。用心のために暗くなるまでどこかに隠れていたほうがいい気もするが、先を急ぐ洪は反対するにちがいない。

一時間半ほど歩き、鶴見川《つるみがわ》が近づいてきた。川を越えれば、もう川崎だ。橋は残っているのだろうか。落ちていても、舟があれば渡れる。

「おい、とまれ！」

男の声がした。ただし、ひとつ先の通りで、そこで誰かが呼びとめられたようだ。すでに日が落ちて、あたりは暗かった。火事の煙や土埃のせいか、空には月も星も見えない。

「われわれは、この地区の自警団だ。地震に乗じて、朝鮮人どもが町に火を放ち、井戸に毒を投げ入れたという。おかげで、横浜のひとびとは多くが焼け死に、生き残ったものたちは、命からがら東京に避難した。しかも、そのスキを狙って、鮮人どもは強盗を働き、婦女子を手籠めにしている。凶暴凶悪な不逞鮮人どもを生かしておくわけにはいかん。貴様らは、日本人か。それとも朝鮮人か？」

離れていてもはっきり聞こえる大声におどろいて、清作は足をとめた。陳がおそれていたことが、いままさにおきようとしているのだ。提灯の明かりが十以上もゆれている。ただし、清作たちにはまだ気づいていない。

「おい。こいつら、怪しいぞ」

「女こどもでも、容赦はせんからな」

「貴様らが放った火のせいで、どれだけのものたちが死んだと思っているんだ」

まさか、こどもや女性を問い詰めているのかと清作が思ったとき、「ぼくが行く。ふたりはここにいて」と言うが早いか洪が走り出た。

「おい、やめろよ。そんなふうにおどしたら、まともに答えられなくなるに決まってるじゃないか」

かけよる洪に、提灯が五、六個むかってくる。香里までかけだしたので、清作もあとにつづいた。こうなったら、肚《はら》をすえるしかない。

「お〜い、おれは日本人じゃ。正真正銘の日本人じゃから、ちょっと待ってくれンか。自警団と言うとりましたが、団長はどなたですか？」

そう言ったきり、二の句が継げなくなったのは、そこにいた十数人の男たちがトビロや竹槍《たけやり》、それに鉄の棒をかまえていたからだ。提灯の明かりを受けた顔はいずれも殺気立ち、いつ襲いかかってきてもおかしくない。

「おれが自警団の団長だ」

進み出た男の顔には多少の余裕が見てとれた。しかし、すぐに疑いの目に変わった。

「貴様ら、どこから来た。どうして顔や手足に煤ひとつついていない」

清作は丘のうえの洋館で地震にあったと正直に伝えた。

「なるほど。しかし、どうしてこいつらをかばう」

「それは……」と言いながら、清作はそこに立つ三人家族に目をむけた。夫も妻も二十代くらいで小さな男の子を抱いている。顔つきや物腰からして、本当に朝鮮人かもしれない。それも、日本に来たばかりの。

「こんな幼い子がいる夫婦が、火をつけたり、井戸に毒を入れたりするわけがないじゃろう」

「どうして、そう言い切れる。鮮人はなにをするかわからんじゃないか」

「わたしは朝鮮人だけど、そンなことをしようなんて思わないよ」

香里が胸を張って言ったとたん、団長のそばにいた自警団員たちが清作の喉元に竹槍やトビ口をつきつけた。

「おい、貴様は社会主義者だな。鮮人と通じて、国家を転覆せんとたくらんでいるんだろう」

団長がドスのきいた声で問い詰めてきた。清作は逆らうつもりがないことを示そうと、両手をあげた。

「おれは鍛冶屋だ。うそだと思うなら、この背嚢のなかを見てくれ」

トビ口を持った男が清作の後ろにまわり、背嚢から金鎚をとりだした。うけとった団長は柄を握り、二度三度と金鎚をふった。

「ほう、よくつかいこまれている。じつは、おれも若いころは鍛冶屋だった。いまは、人力車や自転車をつくっている」

自警団の団長のことばに、清作はふるえながら頷いた。

「右手を見せてくれ」

言われるままに、清作は右手を差し出した。

「おう。こいつはまた立派だ。どこで修業した」

「美作と小倉。どちらの親方も、土佐で修業したと……」

「土佐だと。それなら、おれと兄弟弟子も同然だ。それで、日本人の鍛冶屋がどうして朝鮮人の女をつれている。それに、そんなハイカラなシャツを着て」

清作はシャツは洋館の主《あるじ》にもらったもので、川崎にある朝鮮人町の商人に頼まれて包丁を打っているのだと話した。

「ぼくが、その商人です」

洪が丁寧にお辞儀をした。

「いま、そちらの夫婦と朝鮮語で話していたんですが、済州島《チエジユド》、日本語読みだと済州島《さいしゆうとう》から大阪港に着いて、今朝の汽車で横浜に来たそうです。しかし、頼りにしていたおじさんに会う前に地震がおきた。日本語は、ほんの少ししか話せません」

「わかった。しかし、あいつらも、おまえたちも、このまま行かせるわけにはいかん。たしかな筋からの情報で、保土ケ谷《ほどがや》や戸塚《とつか》の土木工事の現場で働かされていた鮮人たち三百名が銃や刀を手に手にこちらにむかっている。鶴見川を渡って川崎に攻めこみ、さらに東京にむかおうという魂胆だ。地震の混乱に乗じて日頃の恨みを晴らそうとは卑怯千万。われわれが決死の覚悟で返り討ちにしてくれる。貴様らが不逞鮮人の味方でないなら、そっちの夫婦も合わせて、ともに戦ってもらう」

日々の暮らしにおわれている朝鮮人たちが、そんな無謀なまねをするわけがない。しかし、団長をはじめ全員が本気で信じこんでいるようだった。ひとまず黙ってしたがうほうがいいと思い、清作は香里と洪に目くばせした。

「よし、ひとまず休め」

団長の指示で、自警団の団員たちが清作の喉元にむけていた竹槍やトビ口をおろした。張りつめていた空気がゆるみ、清作が香里に話しかけようとしたとき、こどもを抱いた母親がかけだした。

「おい、待て」

気づいた自警団の団員三、四人が追いかけた。妻子を守ろうと夫が飛びかかったが、あえなく跳ねとばされた。先頭で追いかける自警団の男は走りながら手に持った鉄の棒をふりあげると、妻の頭めがけてふりおろした。倒れたところにほかの数人も襲いかかり、めったやたらに殴っている。

「バカ者、やめんか！」

団長が怒鳴ったときには、母子ともに息絶えていた。自警団の男たちは、遺体を見おろして呆然としている。

「貴様らは、鬼か」

洪が烈火のごとく怒った。

「足を払ってころばせても、肩をつかんでとめてもいい。どうして、殴り殺す必要がある」

母子を襲った自警団員たちの耳には、洪のことばは聞こえていないように、清作には見えた。

「シバルノマ（ちきしょう）」

妻子を殺された夫がトビ口を奪い、自警団の団長に襲いかかった。

「アンドェ（だめ）」

盾になった香里の胸にトビ口が刺さった。

「ヒャンリ！」

清作は倒れかけた香里を抱きかかえた。胸からトビ口が抜けて、血がとめどなく流れている。

「ヒャンリ、ヒャンリ。おい、だいじょうぶか。どうした。なにか言うてくれ！」

清作がいくら呼んでも、香里は答えなかった。

「ヒャンリ。どうして、そンな……」

「逃がすな、追え。そっちじゃない」

自警団員たちの大声が響いた。川に飛びこむ音につづいて、「石を投げろ。よく狙え」という怒鳴り声がくりかえし聞こえてきた。


一夜が明け、清作は香里の遺体を乗せた大八車を引いて、鶴見川のほとりに立った。空はかすかに白んでいるが、まだ雀《すずめ》も飛んでいない。

「おれはまさか、朝鮮人の、それも女に命を救われるとは、夢にも思っていなかった」

自警団の団長は膝に手をつくと、そのまま地べたに正座した。

「今夜かならず来ると思っていた武器を持った不逞鮮人たちは、とうとうあらわれなかった。それなのに、おれがひきいる自警団員は、なんの罪もない母親と赤ん坊を殴り殺した。いったい、なにが本当で、なにがうそなのか……。おれにも妻と娘、それに孫娘がいる。もしも目の前で、妻子があんな目にあったら、おれは絶対に相手を許さない。あの朝鮮人の夫は、いつかまたおれを襲いにくるだろうか。なあ、あんた。どうして、このひとは、命を捨ててまで、おれを助けたんだ……」

団長に聞かれても、清作はなにも答えられなかった。昨夜、しだいに冷たくなっていく香里の手をさすりながら、もうあの家でふたりですごすことはないのだと思うとただただ悲しかった。

ひと晩中かけて、焼けていない大八車を見つけて戻ってきた団長に頭をさげて、清作は歩きだした。あおむけに寝かせた香里には顔までコモがかけてある。洪が大八車の横をついてくる。

やがて、街道とまじわる辻までできた。

「チョンさん。いつかかならず、川崎に帰ってきてよ。そしてまた、包丁を打ってよ」

洪には悪いと思ったが、清作はたしかな返事ができなかった。洪のほうこそ、これから朝鮮人町に帰って、妻子や母親や弟妹の安否をたしかめるところから始めるのだから、よほどたいへんだ。

陳の邸宅から持ってきた食料はすべて洪に持たせた。

「この街道を行けば、大山《おおやま》街道にぶつかる。あとはずっと西にむかって……」

せめて別れのことばをかわさなくてはと思いながら、清作は足をとめずに先を急いだ。横浜一帯は焼け野原になってしまったので、棺《ひつぎ》にする木材も、火葬にする薪もないだろう。大山街道を西に行けば材木屋や農家があるから、そこで分けてもらって弔いをすればいいと言ったのは自警団の団長だった。

清作は、できるだけ早く香里を弔ってやりたかった。さぞ痛かっただろうに、死に顔はおだやかで、うつくしかった。この顔のまま、あの世に送ってやりたい。

しだいに空が明るくなってきた。朝日が昇り、日の光が清作を照らした。

「おお、おお。日の出じゃ」

悲しみが胸にせまり、清作は足をとめた。

「ヒャンリ、ヒャンリ。朝日じゃぞ」

明るさを増す太陽を見つめているうちに目がくらみ、清作は顔を伏せて、ふたたび歩きだした。

材木屋は、昼になる前に見つかった。大地震の翌日なので、見ず知らずのよそ者が棺をつくってほしいと頼んでも怪しまれなかった。金は弾むから、村の焼き場をつかわせてもらえないかと頼むと、こちらもすんなりうけいれてくれた。焼き場の小屋に、薪と一緒に骨壺もあるはずだという。

棺には、髪に挿していた櫛《くし》と簪《かんざし》を入れた。だいじにしていた手鏡や香里が縫ったポジャギも入れてやりたかったが、あれはきっと家の下敷きになっているから無理だと、清作は棺のなかの香里に語りかけた。

「のう、ヒャンリ。祝言はあげンかったし、町役場に届も出さンかったが、おれとおンしは夫婦じゃった。おれはおンしに、わが身におきた出来事をなにもかも話した。ところが、おれはおンしの親兄弟の名前も知らンままじゃ。いつ誰とどうやって日本に渡ってきたのかも、結局聞かンままにしてしまった。しかし、それでよかったと思うとる。できれば、おれの子を産んでほしかったが、おンしのほうでは、子は授からンとわかっとったのかも知れン。のう、ヒャンリ。おンしがどうして身を挺《てい》したのか、おれにはトンとわからン。『アンドェ（だめ）』と言うた最後のひとことは、いまも耳に残っとる。朝鮮人に、ひと殺しをさせたくなかったということなのかのう。せめて、おれになにかひとこと言うてから、こときれてほしかった。のう、ヒャンリ。おれはいつか、おンしを舟に乗せて、ふたりでどこかの川をゆっくりくだってみたいと思うとった。夜ではなく、昼間に。そしてまた、山中節をうとうてほしかった……」

胸のうちで語りかけているあいだに香里のからだは焼けて、清作は箸で拾った骨を小さな壺に入れた。どこか遠くに行きたかったが、どこに行けばいいのかはわからなかった。

筑波山《つくばさん》に行こうと思ったのは、山頂からの眺めが素晴らしいと洪が言っていたのを思い出したからだ。大山街道を戻り、途中から北東にむかって歩いていけば、こどものころに広重《ひろしげ》の浮世絵で見たうつくしいかたちの山が見えてくるはずだ。

「ハア～　忘れしゃんすな山中道を　東ァ松山　西ァ薬師　ハア～　送りましょうか送られましょうか　せめて二天の橋までも」

香里の声をまねてうたいながら、清作は新たに香里の骨壺を入れた背嚢を背負い、ひとりで街道を歩いていった。

6　希　望

「あさひさん。久しぶり」

ひと月半も会っていなかったのに、久山さんは朗らかだった。今日も白いシャツを着て、父と母にも笑顔であいさつをしている。左手に抱えている革製の書類カバンは、去年のクリスマスにわたしがプレゼントしたものだ。

「日曜日の午前中にとつぜん押しかけて、まことに申しわけありません。じつは、ご家族三人がおそろいのときに、ぜひ見ていただきたいものがありまして」

来訪の目的を告げた久山さんが書類カバンからとりだしたのは、週刊誌くらいの大きさのクラフト封筒だった。

「あの、ぼくから言うことでもありませんが、おかけになりませんか」

久山さんにすすめられて、「そうだな、すわろう」と父がテーブルの椅子を引いた。

母は父の右隣、わたしは両親のむかいというものいつもの場所にすわった。

「写真を三枚、ご覧にいれます。オリジナルプリントですので、さわらないようにしてください」

自分だけ立ったままの久山さんが白い手袋をはめた。

「ぼくの友人で、福岡の大学につとめている研究者から借りたものです。まだ誰にも見せていない貴重な写真のデータを送ってやったんだから、それで十分だろうと言われたんですが、この三枚だけはどうしても実物を借りたいと、ねばりにねばりましてね」

とりにくるなら貸してやる。ただし、飛行機は墜落の危険があるからダメだと言われた久山さんは、昨日の朝一番の新幹線で博多駅にむかった。東京駅に戻ってきたのは午後九時すぎだったという。

「往きだけでも飛行機にすればよかったと思いついたのは、東京駅から乗ったのぞみ号が京都駅をすぎたときでした。それはともかく、まずはこちらから」

久山さんが慎重な手つきでテーブルにおいたのは、葉書よりひとまわり大きいサイズのモノクロ写真だった。寄席の建物を背景に、着物をきた十人ほどの男女が前後二列に並んでいる。

「あっ、『博多の伯母さん』」

わたしは思わず声をあげた。前列右端に立つ女性は、間違いなく馬橋洋子さんだ。

いるね」

「あら、本当。でも、よくわかったわね」

母と目があったわたしは得意になって言った。

「だって、一度見たら忘れられない素敵なひとだもん」

「なるほど、言われてみれば洋子さんだ。若いころから、じつにしっかりした顔をしているね」

父は、わたしと見くらべて感心している。彼氏の前で娘をくさすんじゃないと文句を言いたいところだったけれど、洋子さんのほうが目鼻立ちがはっきりしているし、なにより目力がすごい。

大学四年生だった三年前の六月半ば、ふとしたことから母方の親戚の話になった。わたしは祖母・玉江の兄姉である「チリの伯父さん」と「博多の伯母さん」のことを初めて知った。それ以来、気持ちが落ちこむと、わたしは両親の結婚披露宴のアルバムを開いた。「チリの伯父さん」と「博多の伯母さん」の毅然とした風貌を見ているうちに自然と背筋が伸びて、やる気と勇気がわいてくる。

久山さんが持ってきたこの写真の洋子さんは、いまのわたしと同じ二十五歳くらいだろうか。父が言うとおり、肝のすわりかたがまるでちがう。でも、わたしだって、中学校社会科の教員として日々がんばっているのだ。

「きみのご友人は、どうしてこの女性が馬橋洋子さんだとわかったんだい？」

父に聞かれて、久山さんが写真を裏返した。セピア色のインクで描かれた人形《ひとがた》の輪郭線の内側にひとりひとりの名前が記されている。前列中央の、ひとつだけ大きな人形には「梅中軒霧右衛門《ばいちゅうけんきりえもん》」とある。「馬橋洋子」は前列右端だ。

「全国の浪曲愛好家や、大衆芸術にくわしい研究者たちに、馬橋洋子という曲師について、どんな些細《ささい》なことでもいいから知らせてほしいというメールを半年ごとに送っていたんです。しつこいと文句を言ってくるヤツもいましたが、めげずに送りつづけた甲斐《かい》がありました」

会心の笑みを浮かべると、久山さんは二枚目の写真をテーブルにおいた。

「こちらは、もっと大きく写っています」

床の間のある和室で、梅中軒霧右衛門がくつろいでいる。長火鉢に肘をつき、右手には吸いかけの煙草。そのそばでは洋子さんが真剣な表情で三味線の弦を調整している。

「写真に年月日は記されていませんが、友人によると、昭和二十七年から二十八年にかけて、つまり一九五二年から五三年にかけて撮影されたものだそうです。そのころの浪曲師の写真は、レコードの宣伝用に撮影したものくらいしか、ぼくは見たことがありません。カメラもフィルムも非常に高価だったし、落語、講談、義太夫《ぎだゆう》、浪曲といった寄席芸が大衆芸術として評価されるようになるのは一九六〇年代以降ですから、それ以前は撮影の対象にならなかったんだと思います。梅中軒霧右衛門は九州浪曲界の重鎮で、ぼくもレコードを二枚持っています。ただ、残念ながら、曲師は馬橋洋子さんではありません」

久山さんの説明を耳に入れながら、わたしと両親は額を寄せて貴重な写真に見入った。床の間には、ススキとオミナエシがいけられている。ということは、偶然だけれど、季節はいまと同じ秋。これから稽古を始めるのだろうか。

三枚目は、熱演している梅中軒霧右衛門を客席から写したものだった。むかって右側では、椅子にすわった洋子さんが三味線を弾いている。

曲師の前についたてを立てる、立てないは、浪曲師の一存で決まるのだという。曲師がおもてに出れば、観客の視線はどうしても分散されてしまう。最近は出弾きも多いとはいえ、昔もいまも、曲師の前についたてを立てるのが通例というのだから、梅中軒霧右衛門は特別に寛容なひとだったわけだ。それとも、自分の芸によほどの自信があったのだろうか。

洋子さんが三味線を弾く姿も堂に入っている。稽古をかさねて、場数も踏み、梅中軒霧右衛門と息が合っていたのだろう。かなうなら、この日の客席にすわり、ふたりが生みだす浪曲を聴いてみたい。

「ご友人の方は、何枚くらい、こうした写真をお持ちなんですか？」

母の質問に、「三十七枚です」と答えた久山さんが書類カバンのなかからＵＳＢメモりをとりだした。

「あさひさん、ノートパソコンを持ってきてくれませんか？」

それから、両親とわたしはパソコンの画面に映しだされるモノクロ写真を飽きずに見つづけた。浪曲師たちの顔には味があって、いまなら全員が個性派俳優として活躍できそうだ。観客の表情もおおらかで、男のひとも、女のひとも、骨格がしっかりしている。

「ねえ、ひとつ聞いてもいい？」

写真を見ているうちに、わたしはあることに気づいた。

「この浪曲師もそうだけど、演台にかける布に、浪曲師の名前と一緒に『浅間幸三郎』と書かれているでしょ。このひとは、興行主か、浪曲師たちのパトロン的な人物だったの？」

「あさひさん、いいところに気づきましたね」

久山さんは、教師が生徒を褒めるように頷いた。そうした褒め方をしないように気をつけているわたしは内心ムッとしたが、グッとこらえた。

「ぼくの友人がこれらの写真を公開しないのも、この浅間幸三郎という人物にかかわっているんです。一般にはまったく知られていませんが、戦前から戦後にかけて、日本の政財界に大きな影響力を持っていたと言われる人物です。大正の初めに南米のチリに渡り、チリ政府と共同で銅・錫《すず》・鉄鉱石、それに銀の鉱山をつぎつぎに開発して大成功をおさめたということですが、日本政府や財閥の後ろ盾もない一介の日本人にどうしてそんな大事業が遂行できたのかがわからない。チリには資料が残っているかもしれませんが、まだ誰も調べたものはいないんです」

久山さんの友人である研究者は、偶然手に入れた写真でとびきりのネタをつかんだと喜んでいる。久山さんは、単独で調査・研究するよりも写真をネット上に公開して、浅間幸三郎に関する情報を日本とチリの双方から寄せてもらうほうがいいとすすめているが、友人は首をタテにふらないとのことだった。

「まあまあ、それはたいへんですね。じゃ、おとうさんとわたしは、いまから買い物に行って、お昼のしたくをしますから、どうぞめしあがっていってくださいな」

母は久山さんに告げると、父とつれだってさっさと出かけてしまった。

「申しわけないなあ、お昼をいただくつもりなんてなかったのに」

久山さんは頭を掻きながら窓際にむかった。レースのカーテンを開けて、八階からの景色を眺めている。とつぜんふたりきりにされて、わたしは緊張で話を継げなかった。

「ごめんなさい、お茶もださないで。麦茶でいい？」

わたしがグラスと麦茶が入ったピッチャーをとりに行くと、久山さんはあわてて写真を片づけだした。

「いや、間違っても濡らすわけにはいかないから」

「ありがとう。わざわざ博多まで行ってくれて」

わたしは両手にピッチャーとグラスを持ったまま、お礼を言った。書類カバンをサイドボードにおいた久山さんがふりかえり、目と目が合った。

「そういえば、お姉さんと朴《パク》さんはどうしてるの？」

話題を変えたのは、気持ちが高ぶってしまいそうだったからだ。久山さんは椅子にかけて、わたしがついだ麦茶を半分ほど飲むと、深いため息をついた。

「なにかあったの？」

「うん。いや、ぼくはこのところ、自分の至らなさを思い知らされてばかりでね」

八月最後の土日に、仙台のテレビ局でＡＤをしている姉のはる子さんがひとりで東京にやってきた。ミニシアターや美術館をハシゴして、放送作家やライターとも打ち合わせをするせわしないスケジュールのあいまに、お姉さんは久山さんと会った。はる子さんはもう覚悟を決めていて、今年中に岐阜に住む両親のところに朴さんをつれていき、朴さんが在日コリアンであることを理由に会わないというなら、はる子さんのほうから親子の縁を切るとのことだった。

「あんたも、自分の幸せを第一に考えたほうがいいわよって言われても、長男であるぼくには、跡とりという観念がすりこまれているからね。家を継がなくていいヤツは気楽だよなって、姉貴の決断をどこかで軽く考えていたんだと思う」

久山さんはまたため息をつき、わたしから視線をそらした。

「だから、つい言っちゃったんだ。親父もバカだよな、在日コリアン三世といったって、朴さんは国籍も含めてただの日本人なんだから、気にしないでつきあえばいいんだよって。そうしたら、あんたはなにもわかってないって、姉貴にとっちめられてさ」

朴さんの父方の祖父母は朝鮮の京城＝ソウルで生まれ育ち、一九三〇年代半ばに日本に渡ってきた。ある程度の資産を持っていたため、仙台でクリーニング店を開業して成功した。経済的な苦労はそれほどしなかったにしても、祖国を併合した日本に生活の場をうつさざるをえなかったことが幸福であるはずがない。朴さん自身、日本生まれの日本育ちであるにしても、一方のルーツが朝鮮にあることを意識していないはずがない。はる子さんにたしなめられて、久山さんは一言《いちごん》もなかった。

はる子さんにも葛藤はある。実家と折り合いが悪いこともあり、入籍後は「朴はる子」となるつもりでいるが、そのことでどんな気持ちになるのかは、じっさいに籍を入れてみなければわからない。それに、こどもができたら、その子が名字を理由にいじめにあうかもしれない。

言われてみれば当然の不安を想像すらしなかった自分が情けなくて、久山さんはすっかり落ちこんでしまったのだという。

久山さんは、八月初めに行った横浜のホテルのレストランでも、朴さんのことを「ただの日本人なんだ」と言っていた。わたしはそんなはずはないと思ったが、在日コリアンを毛嫌いする久山さんのおとうさんの言動にショックを受けていたため、そのままにしてしまった。

「そんなときに、福岡の友人から、馬橋洋子さんの写真を見つけたって連絡があってね。矢も盾もたまらず、すぐに見せてくれって頼んだんだ」

ときおり声をふるわせながら話していた久山さんが深呼吸をした。

「あさひさん」

久山さんに呼ばれて、わたしは背筋を伸ばした。

「婚約を申し込んで、返事をもらえなかったのに、あれだけど……」

久山さんが椅子から立ち、わたしも立った。

「プロポーズは、真っ赤なバラの花束を持ってしたいと、ずっと思っていたんだ。ぼくは準備万端ととのえるのが好きだから。でも、そういうものじゃないということが、いま、ようやくわかった」

そこで久山さんがことばを切った。部屋のなかがシンと静まりかえる。窓の外をなにかが横切り、反射的に目をむけるとトンビだった。

「あさひさん」

もう一度呼ばれて、わたしの胸がかつてなく高鳴った。ゆっくり、本当にゆっくり、視線が窓から部屋へと戻っていく。そして、久山さんの顔が見えた。

「ぼくと結婚してほしい」

久山さんが言って、わたしの目から涙がこぼれた。

「あれ、なんか変……」

指先で涙をふいて、わたしは答えた。

「末永く、よろしくお願いします。でもね、わたし、おかあさんみたいには、ちゃんとした料理をだせないよ」

それでもいい？　と聞こうとしたところを抱き締められて、わたしも久山さんの背中に腕をまわした。これまで何度も抱き合ってきたけれど、安心感がまるでちがう。これが生涯の伴侶を得た感覚なのだろうか。そうだとしたら、この気持ちがずっとつづいてほしいと思いながら、わたしは久山さんの胸に顔をうずめた。


目覚まし時計が鳴って、月曜日の朝がきた。完全な寝不足だったけれど、気分はさわやかで、疲れもまるで残っていない。カーテンを開けると、秋晴れの空に高い雲が浮かんでいる。

きのうの昼、買い物から帰ってきた父と母は、わたしたちの報告を聞いて大喜びした。ただし、買ってきたのは四人分のパエリアとサラダをつくるための野菜で、肝心の乾杯用のお酒がないという。

「それじゃあ、わたしと買いに行こうよ」

わたしは父の腕をとって玄関にむかった。手はすぐに離したけれど、スーパーを往復するあいだ、父とわたしはずっとおしゃべりをしていた。母と久山さんも、お皿やグラスをテーブルに並べながら、いろいろな話をしたという。

祝宴は午後四時すぎまでつづき、お酒があまり強くない久山さんは赤い顔で帰っていった。その後も両親は乾杯をくりかえして、わたしもかなり飲んだ。ベッドに入ったあとも、うれしさのあまりなかなか寝つけず、うつらうつらするうちに朝がきた。

中学校までの、まだ誰も歩いていない早朝の通学路を歩きながら、わたしはスキップをした。それでも、校舎が近づくにつれて気持ちが切り替わった。

職員室での簡単な打ち合わせを終えると、地球儀と筒状に丸めた地図を持って一年三組がある四階へと階段をのぼっていく。月曜日の一時間目に、担任するクラスで授業ができるのはとてもありがたい。

初任者だった一昨年度は担任は受け持たず、社会科担当の教員として一年生全五クラスのうち三クラスを教えた。昨年度は二年生の副担任になり、二年生の全五クラスを教えた。そして、今年度は一年三組の担任になり、一年生の全五クラスを教えている。

通例では、新規採用の教員は最初に配属された学校で初任者研修と五年経験者研修をおこなう。わたしはおそらく、いまの一年生とともに三年生まで持ちあがり、かれらを卒業させて、別の中学校に異動するのだ。

一年三組の扉を引くと、生徒たちが一斉に立ちあがった。そこまでそろえなくてもいいと思うのだが、この中学校の伝統なのだという。

教壇に立ち、「おはようございます」とあいさつをすると、「おはようございます」と生徒たちが応えて席についた。つづいて出席をとっていく。全員が来ていると、本当に安心する。

六月初めに、女子生徒がひとり不登校になりかけた。学年主任やスクールカウンセラーと相談をして、無理に登校をすすめず、本人の判断で保健室ですごしたり、早退をしてもかまわないといった柔軟な対応をとるうちに、少しずつ学校に来られるようになった。二学期になっても保健室ですごすことが多かったが、このところは朝からずっと教室で授業を受けている。

今週の予定を伝えているうちに、一時間目の始業を報せるチャイムが鳴った。わたしの指示を待たずに生徒たちが机を動かして、六人一組でのグループ学習の態勢になった。三十八名のクラスなので、六人のグループが四つに、七人のグループが二つできる。

「では、授業を始めます。今日からは新しい単元で、『日本のすがた』について勉強していきます。地理の教科書の一二一頁《ページ》を開いてください」

わたしはその頁を生徒たちにむけた。人工衛星から撮影した鮮明なカラー写真で、北方領土から沖縄の先島諸島《さきしま》まで、日本の全領土が写っている。日本海をはさんだむこうは朝鮮半島とロシアの沿岸部だと生徒たちに説明しながら、わたしは黒板に経度0度を中心にした世界地図を貼った。

今日のメインは、標準時と時差だ。地球儀を片手に、日本の標準時は東経135度の時刻に合わせていることを確認して、アメリカ、カナダ、ブラジル、インドネシアといった東西に長い国々には一国のなかに標準時がいくつもあると話しながら机のあいだを歩いていくと、菊池《きくち》雅人《まさと》くんと文尚均《ムンサンギユン》くんがふたりで一冊の教科書を見ている。どちらも忘れ物をしたことがないので、わたしは意外に思った。

「どっちが忘れたの?」

小声で聞くと、文くんが小さく手をあげた。文くんは韓国籍で、小学五年生のときに父親の転勤にともない日本に引っ越してきた。幼いうちから日本語を勉強してきたとのことで、読み書きに問題はない。菊池くんとは、小学校からの友だちだという。

空手の有段者で大柄な文くんと、将棋の有段者で小柄な菊池くんは、クラスのムードメーカー的なコンビだ。ふたりともよく発言するし、日直の仕事や掃除もまじめにしてくれるので、とても助かっていた。

ふと目が合った菊池くんが、あわてて顔を伏せた。

「どうかしたの?」

わたしが聞いても、なにも答えない。気にはなったが、わたしは黒板に貼った世界地図を指し示しながら、経度何度で一時間の時差が生じるのかをグループごとに考えさせた。正解は、360(度)÷24(時間)=15(度)。つまり、ふたつの場所の経度の差を15で割れば、時差が導きだされる。どのグループも、難なく正解にたどり着いた。

つづいて、日本とイギリスのロンドンの時差を、グループごとに話し合いながら計算させる。すべてのグループが正解したので、わたしは教壇に立ち、日本とアメリカのニューヨークの時差を計算してみせた。生徒たちに質問はないかと聞くと、誰も手をあげなかった。

「それでは、教科書とノートを閉じて、机を戻してください。これから、時差の計算についての小テストをします。三問だけなので、時間は十五分」

「え~、チョー短い」

「まだ、ちゃんとわかっていません」

お決まりの抗議は笑顔で聞きながし、前列の生徒にプリントをくばっていく。生徒たちも観念しているので、プリントを後ろにまわすと、両手を膝においている。

「はい、始め」

教壇から生徒たちをひとりずつ見ていくと、文くんに目がとまった。スラスラ解いているが、どことなくわたしを警戒しているような気がする。もっとも、文くんを意識しているのは、わたしのほうかもしれなかった。

あさって水曜日の三時間目におこなう次回の授業では、「領土をめぐる問題」として北方領土・竹島・尖閣《せんかく》諸島について教える予定でいた。準備は万端だけれど、小学四年生まで韓国で育った文くんがいると思うと、やはり緊張せざるをえない。韓国人にとって、竹島問題は、従軍慰安婦問題とともに決して日本に譲歩することのできない問題だからだ。

先週までの単元は、「世界のさまざまな地域を知ろう」だった。一年三組では、文くんに質問しながら、韓国のひとたちの暮らしぶりを学んだ。ほかのクラスには、親の仕事の関係でフランス、カナダ、インドネシアといった国々で生活していた生徒たちがいたし、おとうさんがガーナ人という生徒もいたので、どのクラスでも授業はもりあがった。

そうした授業をしたうえで、各自一ヶ国を選び、パソコンで調べた内容をレポートにまとめて発表する。学年全体としてレポートのできはよかったし、発表もうまくいき、いままで知らなかった国のことがよくわかったといった感想が多くあがった。

しかし、「領土をめぐる問題」について教えるとなると、国家どうしのシビアな関係についてふれなければならない。領土と領空と領海、それに排他的経済水域においては、そこを領有する国家が唯一の主体として権利を行使する。不法に侵入するものに対しては、武力を用いて排除することも国際法上の権利として認められている。

近代国家制度の根幹をなす重要な概念だけれど、韓国、北朝鮮、中国といった隣国との関係がことごとく冷えこんでいるときだけに、民間人どうしの交流は国と国との対立関係にしばられる必要はないのだということをしっかり伝えていきたいと、わたしは考えていた。

「はい、あと一分」

もう一度、端から順に生徒を見ていくと、菊池くんと目が合った。もう解き終えたようで、筆記具は机においている。さっきはあわてて顔を伏せたのに、今度は訴えるように見てくるので、わたしは小さく頷いてみせた。

「時間です。列のいちばん後ろのひとはプリントを集めてください」

生徒たちに告げて、集められたプリントをまとめていると、一時間目の終了を報せるチャイムが鳴った。

「では、これで終わります」

わたしは生徒たちの礼を受けて扉の手前まで歩いたところで、「菊池くん、ちょっといい?」と声をかけた。

廊下に出て待っていると、菊池くんが文くんと一緒にやってきた。やはり、なにか理由があって、文くんが社会の教科書を忘れたのだ。ただ、一時間目と二時間目のあいだの休み時間は十分しかない。

「昼休みに、小会議室で話しましょうか。一階の、昇降口のむかいにある部屋、わかるでしょ？」

「はい」

ふたりともが返事をした。職員室にしなかったのは、直感的にほかの先生方に聞かれないほうがいいと思ったからだ。

二時間目と三時間目は授業があったが、四時間目は空き時間だった。わたしは三クラスぶんの小テストを猛スピードで採点しながら、六月半ばに文くんのおかあさんと二者面談をしたときのことを思いかえした。

文くんには五つうえのお兄さんがいて、来年韓国で徴兵検査を受ける。その後、約二年間の兵役につく。文くんも、いずれは徴兵検査を受けて兵役につく。両親のあいだでは、将来韓国に戻るのか、このまま日本で暮らすほうがいいのかをよく話すそうだが、まだ結論は出ていないとのことだった。

わたしがたずねたのではなく、文くんのおかあさんのほうから話してくれた。おかあさんの日本語は片言で、助詞や敬語はうまくつかえない。

「サンギュン、あさひ先生、シンライ、してます。マサト、やさしい、よく言います」

「菊池雅人くんのことですね？　おかあさんも、菊池くんに会われたことがありますか?」

「あります。小学校の卒業式、先月の授業参観。小学生のとき、マサト、家来たこと、あります。わたし、少しだけ、話した。とても、いい子」

「そうですね。やさしいし、芯が強い子です」

「シン? なんですか」

もっとわかりやすい言いかたをすればよかったと反省しながら、わたしは胸に手を当てた。

「心のことです。マサトくんは心が強い。サンギュンくんも、心が強い」

わたしのことばに、おかあさんはうれしそうに何度も頷いていた。

気がつくと、赤ペンを持った手がとまっていて、わたしは小テストの採点を再開した。

四時間目が終わり、一年生の教室がある四階まで、また階段をのぼっていく。わたしがこの中学校に配属されて三年目になる。一年目はただただ不慣れで、その日をどうにか乗りきるので精一杯だった。二年目も、一年目と大差はなかった。それが今年度、初めてクラス担任になり、わたしはようやく教員としての自覚を持つことができた。一年三組の担任として、入学式や懇談会で、保護者の方々と接したことが大きかったのだと思う。

中学生は思春期の真っただ中だ。親への反発、友情の深まり、恋愛感情といった、自分でも制御しようがない情動に揺さぶられつづける期間をどう乗りきるのかで一生が決まると言っても過言ではない。

わたし自身、中学時代は、寿退職をして専業主婦におさまった母の生き方が物足りなく思えてならなかった。母が制服のブラウスやスカートにきれいにアイロンをかけてくれるのも、夕食に五品も六品も手作りのおかずを並べるのも、いやでいやでならなかった。家事は大雑把でいいから、母が社会で活躍する姿を見たいと思ったのだ。へそを曲げると、わたしは二、三日口をきかなかったので、母はさぞかしストレスだったにちがいない。

そうした厄介な年ごろの中学生たちと、その保護者のために教師ができることは、授業に全力をそそぎ、どの生徒にも公平に接することだ。そのためには心身ともに健康でいなければならない。一年三組の担任になってから、わたしは手洗いとうがいを欠かさないようになった。些細な努力だけれど、年長者が自覚を持ってふるまうことで、生徒たちの成長をうながしたい。

わたしは校舎の階段を一段一段のぼっていった。文くんと菊池くんのことも気になるが、まずはクラスのみんなと楽しく給食を食べようと言い聞かせて、わたしは一年三組の扉を引いた。

「ごちそうさまでした」

日直の生徒につづいて言うと、わたしは食器を片づけて教室を出た。すたすたと廊下を歩き、足早に階段をおりていく。一階の端にある小会議室の前まできて、鍵を差しこもうとすると、菊池くんと文くんがあらわれた。きっと、わたしのすぐ後ろを歩いていたのだ。スレていないというか、こどもっぽいというか、中一の男子はまだかわいいと思いながら、わたしは扉を開けてふたりを部屋に入れた。

「ここにしましょうか」

ふたりとむきあうように机を動かしながら、わたしは文くんが地理の教科書を持っているのに気づいた。しかも、指を頁のあいだに挟んでいる。

「あら」

思わず声が出てしまい、文くんがうつむいた。

「ごめんね、反応がおばさんぽくて」

わたしがおどけても、文くんはくすりとも笑わなかった。

「どうぞ、かけて。そして、教科書を持ってきていたのに、菊池くんに見せてもらっていたわけを話してください」

文くんは立ったまま、何度もまばたきをした。これでは、わたしもすわれない。

「あの……」

文くんが教科書の、指で挟んでいた頁を開いた。右頁なかほどの二行が、黒いインクで塗りつぶされている。

わたしは息を呑んだ。その二行は、竹島は日本固有の領土であるが、韓国が不法に占拠していると記述した箇所だ。わたしはその頁を開いたまま教科書をうけとって机におき、椅子にすわった。文くんと菊池くんもすわった。

「あなたが、自分でここを黒く塗ったの？」

文くんに聞くと、「そうです」と返事があった。

「いつ、塗ったの？」

「金曜日の夜です。地理の授業中に、ここに書いてあることを読んで……」

家に帰ってから竹島問題についての記述を読みかえした文くんは、怒りにまかせて黒いペンで塗りつぶしたのだという。

「おうちのひとには見せたの？」

「見せていません」

その返事を聞いてホッとするのと同時に、わたしは菊池くんの顔を見ていた。

「今朝、うちの前でサンギュンを待っていたら、やってくるなりカバンから教科書をだして、この頁をぼくに見せたんです。黒く塗られていたけど、竹島についてのところだということはわかりました」

菊池くんは自分より頭ひとつ大きい文くんをチラッと見あげて、さらにつづけた。

「許せないことが書いてあったから黒く塗ったと言うので、あさひ先生やクラスのみんなに見つからないように、教科書を忘れたことにしようと言いました。でも、忘れ物がつづくと、サンギュンが注意されるかもしれないから、どうしたらいいんだろうと考えたんだけど、わからなくて……」

菊池くんの顔がみるみるゆがみ、両目から大粒の涙がこぼれた。それに気づいた文くんは唇を噛むと、右手の拳で自分の腿《もも》を二度三度と叩いた。本気で心配してくれる友だちの気持ちを知って、どうしていいかわからなくなったのだろう。

「やめなさい。ダメよ、そんなことをしちゃ」

わたしは抑えた声で言った。文くんは両手を机のうえにおいたが、胸を上下させて荒い息をついている。菊池くんは、ハンドタオルで涙をふいている。

わたしは文くんに、どうして菊池くんに黒塗りした教科書を見せたのかを聞きたかった。文くんは、菊池くんがどんな反応をすると思っていたのだろう。それとも、なにも予想せずに、ただ見せてしまったのだろうか。

ふたりと話す場所を職員室にしなくて本当によかった。このご時世だ、どこから情報がもれないともかぎらない。神奈川県内の公立中学校に通う韓国籍の生徒が教科書の竹島問題に関する記述を黒く塗りつぶしたことがネット上に投稿されたりしたら……。最悪の場合、文くんの一家が日本にいられなくなるかもしれない。

　頭のなかで思いがめぐる。

「予備の教科書を貸してあげるから、つぎの授業からそれをつかいなさい」

　文くんよりも菊池くんのほうが安心したようで、はなをすすりながら笑顔になった。

「この教科書はどうする？　あなたがそのまま持っていてもいいし、先生があずかってもいいけど」

　わたしは教科書のむきを一八〇度変えた。文くんは、自分が黒く塗った箇所をじっと見ていたかと思うと、教科書を閉じて、となりにすわる菊池くんの前においた。

「えっ？」

　菊池くんは思わず声をだしたが、文くんにわたされた教科書を両手で持った。

「それじゃあ、この件はこれでおしまい。文くん、地理の教科書は用意しておくから、放課後に職員室までとりにきて」

　早口で言ってわたしが立つと、ふたりもあわてて立ちあがった。

「ありがとうございました」

　身長が十五センチはちがう文くんと菊池くんが並んで歩く後ろ姿を見送りながら、わたしは胸がふるえていた。まさか、文くんが菊池くんに黒塗りした教科書をわたすとは思ってもみなかった。それほど、菊池くんのことを信頼しているのだ。そして、菊池くんも文くんの気持ちをしっかり受けとめた。

わたしの脳裏には崔《チェ》さんの姿が浮かんでいた。中学二年生の二学期に転校してきた、両親が韓国籍の在日コリアンだという女子生徒は、初日の自己紹介で国籍の選択に関する問題を硬い表情と攻撃的な口調で訴えて、クラスのみんなを敵にまわした。担任教師や教頭も、崔さんの主張に理解を示そうとはしなかった。

たしかに、崔さんの態度はかたくなだった。それでも、誰かに理解してほしいと思ったからこそ、新しいクラスメイトにむけて、自分が直面している困難を訴えたのだ。しかし、あのとき、わたしは崔さんに手を差し伸べることができなかった。

あの日から今日までのあいだに、崔さんは信頼に値するひとに出会えただろうか。ひとり残された部屋で、わたしは十年以上前の出来事を思いかえした。崔さんのような生徒も笑顔で学校生活を送れるようにするために、わたしは中学校の教師になったのだ。

どうか、この学校で生徒たちが送る日々が実り多いものでありますように。そして、「博多の伯母さん」に導かれた久山さんとの結婚が愛情にあふれたものでありますように。

わたしは胸のうちで祈りながら、窓の外に広がる青空を見あげた。

7 誕　生

香里《ヒャンリ》を弔った日の夕方、清作は多摩川《たまがわ》にたどり着いた。川崎の朝鮮人町は目と鼻の先だが、香里との思い出がつまった場所に戻るのはあまりにつらい。洪《ホン》とその家族の安否は気がかりだったが、やはり筑波山に行こうと、清作は決めた。

川岸の手前にある神社の境内では、四、五十人のひとたちが筵《むしろ》のうえに布団を敷いて休んでいた。きのうの地震で家を失ったのだろう。赤ん坊を抱く母親は髪も着物も煤けていて、そばにすわるこどもたちは腕や足に膏薬《こうやく》を貼り、包帯をしている。

こちらに気づいた母親に、清作は、一夜この境内で休ませてもらいたいと頼んだ。すると、神主だという固太りの男が出てきて、胡散《うさん》くさいものを見るような目をむけてきた。陳《チエン》の召使いと交換したシャツを着ているので、よけいに疑われたのだろう。

「少なくて申しわけありませんが、これを」

清作は小さく折りたたんだ一円札を握らせた。とたんに神主はそばにいた奥さんに言いつけた。

「おい、おまえ。粥と茶を」

タスキをかけた奥さんは、すぐに粥をよそった丼と茶の入った湯飲みを持ってきて、清作は礼を言った。

いつまでもこのシャツを着ていたくなかったので、清作は神主に余分な着物があったら売ってもらえないかと頼んだ。お礼にこのシャツを差しあげるというと、喜んだ神主は粥をもう一杯くれた。靴もワラジにはき替えた。

日が沈み、清作は貸しだされた座布団を地面に敷いて、サクラの木に寄りかかった。ひどく疲れていたが、神経が高ぶって、物音で何度も目を開けているうちに空が白んできた。

夜明けを待たずに神社を発ち、鉄道の橋を歩いて多摩川を渡る。東京の被害も凄まじく、家々は残らず焼け落ちて、原形をとどめている建物はほとんどなかった。線路のレールも大きくゆがみ、土台がところどころ崩れている。これでは当分のあいだ列車は走れない。

一面の焼け野原を線路に沿って歩くうちに、東京駅が見えてきた。二年前、陳の自動車で浅草見物に来たとき、清作は香里と並んでドーム型の屋根を見あげた。

一帯のビルはことごとく崩れ落ちているのに、煉瓦造りの壮麗な駅舎だけが変わらぬ威容を誇っている。帝都の象徴として、よほど頑丈に造ったのだろう。駅舎は救護所になっているらしく、担架にのせられたひとがつぎつぎ運ばれてくる。清作は今一度ドーム型の屋根を見あげて、先を急いだ。

焼けだされたひとびとは、われ先に故郷に帰ろうとしていた。日暮里《にっぽり》駅からは高崎《たかさき》方面にむかう列車が出ているとのことで、駅の周辺は大混雑だった。常磐《じょうばん》線は、東海道線と同じく線路が損壊しているとのことだった。

清作は水戸《みと》街道を北にむかった。列になって歩くひとびとの多くは、大きな風呂敷包みや背嚢を背負っている。布団や簞笥を積んだ大八車を引いているひともいる。家族づれもいれば、ひとりで歩いているひともいる。誰もが押し黙り、疲れきった足を一歩一歩進めている。

松戸《まつど》、我孫子《あびこ》、取手《とりで》といった町では炊きだしをしていたので、空腹に悩まされることはなかった。夜は、罹災《りさい》したひとたちとともに、学校の校庭で休んだ。

大地震から三日後の朝、清作は牛久《うしく》の先で水戸街道をはずれて、筑波山にむかった。こどものころに浮世絵で見た霊峰の姿がさらに大きくなっていく。

筑波山神社へとつづく参道にさしかかると、鳥居の手前にある小屋から金鎚を打つ音が聞こえてきた。むこう鎚をつかわずに、鍛冶がひとりで打っている。しかも、鎚音がいたって軽く、チンテンチンテンと高い音がする。大きく厚いものほど強く打つから、よほど小さなものを打っていることになる。いったいなにを打っているのだろうと思いながら、清作は鎚音がやむのを待って戸を叩いた。

「誰だ」

かえってきた声にはおちつきがあった。

「美作《みまさか》で修業した鍛冶で、馬橋清作と申します」

清作は思わず本名を名乗った。

「まあ、入れ」

「失礼します」

清作は戸を引いた。鍛冶小屋のなかはうす暗くて、すぐには目が慣れない。しかし、むこうはこちらがよく見えるらしい。

「立派なからだをしているな。美作とはまた遠いが、まさか真っ直《ま》ぐ《す》ここにやってきたわけではあるまい」

清作にも相手の姿が見えてきた。低い椅子に腰かけた男は白髪を束ねていて、筑前の古賀よりさらに年上だろう。かつて小松で見かけた儒学者のようだと、清作は思った。

「馬橋と言ったな。おまえはどうしてここにきた」

「横浜で……」

香里を亡くした悲しみが胸をつき、清作はことばがつづかなかった。

「さては地震にあったのか。横浜も東京も火の海で、焼け野原になったというが」

男は清作の目をじっと見て、さらに言った。

「鍛冶と名乗ったからには、金鎚を打つつもりで戸を叩いたのだろう。ワシは、これを打っている」

男が二本の指でつまんだのは、長さ三寸（約九センチ）ほどの釘だった。

「ワシは宮大工だ。しかし、満足のいく釘を打つ鍛冶がいないので、自分で釘を打っている。おまえは、なにを打ってきた」

鍬にツルハシに包丁だと、清作は答えた。

「どれも上等に打てるなら、大した腕前だ。しかし、釘は釘で難しいぞ」

男は金床の釘にむけて金鎚をふるった。無造作に打っているようでいながら、ひと打ちひと打ち微妙に加減を変えていて、清作は目を見張った。

「釘は一度打ちこまれたあとは、柱や梁《はり》のなかにずっと隠れている。釘さえもてば、社《やしろ》も祠《ほこら》も門も千年はもつ」

「千年」

清作はつぶやいて、背嚢を土間においた。

「お名前をお聞かせください」

「守田平助《もりたへいすけ》。もとは、ここにあった寺の小僧だった」

金鎚を打つつもりで戸を叩いたわけではなかったが、清作は釘を打ってみたいと思った。鍬もツルハシも包丁も、求められるのは鋭さだ。つまり、出来はすぐにわかる。それに対して、釘の出来不出来は百年や二百年ではわからない。自分がこの世からいなくなったあとも、釘は建物を支えつづけるのか。それとも思いのほか早く錆《さ》びて、社や祠や門の寿命を縮めてしまうのか。どうすれば、千年もつと確信できる釘を打てるのか。

清作が背嚢から金鎚をとりだすと、守田にとめられた。

「そう急《せ》くな。今日はこの一本でしまいだ。今夜は、ワシの家に泊まるといい」

金鎚をしまった清作は火床《ほど》のしまつを手伝った。飯を炊く竈《かまど》くらいの小さな火床で、釘を打つためだけにこしらえたのだろう。守田の家は半町（約五十五メートル）ほど離れた畑のなかにあるという。

その晩、守田は自分の半生を語った。筑波山には、かつて中禅寺《ちゅうぜんじ》という豪壮な寺社があった。ところが、御一新によって成った新政府が進めた廃仏毀釈によって、大御堂《おおみどう》をはじめとする由緒ある伽藍《がらん》がことごとく破壊された。僧侶たちのなかには、仏像や仏具を盗み出して姿をくらますものもいたので、守田は怒りにふるえた。

世をはかなんで山伏《やまぶし》になった守田は、出羽三山《でわさんざん》で修行を積んだ。人里離れた深山に隠《こも》り、ときには夜を徹して険しい峰々を歩く。滝に打たれ、ご来光に手を合わせるうちにわかってきたのは、山そのものが神であり、仏であるということだ。

五年を経て筑波山に戻ると、おりしも拝殿を建立するという。幼いころから親しんだ山を祀《まつ》りたいと思い、守田は宮大工の親方に弟子入りした。以来五十年、筑波山神社をはじめ、近隣の神社の社や祠や門を造ってきた。妻はすでに亡くなり、こどもには恵まれなかった。食事は筑波山神社の小使いが届けてくれるという。


守田の家には泊まらず、古びたランプを借りて鍛冶小屋に戻った清作は夜更けに起きだして背嚢を背負った。静かに戸を開けて、ランプを片手に筑波山の山頂を目ざす。守田によると、木の枝に巻いてある白布を目印にしていけば、三時間たらずで着くという。山に入るのは、美作で鍛冶屋の小僧たちと栗《くり》やキノコをとりに行って以来だった。しかも夜中とあって、清作はランプをかざして山道をおそるおそる登っていった。

ところが、筑波山は思っていたほど険しくなかった。難なく山頂に着いた清作はランプの火を消して、星空を眺めた。

やがて東の空が明るくなり、海から昇った太陽がゆらめきながら陸地を照らしていく。大地震の翌日、コモにおおわれた香里に語りかけながら大八車を引いていたときにも、朝日が昇った。

「だめ」

香里が最後に発したことばが耳によみがえる。

「おンしは、どうして……」

ひとり山頂に立った清作は滂沱《ぼうだ》の涙を流した。ひとしきり泣いたあと、朝日が差しこむ山道をくだりながら、清作はときどき足をとめて、木々の葉ずれや小鳥の鳴き声に耳をすまし、小さな草花に見入った。

麓の鳥居の手前にある鍛冶小屋には守田がきていて、ともに朝餉《あさげ》をした。

「これは中禅寺の大御堂につかわれていた釘だ。寺の縁起によると、一千百年ほど前に建立されたというから、この釘も同じころに打たれたのだろう。手本にするといい」

守田にわたされた三本の釘は七寸、五寸、三寸の長さで、長いものほど太い。表面には厚い錆《さび》がついているが、小刀で削ると銀色に光る生地があらわれた。その輝きは、清作がかつて見たことのないものだった。玉鋼《たまはがね》に近い良質の鉄をよほど丹念に打ったのだろう。

清作は釘の元になる鉄の棒を火床に入れた。細いのですぐに熱が通るが、冷めるのも早い。しかも、強く打つとつぶれてしまう。だからといって、打ち方が軽ければ、鉄が鍛えられない。

二時間、三時間と打ちつづけるうちに、清作はコツをつかんできた。ただ、この釘が千年ものあいだ社や祠を支えるのかと思うと、どれほど打っても打ちたりない気がする。丸一日かけて打ちあげたのは、長さ五寸の釘一本だった。

「うむ、よくできている」

矯《た》めつ眇《すが》めつ見ていた守田は清作が打った釘を油紙で丁寧に包み、木箱に入れた。聞けば、すぐにつかうわけではなく、五十年か百年先に拝殿を修繕するときのために釘をためているそうだ。

「老い先短いワシひとりでは大した数を打てないと思っていたところに、おまえがきてくれた」

守田は数珠を手にして真言を唱えた。

その晩も、清作は夜のうちに起きだして山頂に登った。ぶ厚い雲がかかっていたが、朝日は雲を突き抜けてあらわれた。あかね色に染まった雲が美しく、清作は香里の頬やくちびるを思い出して涙にくれた。

川崎の洪にむけて手紙を送ったのは、筑波山に来て五日目だった。おりかえし守田の家に封書が届いたが、清作は読むのがこわくて封を切る手がふるえた。

〈チョンさん、ぼくの家族は全員生きてるよ。〉

最初の一行を読むと、清作はその場にへたりこんだ。朝鮮人町の家々は、銭湯も含めて、地震のゆれで一軒残らず倒れたが、火事の被害はそれほどでもなかったという。

「どうした？」

守田に聞かれて、清作は手紙を見せようとした。

「いや、やめておこう」

手を引いた守田が一歩さがった。

「おまえの打つ釘は素晴らしい。ワシには、それで十分じゃ」

守田は毎夕欠かさず鍛冶小屋にあらわれて、その日清作が打った釘を前に真言を唱えた。


やがて十月も下旬になり、星行《せいこう》するには冷えこむようになった。それでも清作は小雨くらいなら山に登った。すっかり慣れて、筑波山の麓にある鍛冶小屋から山頂まで二時間もかからない。

一日に二、三本だった釘が、五本六本と打てるようになったある日、いつものように夜中に起きだした清作がランプに火を灯すと、鍛冶小屋の戸が叩かれた。

「清さん、おれだ」

幸三郎さんの声だった。

「いま、開けます」

清作はおどろきもせずに、心張り棒をはずした。いずれ幸三郎さんが訪ねてくるのはわかっていた。日本を救うために金を稼ぐと言って南米に渡ったのだから、横浜や東京を壊滅させた大地震の報に接して帰国しないはずがない。清作の居所は洪に聞けばわかる。

開けた戸の外には、なつかしい偉丈夫の姿があった。

「清さん。久しぶりだな」

外国製らしい明るいランプをさげた幸三郎さんは鼈甲縁《べっこうぶち》のメガネをかけて、上等な仕立ての上着に襟巻きを巻いている。鞣《なめ》し革《がわ》の手袋をして、足元は編みあげ靴だ。用意周到な幸三郎さんのことだから、あらかじめ守田のところにひとをやり、こちらのようすを聞いたのだろう。

「いつ、日本に？」

そうたずねながら、清作はやはり夜中に筑豊炭鉱の鍛冶小屋にあらわれた幸三郎さんを化けたキツネかタヌキだと思って飛びかかったことを思い出した。あれからもう七年になる。かなうなら、香里と一緒に幸三郎さんを迎えたかった。

「十月一日に神戸港に着いた。チリのバルパライソを発ったのが九月十七日。サンフランシスコ経由で、ちょうど二週間かかった。もっと早く帰ってきたかったんだが、したくに手間取って、出発がおくれたんだ」

神戸港には古賀がきていたという。幸三郎さんとともに南米に渡った末の子の小次郎を迎えるためだ。

「お元気でしたか？」

「ああ。爺やが、清さんにくれぐれもよろしくと言っていたよ。一度、鍬の先がけをしにきてほしいそうだ。洪も、早く川崎に帰ってきてほしいと言っていた。洪のかみさんも、こどもたちも、チョンさんに会いたくてしかたがないそうだ」

そこで幸三郎さんは、わずかに間をおいた。

「ヒャンリのことは、洪から聞いた。かわいそうなことをしたな……」

清作は黙ってワラジをはき、背嚢を背負った。鍛冶小屋の外に出ると、空には昨夜よりもさらに大きな月がかかっている。これならランプがなくてもこまらない。清作は山にむかってかけだした。

「おい、清さん」

清作はけっしてふりかえらなかった。自分でもどうしてこんなことをしているのかわからないが、手足が勝手に動いて、急な山道をうえへうえへと登っていく。

山頂に着いて汗をぬぐっていると、しばらくして幸三郎さんがあらわれた。

「おれだって、柔術や剣道の稽古を怠りなくつづけているが、いや、大したものだ」

息を切らしながら、幸三郎さんはランプを地面におき、襟巻きをといて、顔をあおいでいる。やがて月が西に沈み、暗かった東の空が明るくなってきた。

「のう、幸三郎さん」

ヤマの鍛治小屋にいたときに身についた筑豊のことばが清作の口をついた。

「小松の浅間屋で、徴兵から逃げて馬橋の家を出ると言ったとき、幸三郎さんはそれは天涯孤独の無宿人になることだと言った。ところが、家を出ても、無宿人にはならンかった。兄の追っ手がいつ来るかと思うとおそろしかったが、美作でも、川崎でも、幸三郎さんに行けと言われた先には、ワシをかくまってくれるひとたちがいた。自分の考えで逃げて行ったつもりの筑豊炭鉱でも、古賀の爺やと小次郎にしっかり見守られとった。恩知らずにもほどがあるが、それがずっと悔しゅうてならンかった」

幸三郎さんは、清作の話が聞こえたのか聞こえなかったのかわからないような顔で東の空を見ている。朝日がわずかに顔を出すと、瞑目《めいもく》して手を合わせた。

「清さん。清さんはもう徴兵逃れじゃない」

意味がわからず、清作は目を瞬《しばたた》かせた。

「おれは十月一日に神戸港に着いたと言ったよな。今日は十月二十五日だ」

日本に着くと、幸三郎さんは知己を訪ね、東京や横浜の被害状況を見てまわった。そのうえで政府の要人と会って復興計画の概要を聞き、意見も述べて、鉄鋼をはじめとする資材の提供と義捐金《ぎえんきん》五万円の寄付を約束した。小松や金沢にも行き、石川県知事や議会の有力者と会って、病院の建設や学校教育の充実について話し合ったという。

「単刀直入に言うと、清さんの兵役は免役になった。県知事に頼んで内々に書類を改竄《かいざん》してもらい、馬橋清作を戸主とする分家を立てた。だからもう、隠れて生きていく必要はない」

あまりに思いがけない話だった。

「清さんに了解してもらってからにしようかと思ったんだが、そう時間があるわけでもないんでね」

幸三郎さんは明日には名古屋にむかう。数日で東京に戻り、十一月半ばに日本を発つとのことだった。

「兄は、反対しなかったんですか？」

清作はたずねた。

「栄作さんは朝鮮にいる。咸鏡北道《ハムギヨンブクト》という北方の、ロシヤ帝国改め、ソビエト社会主義共和国連邦と境を接した地域の学校で校長をしているそうだ」

内地にいては出世の見こみがなかった栄作は四年前、朝鮮に渡った。山間部の小中学校で教育にたずさわっていて、むこうで知り合った日本人女性と結婚した。生活は楽ではないようで、とうぶん小松に帰ってくることはないと思われる。

そうした事情をつぶさに調べたうえで幸三郎さんは県知事を介して馬橋本家の伯父と会い、金で話をつけたとのことだった。

「大戦景気のときは株でかなり儲けたらしいが、それも大暴落で吹き飛んで、去年裁判所から破産を宣告されたそうだ。御当主は見る影もなかったよ」

尾羽打ち枯らした伯父一家のようすを聞いて、清作は気持ちが沈んだ。

「清さんはいつまでたってもお人好しだな。わかっているのかい。これで、徴兵逃れで捕まることはないし、馬橋清作という名前を堂々と名乗れるんだぜ」

清作は眼下に広がる関東平野を眺めた。このふた月近く、ほぼ毎日山頂に立ち、香里を思ってきた。朝日は日ごとにようすを変えて美しく、千年の先までもてよとの思いをこめて釘を打ちながらも、清作は筑波山に閉じこめられたような気がしていた。それが、自由に、どこにでも行けるのだ。

日の出は、清作の目にかつてなくあざやかに映った。

「清さん、これからどこでなにをする?」

真っ先に頭に浮かんだのは洪の顔だった。朝鮮人町の若者にこれまで培った技術を伝えて、一人前の鍛冶にしてやろう。

「悪くはないが、もっと大きな仕事をしないか」

くわしいことは山をおりてから話そうと、ふたりは山頂を離れた。麓までくると、黒塗りの箱形自動車が停まっている。こちらに気づいておりてきた運転手は、筑前の古賀とよく似ていた。

「ひょっとして、小次郎」

清作がつぶやくと、「そうだ」と幸三郎さんが答えた。

「父と兄、それに村のものたちが世話になりました」

小次郎は折り目正しく頭をさげた。そのまま自動車でむかったのは土浦《つちうら》の料亭だった。広い座敷でさしむかいになり、清作は幸三郎さんにビールをすすめられて、あらためて再会を祝した。小次郎は、この時間を利用して自動車の整備をしている。

「清さん。これをおぼえているかい？」

幸三郎さんに手渡された風呂敷包みのなかは、詰め襟の制服だった。十三歳で小松を発ったときに身につけていたもので、広げた上着とズボンの小ささに、清作は胸がつまった。

「積もる話も、仕事の話もあとにして、まずは食べよう」

幸三郎さんは腹がへっているようで、上着を着たまま白米をぐいぐいかきこんだ。清作より三つうえだから、今年で三十二歳になる。結婚していてもおかしくないが、そんなことを聞いてもいいのだろうかと思いながら、清作も箸を進めた。

「やあ、うまかった。仲居さん、濃いめにいれた煎茶をくれませんか」

仲居が座敷からさがると、幸三郎さんが上着を脱いだ。左脇には革製のナイフケースがさげられていて、そこから抜かれたのは紋様が浮かんだ刃渡り五寸の小刀だった。二年前、できるだけ刃を薄くという依頼主の注文を受けて清作が打ったものだが、まさか幸三郎さんの懐におさまっているとは思ってもみなかった。

「護身用に、肌身離さず持っている。このまま研鑽を積んでいけば稀代《きたい》の刀工にだってなれるかもしれないが、清さんに刀剣は似合わないと思うんだ」

幸三郎さんは小刀を革のケースにおさめて上着を着た。

「失礼いたします」

盆に急須と湯飲みをのせてあらわれた仲居がさがるのを待って、幸三郎さんが話しだした。

「おれはこれまでに、チリ政府と共同で四つの鉱山を掘り当てた。鉄鉱石の山がふたつに、銅と錫の山がひとつずつ。まったく、李《リ》の眼力はすごいもんだ」

ほかにも目星がついている山が五つ六つあって、そのうちのふたつは銀山だという。

幸三郎さんは日本で金属加工をおこなう事業を興そうと考えている。八幡や釜石《かまいし》、それに横須賀《よこすか》にも製鉄所はあるが、鋳造された鉄を加工する技術はお世辞にも水準が高いとは言えない。そこで、鉄を中心に、その他の金属についても研究を重ねて、質の高い鉄鋼や合金を製造していく。ただし、戦艦や戦闘機を造ろうというのではない。その逆で、日本の金属加工業を牽引《けんいん》する会社を経営することで、競って軍備拡張をもくろむ陸軍と海軍に対して抑制的な影響力を行使していきたいとのことだった。

「欧羅巴やアメリカで厭戦《えんせん》思想が広まっているいまこそ、日本政府は明治以来の強兵政策を転換して、国際協調を実現させるために各国に働きかけていくべきなんだ」

幸三郎さんはチリに渡ったあと、アメリカ合衆国や大戦終結後の欧羅巴にも行った。フランスやドイツでは、戦勝国も敗戦国もない甚大な被害を目の当たりにして、二度と国対国の総力戦を起こしてはならないと考えるようになったという。

末は大臣か大将かと言われていたが、幸三郎さんはそれに匹敵する存在として日本を導こうとしているのだ。清作は誇らしさと感激で胸がいっぱいになった。

「そこで、ぜひ、清さんの力も借りたい」

「えっ？　いったい、なんの役に……」

啞然《あぜん》としてつぶやくと、幸三郎さんが呆《あき》れた顔で言った。

「これだからいやになる。清さんほど見事に鉄をあつかう鍛冶が、いまの日本にいるものか」

しかし、金鎚で鉄を打ってほしいわけではない。鍛冶としての豊富な経験を学問によって裏づけて、金属加工技術を高めるのに一役買ってもらいたい。ついては、東京帝国大学の塚本《つかもと》教授に特別講義をしてくれるよう頼んだ。帝大は現在、地震による非常事態で講義をすることもままならず、こころよく引き受けてくれたという。

「塚本教授の住まいは浦和《うらわ》でね。おれたちは大宮公園《おおみやこうえん》の旅館に泊まっているから、ちょくちょく会っているんだ。清さんが打ったこのナイフを見せたら、どんな鉄を材料にして、どうやって打ったのかをぜひ聞きたいって、興味津々だったよ」

幸三郎さんは上着のうえから左胸を叩いた。帝大教授に教われるとはありがたいかぎりだが、すぐに出ていっては、ふた月近くも世話になった守田に申しわけない。それに、またしても幸三郎さんに行き先を決められてしまう。

「さっき山頂で、清さんは、おれの言いなりになってきたのが悔しいと言ったよな」

やはり、しっかり聞いていたのだと思い、清作は穴があったら入りたかった。

「その気持ちもわからなくはないが、おれだって順風満帆だったわけじゃないし、清さんに随分教えられたんだぜ」

近眼が急に進み、海軍兵学校の入学試験を身体検査で落とされた悔しさについては、美作に届いた手紙につぶさに書かれていた。しかし、幸三郎さんに教えたことなどなにひとつない。

「清さんが小松を発って二年が過ぎたころ、爺やが東京までやってきて、清さんが打った備中鍬を見せながら、それはそれはうれしそうに話すのさ」

古賀は、美作の親方が清作をさかんに褒めていたと言い、自分で見た清作の仕事ぶりを語った。朝は、誰よりも早くに起きて水汲みなどのしたくをし、日中は親方や兄弟子のむこう鎚をひたすら打つ。さらに、夕飯のあとも、夜更けまでひとりで鍬を打っている。その熱意と体力には、古賀も舌を巻いた。

「『うかうかしていると清作におくれをとりますぞ』って、爺やにしかりとばされてね。浪曲にはまって、寄席通いをしていたおれは一言もなかった」

その後、幸三郎さんは鉄道敷設のために朝鮮に渡った。古賀からの手紙には、いつも清作のことが書かれていた。チリに届く洪からの手紙にも、清作がいかに苦心して屑鉄から包丁を打っているか、そして朝鮮人町のひとたちからどれほどしたわれ、感謝されているかが書いてあったという。

「おれは気宇壮大なことばかり考えてきたからな」

幸三郎さんがふっと息を漏らした。

「海外雄飛と言えば聞こえはいいが、いかなる理由であれ、故国を離れるのは、しあわせな生き方ではないよ。生粋の商人なら、ちがうのかもしれないが」

鉱山の開発で大成功をおさめて、日本政府から助力を求められるまでになっても、金鎚ひとつで苦境を生き抜いてきた清作にはかなわないと思っているのだと、幸三郎さんは胸のうちを明かした。

しかし、清作にしてみれば、鍛冶は徴兵から逃れるためにやむをえずついた仕事にすぎない。それに幸三郎さんの助けがなければ、とっくに兄の追っ手に捕まるか、野垂れ死んでいただろう。ただ、美作でも、筑豊でも、川崎でも、一生懸命に働いて、骨のあるひとたちとつきあえたのはしあわせだった。なにより、香里と所帯を持てた。

目頭が熱くなった清作がおしぼりで顔をふいていると、「若」とふすまのむこうで小次郎が呼んだ。

「いつでも出られます」

幸三郎さんが座布団から腰を浮かせた。

「清さん。例によって急かせて悪いが、このまま浦和に行こう」

守田にはことわってあると言われては、大人しくしたがうしかない。それに、夜明け前に幸三郎さんが鍛冶小屋にあらわれたときから、清作は筑波山を離れる覚悟をしていた。

「すみませんが、少し寝かせてもらいます」

自動車の座席にすわると、清作は背嚢を抱えて目をつむった。

「では、出発します」

小次郎が言って、自動車が走りだした。

「もう、なにもおそれなくていいのだ」

清作は胸のうちで自分に言い聞かせた。

「これでヒャンリさえ生きていてくれたら」

そう思ったとたん、悲しみが堰《せき》を切り、清作は身も世もなく嗚咽した。

「清さん、起きてくれ」

幸三郎さんに肩を叩かれて、清作は目をさました。あと小一時間で浦和に着くので、塚本教授のことを話すという。

「今日から下宿するんだから、そのつもりで聞いてくれ」

塚本教授は当年五十歳でドイツ留学の経験があり、冶金学《やきんがく》の権威と言われている。鉄鋼の研究については世界の最先端にいると言っても過言ではない。

「そう身がまえなくていいよ。教授は横暴なお兄さんに苦労させられてきたっていうから、清さんと気が合うと思うんだ」

東洋経済新報の記者に戦争嫌いの帝大教授がいると教えられて訪ねてみたところ、すぐに意気投合したという。

「まずは半年、しっかり勉強してくれ。その後については、いずれ手紙を送る。それから、清さんとおれの経歴については、ありのままを伝えているものもあれば、まるきり話していないこともある」

清作の家庭環境と徴兵逃れをするに至ったいきさつ、それについ最近免役された件については、事実を話した。ただ、美作、筑豊のあとは、川崎を飛ばして筑波山に行ったことになっている。つまり、和歌山港から乗ったカツオ船は銚子《ちょうし》港に着いて、清作は筑波山麓にある鍛冶小屋で刃物や釘を打っていた。〈地獄〉の爆破と朝鮮人町での暮らしについては、いっさい話していない。

「塚本教授は素晴らしいひとだが、日本が朝鮮を併合したのはやむをえなかったと思っているようなんでね」

幸三郎さんが塚本教授と初めて面会した場には、教授のひとり娘・彬子《あきこ》も同席していた。奥さんは二年前に病で亡くなったという。

「彬子さんは二十四。与謝野鉄幹《よさのてっかん》・晶子《あきこ》夫妻に心酔している。浦和高女を卒業しているそうだから、才女のうちなんだろう。教授としては早く婿をとってほしいようだが、彬子さんはそんな生き方は時代おくれだと、縁談はすべてことわってしまう。もっとも、見合いをしたところで、オカッパ頭に洋服を着た女を娶《めと》りたいと思う男はそうはいないさ」

幸三郎さんがいやにくわしく話すので、清作はふしぎに思った。すると、小次郎が話に加わってきた。

「若は、その娘に惚《ほ》れられて弱っているんです。妻がいると言っているのに、昨日はとうとう、正妻になれなくてもかまわないので南米につれていってほしいと迫られて」

幸三郎さんが黙れと言っても、小次郎はつづけた。

「けっして若をからかっているわけではありません。若からでは伝えづらいことも話しておかないと、馬橋さんがこまると思ったからです」

半年分の下宿代は払ってあるし、衣類もひととおり買いそろえた。教授の一家は洋装なので、それに合わせたと言われて、清作は幸三郎さんに礼を言った。

やがて自動車は浦和に着いた。塚本教授の家は浦和中学校のそばにある二階家で、出迎えた彬子は本当にオカッパ頭だった。幸三郎さんは、東京でひとに会う約束があるのでと言って、あいさつもそこそこに去っていった。

その日から、清作の下宿生活が始まった。午前中は冶金学の講義を受けて、午後はひとりで数学と幾何学、それにドイツ語を勉強する。そして、毎晩おそくまでドイツ語で書かれた研究書を読んでノートをとる。根を詰めすぎないようにと教授から心配されたが、中学校を一年間で辞めざるをえなかった清作にとって、久しぶりの勉強は楽しかった。

ところが、彬子はそんな清作になにかと口をだした。

「せっかく自由になったんだから、馬橋さんはもっと人間らしく生きなければダメよ」

人間らしく生きるとは、彬子が雑誌『我等』のなかで見つけたことばで、立身出世を目ざしたり、成金になろうとするのではなく、ごくふつうの人間として生きていこうとする態度だという。男性も女性も自由闊達《かったつ》に自我を発揮していくことが大切なので、勉強も仕事もほどほどにしたほうがいいとのことだった。

たしかに机にむかってばかりではからだも鈍《なま》るので、年が明けると、清作は夕方散歩に出るようになった。シャツにズボン、それに革靴という洋装で中山道《なかせんどう》沿いの書店に入り、冬枯れの別所沼《べっしょぬま》で水鳥を眺める。一度大宮公園に行ってみればいいと塚本教授にすすめられた清作は、一月最後の日曜日の朝、女中がつくってくれた弁当を背嚢に入れて出発した。

「日が暮れるまでには戻ります」

そう言って出かけた清作が帰ってきたのは夜の八時すぎだった。

「たいへんおそくなってしまい、申しわけありませんでした」

清作を家に入れると、塚本教授はこんな時間までなにをしていたのかとたずねた。大宮公園なら片道一時間半ほどだ。

「両親が病にかかった一家の看病をしたあとに、鍬の先がけをしていました」

清作の答えを聞いた教授と彬子はキョトンとした。ひょっとして鍬の先がけを知らないのかと思い、清作が説明しようとすると、彬子が笑いだした。

「わたしたちが知りたいのは、大宮公園まで散歩に出かけたはずの馬橋さんが、どうしてその一家の看病や鍬の先がけをすることになったのかよ」

「それは……」

清作は昼前、与野《よの》に入ったあたりで泣きながら歩く女の子を見かけた。顔や着物が汚れているうえに裸足《はだし》だ。心配になってあとをついていった先は鍛冶屋だった。戸の隙間から覗くと、両親が伏せっていて、赤ん坊がか細い声で泣いている。女の子は医者を呼びに行ったのだが、治療費を払うアテがなければ往診はできないと、すげなくことわられて戻ってきたのだった。

しゃくりあげながら、布団からおきられない両親に医者とのやりとりを話す女の子を見ているうちに、清作は居ても立ってもいられなくなった。戸を叩いて家に入ると、むっとしたいやな臭いがこもっていて、急いで障子を開けてまわる。

「あなたは、誰？」

女の子に聞かれた清作は名を名乗り、美作で修業した鍛冶だと言った。

「おとうと同じね。わたしは菊《きく》、歳は五つよ」

利発な菊にむかい、さっき泣きながら歩いているところを見かけたのだと話しながら、清作は布団に横たわる両親に目をやった。ふたりともよほど具合が悪いようで、からだを起こすこともできない。

「朝ごはんは、食べたのかい？」

悲しそうに首をふる菊に、清作は弁当の握り飯を差しだした。菊はもらっていいかと両親に目でたずねた。父親は横になったまま口を動かしたが、声が出ない。母親が頷き、菊は握り飯にかぶりついた。清作は、父親に水を飲ませてから、握り飯をやった。母親にも同じようにしてやり、三つあった握り飯はなくなった。

清作は菊に案内してもらって医者のところに行った。栄養剤の注射が効くはずだが、値段が高いと言われて、清作は治療費を先払いした。さらに、赤ん坊に乳をやる乳母を紹介してほしいと頼んだ。帰り道に米を一升買い、医者が両親を治療しているあいだに清作は粥を炊いた。乳母もやってきて、赤ん坊が乳房に吸いついている。

五日前、父親がとつぜん高熱を出して寝ついてしまい、それが母親にもうつった。近所に助けを求めたが、スペイン風邪ではないかと疑われて、誰も近づこうとしない。先がけを頼まれた鍬を直せば金が入るが、刃金と木炭を仕入れたばかりで蓄えがまるでないという。

清作は、ことわって火床に火をおこした。山積みになった四十本ほどの平鍬を前に金鎚を打ちつづけて、六本の鍬に先がけをした。

「そういうわけで、来週の日曜日も、与野の鍛冶屋を手伝いに行こうと思っています」

話し終えた清作が、あらためて帰りがおそくなったことを詫びると、塚本教授と彬子のほうが恐縮した。

月曜日から土曜日までは勉強にはげみ、日曜日には鍬を直す。三度目に与野に行こうとしてしたくをしていると、菊の一家四人が塚本教授の家にやってきた。父親も元気になり、鍬はすでに直し終えたとのことで、清作はひたすら感謝された。

清作はますます勉強に打ちこんだ。夕方になると散歩に出るが、街のにぎわいは避けて、別所沼や調神《つき》社といった静かな場所で疲れた頭を休める。

浦和に来てから四ヶ月ほどがすぎた三月初めの日曜日に、彬子はいやがる清作を浦和の街につれだした。友人の小俣《おまた》喜美代を誘ったのは、喜美代も清作と同じく人間らしく生きていないからだという。

喜美代は、浦和高等女学校での彬子の同級生だった。ところが、二年生の秋に母親が肺病にかかると、せっかく入学した高女をやめると言いだした。母親の看病に加えて、弟妹の世話をしなければならないからだ。彬子が喜美代の父親にかけあいに行くと、父親も勉強をつづけるようにすすめているという。高女の教師たちもひきとめたが、喜美代の決意をくつがえすことはできなかった。

以来十年、喜美代は母親になりかわって家事をきりもりし、弟妹を育てることに力を尽くしてきた。母親はすでに亡くなり、弟は一昨年大学を卒業して銀行員になった。県庁に勤める父親は、家族の世話はもういいから自分のしあわせを考えろと言っているが、喜美代は五つしたの妹を嫁がせるまでが役目だと言って聞かないという。

駅前で待ち合わせた喜美代と三人で近くの喫茶店に入ると、彬子は清作が与野の鍛冶屋一家を助けた話をした。

「あなたたちは、とてもよく似ているわ。こうして気楽なおしゃべりするのもたまにはいいけれど、早く自分の持ち場に戻りたいと思っているのよ。どう、図星でしょ」

彬子に言い当てられて、丸いテーブルにすわった清作と喜美代はそろってうつむいた。

「勤勉なうえに謙虚なのは、とてもいいことよ。うちの伯父みたいな暴君よりずっとマシ。でもね、週に一度くらいは街を歩いたり、活動写真やお芝居を見たり、おいしいお菓子を食べたりしてくつろがなくちゃ。アメリカでも、フランスでも、ドイツでも、日曜日には誰もが恋人や家族と街を散歩していると思ったら、そんなひとたちを相手に戦争をするのは、自分で自分を攻撃しているのと同じだってわかるはずだわ」

清作は彬子の理屈に感心しながらも、やはり喫茶店でコーヒーを飲んでいるよりは冶金学やドイツ語の勉強をしたいと思った。

「馬橋さんには、喜美代がどう見えて。世のなかで活躍するだけの力がありながら、いつまでも家族の面倒を見ているなんて、もったいないわ」

彬子に聞かれて、清作は喜美代を見た。目が合ったのは一瞬だったが、清作には彼女の気持ちがわかる気がした。

「おかあさまの看病に加えて、弟さんや妹さんの世話をするのはさぞかし難儀《なんぎ》だったと思います。でも、喜美代さんには、するべきことをしているという充実感があったのではないでしょうか。楽しいことだって、少なからずあったはずだと思います」

話しながら、清作の頭を母の面影がよぎった。母はよく夜なべで縫いものをしていた。足袋の穴を繕ったり、着物の尻に布を当てたり。

「あらあら、また破ったの。いいのよ、元気な証拠」

母は小言を言うどころか、うれしそうにしていた。

「喜美代さん」

清作は思わず呼びかけた。

「鍛冶は、一日に何万回も金鎚を打ちます。しかし、二度つづけて同じ鎚音が鳴ることはありません。ひと打ちごとに鉄は鍛えられていき、鎚音がわずかに変わっていくからです。傍目《はため》には、十年一日《いちじつ》のごとく同じ仕事をくりかえしているように見えても、飽きるどころか、金鎚のひと打ちひと打ちから、たくさんのことを感じとっているのです。あなたも、おかあさまやごきょうだいの世話をしながら、たくさんのことを感じ、さまざまに考えてこられたのではないでしょうか」

憑《つ》かれたように清作は語り、喜美代も清作から目を離さなかった。

「馬橋さんが、こんなに雄弁な方だとは知らなかったわ。あなたたちは、わたしが思っていた以上にお似合いね。おつきあいなさいよ」

彬子に言われて、喜美代が顔を真っ赤にしている。

「まさか、喜美代がそんなふうになるとはね。でもね、喜美代。馬橋さんはやさしいだけのひとじゃないのよ」

あわてた清作が真顔で首を横にふったので、調子に乗っていた彬子もさすがに気づいた。

「そうね。歩きながら話しましょうか」

喫茶店を出た彬子は喜美代と並んで歩きだした。清作はふたりから二間（約三・六メートル）ほど離れてついていく。行き先は別所沼らしい。洋装で靴をはいた彬子と、着物に草履の喜美代とでは、足の運びがまるでちがう。彬子のオカッパ頭と比べると、喜美代の髷《まげ》はいかにも重たそうだ。

そんなふたりの後ろを歩きながら、清作は彬子がなにを話しているのか気になってならなかった。日々の夕食のとき、清作は塚本教授や彬子に聞かれて、小松での暮らしや、徴兵逃れとして各地を渡り歩いていたときの出来事をぽつりぽつり語った。

「浅間くんと馬橋くんの人生は、まさに波瀾《はらん》万丈だね。事実は小説より奇なりだ」

「本当。連続活劇よりもハラハラするわ」

教授と彬子は、清作の話をもとに、頭のなかで勝手に想像をふくらませているようだったが、清作はやりきれない気持ちをかろうじて抑えていた。

捕虜となった朝鮮兵が〈地獄〉で受けていたあつかいの過酷さを話したら、教授と彬子はどんな顔をするだろう。張《チャン》によって、監視役だった六人のやくざが殺されて、張自身も爆死したことを話したら、彬子は聞きたくないと言って耳をふさぐかもしれない。

なによりつらいのは、川崎の朝鮮人町ですごした七年間について話せないことだった。洪がいなければ、紋様が浮き出た包丁が生まれることはなかった。香里との暮らしは、清作にとってかけがえのないものだった。塚本教授や彬子はともかく、喜美代には事実そのままを知ってほしい。

清作は、喜美代に惹《ひ》かれつつある自分に気づいておどろいた。同時に、香里に申しわけなくて、その場で足がとまった。

「馬橋さん」

四、五間先で彬子が手招きしている。喜美代はこまったようにうつむいている。道行くひとたちが清作に目をむけてくる。

「馬橋さん、どうしたの？」

もう一度彬子に呼ばれて、清作はしかたなく足を進めた。

夕食の席で、彬子は塚本教授に喜美代と清作のことを事細かに話した。喜美代は本当に清作に好意をいだいているのだという。

「馬橋さんと喜美代を引き合わせたところで、わたしの役目は終わり。おつきあいするかどうかは、自分たちで決めてくださいな」

彬子はあっさり言い、新しく創立される劇団について話しだした。役者をするつもりはなく、劇団の運営を手伝っているのだという。

夕食を終えて清作が部屋にさがろうとすると、塚本教授に呼びとめられた。

「喜美代さんのことは、ぼくもずっと心配していてね。きみとの縁談がまとまるなら、これ以上のことはないと思っている」

教授から喜美代の父親に話してもいいと言われて、清作は答えに窮した。

「長いあいだ、鍛冶小屋に閉じこもっていましたので、少しお時間をいただけませんか」

教授が残念そうに頷いて、清作は部屋にさがるとすぐにドイツ語の勉強を始めた。ところが、ちっとも集中できず、あきらめて床に入っても寝つけない。今度の日曜日は菊の家に行き、金鎚を打たせてもらおうと思いつくと、ようやく気持ちがおちついた。

三月半ばに、清作は塚本教授につれられて釜石に行った。巨大な溶鉱炉や工場の内部を見学しながら、清作はひたすらメモをとり、機械の配置をスケッチした。

浦和に戻ると、チリの幸三郎さんから手紙が届いていた。横浜の戸部《とべ》に用地を確保するメドが立ったので、契約が成立し次第、うつり住んでもらいたいという。

居間で塚本教授に手紙を見せると、「いよいよだね」と喜んでくれた。「じつは、釜石

てほしいと頼んだという。

喜美代の父親は、清作が徴兵を逃れたことを気にしているなら、それは杞憂《きゆう》だと伝えてほしいと頼んだという。

「小保さん自身は長男でもあり徴兵をまぬがれたが、年子の弟さんは甲種合格になった。あとはクジにはずれるのを祈るしかない。その年の確率は二分の一。どうにかしてはずれてくれと、おかあさんとお姉さんが『徴兵よけ』の神社にお百度参りをして、じっさいにはずれたときは親戚一同が涙を流して喜んだと言っていた」

塚本教授も、一高に合格したときは、これで兵隊に行かずにすむという考えが真っ先に頭に浮かんだという。

「みんな、そんなものなんだ。戦地で勇敢に戦った兵隊だって、できることなら殺し合いなどしたくなかったはずだ。自分の命が惜しくない人間はこの世界にひとりもいないと、ぼくは思っている。また、そう言ったからといって、兵隊を侮辱したことにはならない。どうか、喜美代さんの気持ちをくんでやってほしい」

「わかりました。それでは、喜美代さんとふたりきりで話をさせてください」

清作の返事を聞くと、教授はすぐに連絡をとって、喜美代とは二日後の午後一時から小保家で話をすることになった。

彬子につきそわれてむかった岸町《きしちょう》の小俣家では、喜美代がひとりで待っていた。ちょうど彼岸の入りだったので、清作は仏壇に線香をあげた。彬子も線香をあげて、なにか言いたそうに喜美代を見つめていたが、なにも言わずに帰っていった。

ふたりきりになると、喜美代が畳に手をついて、あらためてあいさつをした。

「わざわざお越しくださいまして、まことにありがとうございます。父と妹は、岩槻《いわつき》の親戚の家に行っておりまして、日が暮れるころにむこうを出ることになっております」

「どうぞ、顔をあげてください。それに、長い話になりますので、あなたも座布団を当てて、てきとうに足もくずして、ぼくの話を聞いてください」

清作があぐらをかくと、喜美代は茶をいれてから座布団に正座した。上等な煎茶の香りが部屋にただよう。

「彬子さんから、すでにお聞きでしょうが、ぼくが生まれ育ったのは加賀の小松です。父の名は和作……」

清作は自分が茶屋町の家にいるような気がした。横町を出て、梯川《かけはしがわ》に沿って歩いていくと立派なかまえの浅間屋があり、さらに行けば大橋に出る。やさしい両親に、なぜか反りの合わない兄、そして羽咋《はくい》にいる叔父の一家。

幼いころのことを話しながら、ときおり目が合うと、喜美代は心配そうな顔をしている。そういえば母もいつも心配そうにこっちを見ていたと思いながら、清作はロシヤとの戦争で負傷し、帰国は果たしたものの、小松の駅頭で急死した父のことを話した。

ここで間をおいてはよけいに悲しくさせてしまうと思い、幸三郎さんの手助けで家を出て美作にむかい、鍬を打つ鍛冶屋の小僧として一から修業したことを話していく。

「すみません。厠を借ります」

用をたしているあいだに柱時計が鳴って、二時を告げた。客間に戻ると、座布団の前に水をついだコップがおいてあった。

「ありがとう。ちょうど口が渋くなっていたんだ」

気さくに礼を言った清作にむけて、喜美代が笑顔を見せた。ただし、ふたたび語りだすと、すぐに兄の追っ手があらわれて、美作を出ていくことになったので、喜美代の眉が八の字になった。ヤマの頭領のことも、あやのことも、清作はきちんと話した。そして、炭鉱の鍛冶小屋に幸三郎さんがあらわれて、〈地獄〉の爆破から、古賀の村をへて、カツオ漁船で川崎を目ざしてと、目まぐるしく居場所が変わっていく。彬子が伝えた清作の経歴とは大きくことなっているはずなのに、喜美代は一心に聞いている。

朝鮮人町での香里との楽しかった日々も、清作は隠さなかった。目の前にすわっているのは喜美代なのに、香里にむけて語りかけているような気がしてならない。そして、大地震の日がきた。

「もう気づいているかもしれませんが、ヒャンリが生きていれば、ぼくはこうして彼女のことを話していません。ヒャンリは地震がおきた日の晩に亡くなりました。朝鮮人が攻めてくるというデマに踊らされた自警団員たちと鶴見川の手前で鉢合わせして……」

清作は泣いてはならないと、天井を見あげたり、障子に目をむけたりしたが、トビ口が突き刺さった胸から血を流す香里の姿がよみがえり、こらえきれなくなった。

「そういったしだいで、ぼくはヒャンリを弔いました」

どうにか語り終えたと清作が思ったそのとき、喜美代が静かに涙を流した。

「その背嚢のなかには、ヒャンリさんと、おとうさまがいらっしゃるのですね」

清作は脇においた背嚢に手を添えた。もう逃げなくていいとわかっていても、十三歳で小松を発って以来持ち歩いてきた背嚢を塚本教授の家においてくることはできなかった。

「喜美代さん」

清作が呼んだのに、喜美代はなにも聞こえなかったかのように立ちあがった。

「暗くなってきたので、電気をつけましょう」

うす暗かった座敷が明るくなった。喜美代はそのまま客間を出ていった。清作が柱時計に目をやると、もう五時に近い。二時からあとは、時刻を報せる音も耳に入っていなかったのだと思い、清作は姿勢をくずした。

客間に戻ってきた喜美代は、手炙りの火で番茶を焙《ほう》じた。焙じたての茶はすっきりとして香ばしく、清作は高ぶっていた気持ちが静まっていくのがわかった。

香里が亡くなって、まだ半年しかたたない。ご好意はありがたいが、この縁談はおことわりしたいと告げるつもりでいたが、どう切り出したものかと、清作は迷った。

ふと顔をあげると、喜美代がやさしい目でこちらを見ている。

「つらく悲しい出来事を物語るのは、さぞかし難儀だったことと思います。ありがとうございました」

礼を言った喜美代はさらにつづけた。

「父は、馬橋さんがなにを話そうと、わたしの一存で決めてかまわないと申しておりました。ですので、横浜につづられるときについていかせてください」

清作はポカンと口を開けた。

「岩槻の親戚は鰻《うなぎ》屋なんです。一時間もすれば、父と妹が蒲焼《かばや》きをお土産《みやげ》に帰ってきますから、一緒に夕飯を食べていってくださいませんか」

「ちょっと待ってください。ぼくは……」

香里を忘れられないことを理由にことわるつもりでいたが、喜美代はすべてを知ったうえでついていくと言っているのだ。それに清作も、本心では喜美代と離れがたかった。

「わかりました。あなたがかまわないなら、ぼくの妻になってください」

本当にこれでいいのだろうかと思いながら、清作は言った。

「ふつつか者ではございますが、末永くお願い致します」

居ずまいを正した喜美代が畳に手をついてお辞儀をした。清作はあわててあぐらから正座に直し、「こちらこそ、よろしくお願いします」と応じた。

「では、彬子に報せますね。きっと、首を長くして待っていると思うんです」

喜美代は巻紙に筆で手紙をしたためると、むかいの家のこどもに駄賃をやって塚本教授の家にむかわせた。

「お米を炊くので、こちらで話しませんか。今度は、わたしが家族のことを話します」

喜美代は慣れた手つきでワラから薪へと火をうつした。母親が亡くなったあとは女中をおかず、炊事も洗濯も喜美代がしてきたのだという。

「わたし、今日うかがったお話は、彬子にも、父や弟妹にも言いません。でも、こどもが年ごろになったら、話してあげようと思います。それと、一度でいいので、金鎚を打つところを見せてください」

清作は黙って頷くしかなかった。そして、喜美代が言ったことばを思いかえしているうちに、少しずつ喜びがわいてきた。

大正十三年七月吉日、馬橋清作と小俣喜美代は横浜市役所の臨時庁舎に婚姻届を提出した。住居は、幸三郎さんが戸部に確保した土地に建つ木造家屋だが、同じ敷地内では鉄筋コンクリート製の社屋を建設中だった。震度6にも耐えうる最新の構造を持つビルには、建設業者をはじめ見学者が絶えなかった。中国人の貿易商・陳黄龍《ファンロン》も妻子とともにやってきて、結婚祝いをくれた。

工事の進捗状況を見守り、見学者の案内をするのが清作の当面の仕事だった。もちろん、冶金学とドイツ語の勉強もつづけていた。喜美代は簿記の学校に通った。

震災から丸一年になるのを前に、清作は喜美代を伴って川崎の朝鮮人町を訪れた。洪の家族だけでなく、町のひとたちが総出で歓迎してくれた。ただ、震災のあとは警察が町のなかを巡回するようになり、つねに監視されているようで息苦しくてならないという。

「チョンさん、また包丁を打ってよ。チョンさんの包丁じゃないとこまるっていう店がたくさんあるんだ」

清作はチリの幸三郎さんに手紙を送ったが、返信がかえってくるのは早くて一ヶ月後だ。清作は独断で敷地内に鍛冶小屋を建てて、喜美代に見守られながら菜切り包丁を打ちあげた。研ぎを入れ、柄をすげて喜美代にやると、こどものように喜んだので、清作も満足だった。

やがて届いた幸三郎さんからの返信には、ベルトハンマーという機械を導入して、作業員も雇い、一日平均百本の包丁を製造する設備にしてもらいたいとあった。日本国内だけでなく、アメリカ合衆国や中南米諸国でも、切れ味抜群の日本製の包丁を販売していきたいという。

「無茶を言うにもほどがある。鉄の色で焼き入れのころあいを見極められるようになるまでに何年かかると思うとるンじゃ」

荒っぽいことばで文句を言う清作を喜美代がなだめた。朝鮮人町の若者を雇って仕事を教えれば将来力になるし、地震で焼けだされた鍛冶職人もいるはずだから、新聞に募集広告を載せてみればいいという。

そのとおりにしてみると、すぐに十人をこえる鍛冶職人から応募があった。洪も、選《え》りすぐりの若者十人を推薦してきた。ただし、一日に百本もの包丁を製造する設備は簡単には造れない。そこで開業は半年後にして、そのあいだに朝鮮人町の若者を鍛えることにした。勘が良いものもいれば、呑みこみが悪いものもいるが、大事なのはつねに考えながら金鎚を打つことだと、清作は弟子たちに教え諭した。

「あなたは、鍛冶が本当に好きなのですね」

ある日、玄関に出迎えた喜美代に言われて、清作はたしかにそうなのだろうと思った。

その日は土曜日で半ドンだったので、「あとで散歩に行かンか」と清作は言った。

「鍛冶小屋をつくってから、働きどおしじゃった」

「そうですね。彬子に知られたら、人間らしく生きていないってしかられそう」

どこか行きたいところがあるかと清作が聞くと、喜美代は海が見たいという。

「おう。かまわンが、どこもかしこも埋め立て中じゃぞ」

横浜港の一帯は、倒壊したビルの瓦礫《がれき》だらけだった。その瓦礫で海を埋め立てていて、いずれはコンクリートできれいに覆い、東洋一の港湾を整備するという。海に沿った公園もできるらしい。しかし、完成は早くて五年後だ。

「ええ、わかっています」

あなたと一緒に海を見たいのだと言われて、清作は顔がほてった。

「よし。奮発して人力車に乗るか。このところ、少し疲れているようじゃからな」

幌をたたんだ人力車に喜美代と並んでゆられながら、清作は震災でも倒れなかった公会堂の時計塔を見あげた。一面の焼け野原だった横浜は、少しずつ復興しようとしていた。建設中のビルがいくつもあるが、土曜日の午後なので作業員たちの姿はなかった。トラックも走っていないし、土埃も立っていない。

海が見えてきたところで、清作は人力車を停めさせた。十分ばかり散歩してくると車夫に言い、先に人力車からおりる。喜美代に手を貸して、そのまま寄り添って歩いていくと、潮騒《しおさい》が耳に響いた。波に洗われているのは、磯でも砂浜でもなく、無慚《むざん》な瓦礫だ。それでも海は雄大で、清作は潮の匂いがする空気を胸一杯に吸いこんだ。

「あなた、おめでたです。ややができました」

となりに立つ喜美代が言った。

「ややができた。そうか……」

しばし呆然としてから、清作は喜美代の肩に手を添えた。そして、胸のうちで、父と母にこどもができたと報告した。

生まれてくるのは、男の子だろうか。それとも女の子だろうか。男の子なら、いずれは幸三郎さんのように、世界を股にかけて大いに活躍してほしい。女の子であっても、自分が望むように、精一杯生きてみればいい。ひとりといわず、何人でも生まれてくればいい。そして、いつか、喜美代とこどもたちをつれて大橋を渡り、茶屋町に行こう。

十三歳で馬橋の家を出たとき、清作はなんとしてでも生きて小松に帰ってきたいと思った。しかし、まさか家族を伴って帰れるようになるとは、今日のこのときまで一度も考えたことがなかった。

このしあわせがいつまでもつづいてほしい。なにがあっても、しあわせでありつづけてみせる。そう誓いながら、清作は金鎚を打ちつづけた右手を握りしめた。

解説――それぞれの時代を生きる力

蜂飼耳

どんな時代に、どこに生まれるとしても、人間には自分で選べることと選べないことがある。時代の大きな波に激しく揺られながら、個人という小さな舟の舵《かじ》をとり、求める方角に向かって行くしかない。それは、心細く、頼りないことに違いない。だが、目の前の壁に挑戦し、よりよく生きようと願うとき、いくつもの困難の中にも希望と喜びを見つけることができるはずだ。そうであってほしいし、そうありたいとも思う。佐川光晴の『日の出』はまさにそのような人間の生き方を描いた小説だ。

主人公の馬橋清作は、北陸の小松《こまつ》に生まれ育つ。日露戦争で出征した父は、戦場からなんとか生還するが、小松に辿《たど》り着いたその日のうちに急逝する。悲惨な姿を目の当たりにした清作は、父のようにはなりたくないと思う。戦争は恐ろしい。どうしても兵士として戦場に行きたくない。その強い思いから、徴兵逃れを決心する。徴兵逃れは重罪だ。清作もそれはわかっている。故郷を捨て、家族から離れて知らない土地へ行くことには葛藤もある。しかし、このままではいずれ召集されて戦地へ送られる。遠くへ逃げるしかない。

逃避行の手助けをする浅間幸三郎は、小松の由緒ある商家の息子で、武道の達人でもあり、人々から一目置かれる人物だ。幸三郎は、清作への助力を惜しまない。ここぞというところで清作の前に現れたり、思いがけない提案をしたり、清作を助けるための指示を出したりする。清作と幸三郎の関係は、小説の展開上、重要な軸となっている。二人の間に育まれる宿命的なパートナーシップはこの小説の読みどころの一つだ。

さて、幸三郎の助けと紹介で逃げていった先の岡山の美作《みまさか》で、清作は鍛冶屋の修業をする。四年ほどをそこで過ごした後、親方から紹介状を書いてもらい、九州の筑豊《ちくほう》炭鉱へ移る。清作の兄が、黙って姿をくらました弟の行方を探していると知り、その追っ手から逃れるため、美作を去ることになったのだ。そして、筑豊の中でも小さなヤマに身を寄せ、鍛冶屋として働く。その二年前に欧州で始まった戦争（第一次世界大戦）の影響により、八幡《やはた》製鉄所は増産態勢に入り、筑豊は出炭量を増やしていた。鍛冶小屋の前に、仕事を終えた坑夫たちが穂先の潰れたツルハシを置いていく。それらの刃金《はがね》をつけたり、穂先を尖《とが》らせて焼きを入れ直したりするのが鍛冶屋としての清作の仕事だ。あやという名の女性としだいに心を通わせるが、あやにさえ自分の来歴を語ることはできない。徴兵逃れとはそういうことなのだ。

現場の状況のひどさから〈地獄〉と呼ばれる炭鉱のこと、炭鉱で働かされる朝鮮人と日本人の衝突、爆破事件。清作はまたもや居場所を変えることになる。幸三郎の指示と手配により、小倉《こくら》や和歌山を経由して関東へ。三浦《みうら》半島の三崎《みさき》港に上陸し、川崎の朝鮮人町へ逃げていく。姜香里《カンヒヤンリ》という名の女性も一緒だ。朝鮮人町に身をひそめ、鍛冶屋として働く。横浜の貿易商の陳《チエン》を訪れているとき、大地震（関東大震災）が起こる。その後、朝鮮人に関するデマが流れて各地で暴動と虐殺事件が生じる。清作や姜香里たちもこれらの暴挙と無縁ではいられない。

作者は、小説の登場人物たちがこれらの歴史的な出来事にどのように翻弄され、どう向き合うのかを描く。小説に出てくる人物の多くは作者によって創り出された人々だが、一方で、歴史的な出来事が小説のベースにある。そのとき、登場人物たちの身に何が起こり、どう対応するのかが描かれていく。登場人物たちは何を感じ、どう考え、どのように行動するか。時代背景を持つ小説として、作者の思考はそこに濃く映し出されるだろう。この作品を読み進めるうちに、清作とともに、どきどきしたり、はらはらしたり、うれしくなったり、悲しくなったりする。逃げろ清作。がんばれ清作。そうだ清作。という気持ちになったりもする。いつも一生懸命で正直で、生きることを大切にする清作を、応援したくなる。どこかにいたかもしれない、いるかもしれない、そんな人物として、読者の心を動かすのだ。

横浜の陳のもとを訪れた際、持ちかけられた計画に乗ろうとしない清作に対し、陳はいら立ちを見せて質問する。「日本人のあなたがどうして朝鮮人にそこまで肩入れするのですか」。すると、清作はこう答える。「世話になったからじゃ。どこの誰が相手だろうと、恩を返してなにが悪い」。この台詞《せりふ》には、清作という人物がよく表れているだろう。個人と個人の信頼を重んじ、助けてもらったら、その恩を忘れない。清作はそうした実直な生き方を貫く。

『日の出』は、別の時代を並行的に描いている。それは清作の曽孫《ひまご》に当たるあさひが二十代の時代、現代だ。清作を中心にした章と、あさひを中心にした章が折り重なるかたちで構成されている。だから、読者はそれぞれの時代を別個に、そして交互に読みながら、清作からあさひへと世代が移っていく流れについても把握することになる。それぞれの時代を懸命に生きる若者たちの姿が映し出されているのだ。

あさひは、公立中学校の社会科教師になるために猛勉強を重ねて、とうとう夢を実現する。教師を志望したきっかけとして、あさひが中学時代に経験した出来事が書かれる。それは、二年生の二学期に転校してきた、両親が韓国籍の在日コリアンの崔《チエ》さんという生徒をめぐる出来事だった。国籍の選択に関する説明を含んだ自己紹介に対し、あさひを含めたクラスの生徒たちも担任教師も、きちんと対応できなかった。あさひが大学の卒論のテーマを「神奈川県内における在日朝鮮人の自主教育機関――一九三〇年代を中心に」としたのも、そのときの崔さんへの「わたしなりの答えだった」のだ。清作に負けず劣らず、あさひもまた実直な人柄だ。浪曲を聴くようになり、浅草《あさくさ》の木馬亭《もくばてい》で五歳上の久山久太郎と出会う。久山もまた浪曲の大ファンで《浪曲？　浪曲！》というブログを開設している。あさひの祖母の姉は、馬橋洋子という浪曲の曲師《きょくし》だった。久山が知人から借りてきた古い写真によって、あさひは、芸に生きた馬橋洋子の姿を目にする機会を得る。その面影はあさひを励ますものとなる。

中学校の教師として働き、三年目を迎えたあさひは、一年生の担任を任されている。ある日、社会の教科書をめぐって問題が生じる。小学四年生まで韓国で育った文《ムン》くんという生徒が、教科書の領土に関する箇所を黒く塗りつぶした。それを見せられた友人の生徒は、どうしたらよいかわからず、途方にくれた。友人の生徒は、あさひの前で涙をこぼす。あさひは、自身の中学時代の経験を思い返さずにはいられない。手を差し伸べることができなかった苦い記憶だ。「崔さんのような生徒も笑顔で学校生活を送れるようにするために、わたしは中学校の教師になったのだ」。困難に負けず、誠実に進もうとするあさひの姿は、この小説が根底に持つ理想を反映している。

さて、大地震から三日ほど経《た》って、清作は筑波山《つくばさん》へ向かう。筑波山神社の手前の小屋から、金鎚《かなづち》を打つ音が聞こえてくる。そこで宮大工の守田は釘《くぎ》を打っていた。「鍬《くわ》もツルハシも包丁も、求められるのは鋭さだ。つまり、出来はすぐにわかる。それに対して、釘の出来不出来は百年や二百年ではわからない。自分がこの世からいなくなったあとも、釘は建物を支えつづけるのか。それとも思いのほか早く錆《さ》びて、社や祠《ほこら》や門の寿命を縮めてしまうのか。どうすれば、千年もつと確信できる釘を打てるのか」。それまで釘を打ったことのなかった清作は、個人の生をはるかに超える千年という時間を見すえた仕事に取り組む機会を得る。しかし、ここも清作が最終的に留《とど》まる場所とはならない。また幸三郎が現れ、次の場所へと移っていく。流転の人生は続く。今度は、行った先の縁で喜美代という女性と出会うことになる。

喜美代は母の代わりに家族の世話をして生きてきた。清作は、そのような生き方をしてきた喜美代に対し、こう述べる。「鍛冶は、一日に何万回も金鎚を打ちます。しかし、二度つづけて同じ鎚音が鳴ることはありません。ひと打ちごとに鉄は鍛えられていき、鎚音がわずかに変わっていくからです。傍目《はため》には、十年一日《いちじつ》のごとく同じ仕事をくりかえしているように見えても、飽きるどころか、金鎚のひと打ちひと打ちから、たくさんのことを感じとっているのです。あなたも、おかあさまやごきょうだいの世話をしながら、たくさんのことを感じ、さまざまに考えてこられたのではないでしょうか」。この台詞からは、横浜の陳に対して「どこの誰が相手だろうと、恩を返してなにが悪い」と応じた心意気に通じるものを受け取ることができるはずだ。金鎚が立てる音の一つ一つに耳を傾け、その違いを聞き取りながら仕事に励む堅実な人柄が伝わる。一日一日を大事に過ごすことや、どんな仕事であろうと、その一つ一つをていねいに行うことの大切さが、台詞の中にこめられているのだ。これはまさに作者自身の思いや願いと重なるものだろう。

苦境にもめげず前進する人物たちの姿と生きる力が、いつまでも心に残る小説だ。困難が少しもない人生というものはない。誰の前にも、自分だけに与えられた課題や越えなければならない坂がある。前向きに捉えることができるかどうかで、次の選択が決まったり、道がひらけたりするだろう。清作やあさひの生き方は、自分ばかりでなく他者をも大切にする生き方だ。『日の出』には、戦争や紛争、偏見や差別などを乗り越える生き方を真剣に求めようとする作者の思いが深く刻まれている。生きることを大切にするとはどういうことか、この小説の声は粘り強く語っている。

（はちかい・みみ／詩人）

本書は、二〇一八年五月、集英社より刊行されました。
初出　「すばる」二〇一七年五、七、九、十二月号

佐川光晴の本

おれたちの青空

札幌の養護施設に移って二年。陽介や施設の仲間たちは高校進学を前に将来を見据えてそれぞれの選択を下すことになり——。人気シリーズ第二弾。

集英社文庫

佐川光晴の本

おれたちの約束

高校進学を機に札幌の養護施設から仙台の寮に移った陽介。個性豊かな同級生と共同生活を始めた陽介だったが、大地震に襲われて……。シリーズ第三弾。

集英社文庫

佐川光晴の本

おれたちの故郷

児童養護施設・魴鮄舎が、存続の危機！　今は札幌を離れた陽介と卓也は、故郷を守るために必死の思いで解決策を探る。人気シリーズ第一部、完結編。

集英社文庫

佐川光晴の本

あたらしい家族

浪人生アキラの居候先は老人ホーム。個性豊かな年配者に囲まれてアキラは勉強では得られない経験をしていく。『おれのおばさん』に繋がる連作短編集。

集英社文庫

佐川光晴の本

大きくなる日

子どもも親も保育士も先生も、互いに誰かを育てている。すべての人に贈る感動作。四人家族の横山家の歩みを中心に、心の成長を描く九つの物語。

集英社文庫

集英社文庫 目録（日本文学）

集英社文庫　目録（日本文学）

集英社文庫

日《ひ》の出《で》

2024年9月25日　第1刷　　定価はカバーに表示してあります。

著　者　佐川光晴《さがわみつはる》
発行者　樋口尚也
発行所　株式会社 集英社
東京都千代田区一ツ橋2-5-10　〒101-8050
電話【編集部】03-3230-6095
【読者係】03-3230-6080
【販売部】03-3230-6393（書店専用）
印　刷　大日本印刷株式会社
製　本　大日本印刷株式会社

フォーマットデザイン　アリヤマデザインストア　　マークデザイン　居山浩二

ISBN978-4-08-744696-8 C0193